미

확

인

홀

미확인 홀

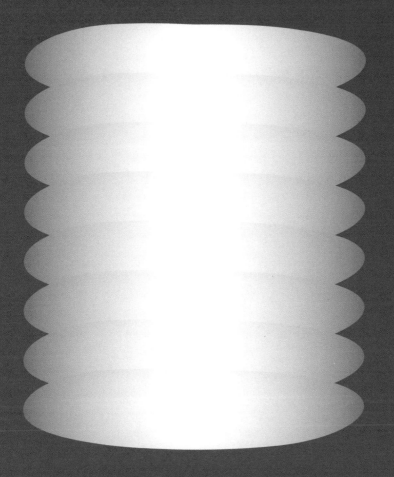

김유원 장편소설

한겨레출판

차

례

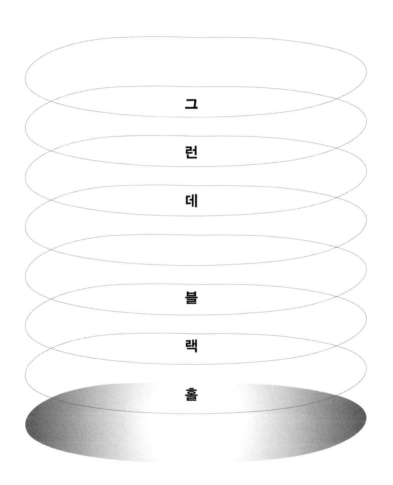

그

런

데

블

랙

홀

희영은 희찬이가 준 편지 봉투를 뜯었다. 가로로 한 번, 세로로 두 번 접힌 A4 용지 한 장이 들어 있었다. 종이를 펼치자 세 글자가 나타났다. 블랙홀. 단정한 글씨체였다.

"희찬아."

희영은 욕실로 들어가는 아들을 다급하게 불렀다.

"이거 누가 줬어?"

"몰라. 처음 보는 사람이었어."

"어떻게 생겼는지는 봤을 거 아니야."

"그냥 평범하게 생긴 아줌마였어."

희찬은 교복 재킷을 벗어 거실 바닥에 내려놓으며 시큰둥하게 말했다. 그리고 욕실 문을 닫았다. 희영은 거실에 서서 종이에 쓰인 글자를 다시 들여다보았다. 여전히 블랙홀이었다. 이건 평범한 단어가 아니었다.

"똑바로 말해봐."

희영이 욕실 문을 벌컥 열며 말했다. 희찬이 놀라며 내리던 바지를 추켜올렸다.

"뭘?"

"이 봉투 준 사람 어떻게 생겼는지 자세히 말해보라고."

"조금 있다가 물어보면 안 돼? 나 볼일 보려고 하잖아."

희찬이 움켜쥔 교복 바지를 가볍게 흔들었다.

"지금 말해."

희영이 손으로 욕실 문을 빠르게 세 번 두드렸다. 희찬은 입술을 뾰족하게 내밀었다가 집어넣었다.

"아까 말했잖아요. 어떤 아줌마랑 같이 엘리베이터 탔는데 엄마가 박희영이냐고 물어서 맞다고 하니까 준 거라고요. 누가 줬냐고 하니까 열어 보면 알 거라고 했어요."

쌍꺼풀 없이 커다란 눈과 초승달처럼 가늘고 둥근 눈썹. 희영을 아는 사람이라면 희찬의 얼굴을 보고 희영을 떠올릴 수 있을 만큼 희찬은 희영을 빼닮았다.

희찬이 계속 말했다.

"좀 뚱뚱한 것 말고는 평범했어. 청바지에 하얀색 카디

건 같은 거 입고 있었고."

"머리는?"

"까만 단발이었던 것 같아."

"키는?"

"엄마보다 조금 컸어."

희영은 잠시 생각에 잠겼다가 하얀 종이를 흔들며 물었다.

"정말 처음 본 사람이었어?"

희찬이 약간 짜증 섞인 목소리로 대답했다.

"진짜 처음 본 사람이었다니까."

"혼자였어?"

"혼자였어."

"몇 층으로 갔어?"

"그것까진 못 봤어."

희영은 질문을 멈추고 밖으로 나가 아파트 단지를 샅샅이 뒤졌다. 희찬이 말한 것과 비슷한 외양을 한 사람은 없었다. 경비원도 그런 사람은 보지 못했다고 했다. 싱크홀 공사가 끝나서 단지를 드나드는 외부인도 없었다. 별 소득 없이 뛰어다니다가 땀을 뻘뻘 흘리며 집에 들어가니 희찬이 엄마의 얼굴을 물끄러미 보다가 말했다. "이십 분 뒤에 학원가야 돼." 밥을 차려달라는 것이었다. 희영은 그제야 퍼뜩 정신이 들었다. 냉장고에서 달걀말이와 진미채를 꺼내고 된장찌개를 데웠다. 밥을 한 공기 퍼서 식탁에 올렸다. 희찬이 그 옆에 핸드폰을 내려놓으며 앉았다. 쉴 새 없이 울리는 전자음과 게임을 중계하는 캐스터의 카랑카랑한 목소리가 부엌을 채웠다. 희영은 싱크대에 몸을 기대고 덩치 큰 아들이 밥 먹는 모습을 가만히 지켜보다가 물었다.

"너는 네가 준 종이에 뭐라고 적혀 있는지 안 궁금해? 왜 안 물어봐?"

희찬이 젓가락으로 달걀말이를 집어 입에 넣었다. 그리고 오물오물 씹다가 희영의 눈을 보며 다정하게 말했다.

"내가 알아야 할 내용이었으면 엄마가 말해줬겠죠."

남편을 닮은 다정함이었다. 희영은 아들의 다정함보다 그 아래 흐르고 있을 강이 더 크게 느껴졌다. 무심함의 강. 남편의 얼굴에 흐르는 강이었다. 남편은 타인에 대한 관심을 모두 거기로 흘려보내는지 누구에게나 친절했고 어떤 일에도 심각하게 반응하지 않았다. 고등학생이 되면서 아들의 얼굴에도 비슷한 강이 흐르기 시작했다. 희영의 얼굴엔 어떤 강도 흐르지 않았다. 대신 저수지가 있었다. 시간이 갈수록 깊어지고 넓어지는 저수지. 희영이 필사적으로 외면하고 있는 저수지.

"다녀올게요."

희영은 아들이 나간 현관문을 뚫어지게 쳐다보다가 고개를 좌우로 흔들었다. 저수지가 가볍게 출렁였다.

그런데 블랙홀.

*

희영은 경남의 작은 시골 마을에서 태어났다. 1차선 도로가 강의 곡선을 따라 흐르는 곳이었다. 고개를 들면 산이 보이고 숙이면 흙이 보이는 곳에 살던 희영은 대학 입학과 함께 고개를 들면 콘크리트가, 고개를 숙이면 보도블록이 보이는 서울로 거처를 옮겼다. 처음엔 빌딩의 날렵함과 도로의 복잡함에 매료되었다. 새벽에도 꺼지지 않는 불빛의 화려함에 고무되어 산과 들을 그리워하지 않았다. 하지만 서울에 산 지 10년이 넘어가자 종종 숨이 막혔다. 끊임없이 자기 존재를 과시하는 조명과 읽기를 강제하는 간판, 절대로 숨일 수 없는 빌딩 무리에 둘러싸여 지내는 것이 피로하게 느껴졌다. 그래서 희영은 남편이 병원을 차리면서 이사하게 되었을 때 부동산을 찾아가 산이 보이는 아파트를 원한다고 말했다. "산 좋아하시나 보네, 마침 그런 집 하나 나왔어" 하며 중개인이 희영을 데려간 곳은 빼곡하게 밀집해 있던 주택을 밀어버리고 법이 허락하는 한도까지 최대한 깊게 산을 파고든 대형 아파트 단지였다. 지어진 지 2년도 되지 않은 새 아파트라고 했다. "경치 죽이죠? 산 좋아하시는 분들한테는 이만한 아파트가 없어요." 중개인은 아파트 단지가 자기 소유라도 되는 양 자랑스러워했다. 하지만 희영은 산 중턱에 솟아 있는 아파트 건물을 정면으로 보지 못했다. 민망했다. 쳐다보는 것만으로도 실례를 범하는 기분이었다. 그러나 고개를 숙이고 들어간 1302호의 주방 창문이 초록으로 가득 찬 걸 보고는, 이름 모를 나무들이 베란다 너머에서 무성한 잎을 살랑이는 걸 보고는 실례를 무릅쓰기로 했다.

일상적으로 산을 보며 살게 된 후에도 희영은 자신이 거대한 콘크리트 안에 있다는 사실을 자주 자각했다. 수십 동의 아파트가 쓰러져 압사당할 것 같은 위험을 느낄 때가 있었고, 비행기에서 내려다볼 때처럼 서울의 모든 건물이 자기 피부에 촘촘히 박혀 있는 것 같아 소름 돋을 때도 있었다. 건조하고 딱딱한 콘크리트 상자에 갇혔다는 생각에 온몸이 근질거려 자다 일어나 설악산으로 향한 적도 있었다. 설악산을 특별하게 생각하는 건 아니었다. 그저 콘크리트 덩어리를 압도할 만큼 큰 산이 필요했고, 운전대를 잡았을 때 가장 먼저 떠오른 산의 이름이 설악이었을 뿐이었다. 아파트와 아파트, 빌딩과 빌딩을 사이드미러로 끝없이 흘려보내고 설악산 입구에 도착해 새벽녘에 어슴푸레 보이는 거대한 자연을 눈에 담자 근질거림이 멈췄다. 대신 눈물이 흘렀다. 하염없이. 왜 그렇게 눈물이 나는지 희영은 알지 못했다.

"당신 뭔가 문제가 있어."

콘크리트 속으로 돌아갈 자신이 없어 강릉에서 하루를 보내고 온 희영에게 남편이 말했다. 하지만 거기까지였다. 찬영은 그에 대해 더는 말이 없었다. 문제의 원인을 캐거나 해결하려 들지 않았다. 언제나처럼 상태만 진단했다.

희영은 남편이 거기까지만 말하는 사람이어서 다행이라고 생각했다. 혼자서도 아이들을 잘 돌보는 사람인 것도 다행이었다. 초등학생이던 희찬과 영희는 엄마의 친구가 죽어서 장례식에 간 것으로 알고 있었다.

"그래도 사람이 죽었다고 말할 필요까진 없잖아."

희영이 진짜 친구를 잃기라도 한 듯 씁쓸한 표정을 짓

자 찬영은 단호하게 말했다.

"엄마가 갑자기 사라졌는데 그 정도 사연은 있어야지."
그리고 덧붙였다. "당신이 어떤 행동을 해도 나는 괜찮은데
애들을 불안하게 하지는 않았으면 좋겠어."

*

네모난 창문 안에 담긴 산이 어둠과 아파트 불빛으로
얼룩덜룩했다. 희영은 식탁에 앉아 창밖을 보며 블랙홀을
생각했다. 아무리 생각해도 봉투를 보낸 사람이 짐작 가지
않았다. 희영이 블랙홀에 관해 이야기한 사람은 은정이 유
일한데, 은정이 이런 식으로 연락할 이유는 없었다. 그렇다
고 누군가의 장난이나 우연이라고 넘기기엔 블랙홀은 희영
이 가슴 깊은 곳에 묻어두고 실수로라도 꺼내지 않던 말이
었다. 그렇게 지낸 시간이 너무 길어서 희영에겐 없는 거나
마찬가지인 단어였다. 그런 단어가 봉투에 담겨 왔으니 잠
이 오지 않는 게 당연했다.

희영은 베란다로 자리를 옮겼다. 캠핑 의자에 앉아 옆
동 건물을 바라보았다. 19층짜리 콘크리트에 촘촘히 박혀
있는 수백 개의 창문. 한 가구당 네 개의 창문이 희영이 앉

아 있는 쪽으로 나 있었다. 두 개는 부엌 창이었고, 하나는 작은방 창문. 가로세로가 50센티미터 정도로 제일 작은 건 욕실 창문이었다. 동은 달라도 내부 구조는 똑같아서 창문만 봐도 쓰임을 알 수 있었다. 새벽 두 시. 수백 개의 창문 중 전등 빛으로 환한 것은 네 개뿐이었다. TV나 스탠드로 추정되는 희미한 빛이 새어 나오는 창문이 대여섯 개 있었고, 나머지 창문은 빛 한 점 없이 껌껌했다. 희영은 어둠 속에 웅크리고 앉아 전등 빛으로 환한 네 개의 창문을 응시했다. 블라인드가 내려진 6층 부엌 창문 너머로 성인 남자 그림자가 왔다 갔다 했다. 7층 작은방 창문으로는 의자에 앉은 여자의 옆모습이 보였다. 14층 부엌 창문은 반쯤 열린 채 아무 기척이 없었다. 18층 작은방 창문 역시 기척이 없다가 어느 순간 까맣게 변했다. 둘러보니 희미한 빛이 새어 나오던 창문 몇 개도 컴컴해져 있었다. 희영은 세 개의 환한 창문을 멍하니 응시하며 머릿속을 비우려 노력했다. 시간이 얼마나 흘렀을까? 옆 동 꼭대기에 걸쳐 있던 달이 희영의 시야에서 완전히 벗어났을 무렵, 껌껌했던 창문 중 하나가 열렸다. 누군가 커튼 사이로 얼굴을 내밀었다. 머리를 묶은 여자였다. 희영은 재빨리 층수를 헤아려보았다. 위에서 하나, 둘, 셋, 넷, 다섯, 15층이었다. 여자는 창틀에 두 팔을 올리고 아래를 내려다보았다. 한참을 그렇게 있다가 오른손으로 한 번 얼굴을 닦았다. 우는 걸까? 여자는 몇 번 더 얼굴을 쓸어내린 후 이번에는 고개를 들어 하늘을 봤다. 보름달에 가까운 달빛이 여자의 얼굴에 내려앉으면서 표정이 어렴풋하게 보였다. 우는 것 같기도 하고 웃는 것 같기도 했다. 희영은 초조하게 다리를 떨며 중얼거렸다. "망원경, 망원경." 그리고 이웃의 사생활을 훔쳐봐선 안 된다는 지극히 상식적인 판단 때문에 망원경을 주문하지 않은 걸 후회했다. 망원경만 있었으면 저 여자가 우는지, 웃는지, 즐거운지, 고통스러운지 바로 알 수 있었을 텐데. 걱정하는 건 아니었다. 단순한 호기심이었다.

희영은 잠이 오지 않거나 심란한 밤이면 종종 베란다로 나와 아파트 단지를 구경했다. 매일 조금씩 달라지는 달과 구름의 모양, 희미하게 빛나는 별과 멀리서 오가는 비행기 불빛, 텅 빈 놀이터, 우두커니 서 있는 소나무. 어딘가 쓸쓸해 보이는 그런 것들을 눈에 담으면 마음이 가라앉았다. 창문을 보며 남의 집 사정을 상상하다 보면 자신의 문제가 잊혔다. 그러다가 호기심이 발동해 망원경으로 불 켜진 창문 너머를 구경하고 싶을 때도 있었지만, 한 달에 한두 번 이는 충동이었을 뿐 실행에 옮기지는 않았다.

15층 여자는 하늘을 한참 쳐다보다가 방충망과 창문, 커튼을 차례로 닫고 사라졌다. 달구경을 한 걸까? 누굴 기다리는 중이었을까? 아니면 일이 잘 안 풀려서 바람을 쐰 걸까? 희영이 15층 여자를 생각하는 사이에 6층 불이 꺼지면서 콘크리트에 박힌 모든 창문이 빛을 잃었다. 그러자 계단에 드리운 비상구의 초록빛과 함께 봉투 속 단어가 다시 자기 존재를 드러냈다.

남편은 침대 오른쪽을 비워놓고 자고 있었다. 희영은 남편의 왼쪽에 누워 벽 쪽으로 몸을 세웠다.

"잠이 안 와?"

희영의 뒤척임에 잠이 깬 찬영이 부엌으로 가 물을 마신 뒤 침대에 누우며 말했다. 그리고 희영의 등을 위에서 아래로 쓸어내렸다.

"할까?"

희영은 대답 대신 몸을 남편 쪽으로 돌렸다.

섹스는 희영의 수면제였다. 모든 신경을 몸의 감각에 집중하고 섹스에 몰입하다 보면 잡생각이 사라졌다. 절정이 지나면 몸의 긴장이 풀리면서 마음도 이완되어 잠이 오기도 했다. 찬영도 그 사실을 알았다. 그래서 희영이 섹스를 청하면 대부분 응했다. 섹스가 끝난 후엔 아무 말도 하고 싶지 않다고, 아주 간단한 말이라도 입 밖으로 꺼내면 몸이 굳으면서 잠이 달아난다고, 그러니까 하고 싶은 말이 있으면 섹스를 하기 전에 하면 좋겠다고 희영이 말했을 때도 군말 없이 그러겠다고 했다.

섹스를 마친 희영은 이완의 효과를 극대화하려고 꼼짝도 하지 않고 가만히 누워 있었다. 나른함이 허벅지와 배, 가슴과 팔다리로 퍼지면서 몸이 조금씩 침대 속으로 빨려 들어갔다. 미간과 턱에서 힘이 빠지면서 입이 살짝 벌어졌고 희영은 곧 잠들 수 있을 것 같다는 생각을 하지 않으려고 노력했다. 그런 노력을 하고 있단 걸 의식하지 않으려고 거듭 노력하고 있을 때, 침묵의 약속을 지키던 남편이 코를 골았다. 코 고는 소리는 시계 초침 소리를 간신히 덮을 정도로 작았다. 하지만 매끄러운 하강 곡선을 그리고 있던 희영의 긴장 그래프는 그 작은 소리에 요동쳤다. 희영의 미간에 다시 주름이 생겼다. 희영은 왼팔을 살며시 뻗어 남편의 얼굴을 옆으로 살짝 밀었다. 코 고는 소리가 멈추고 초침 소리가 선명해졌다. 희영은 달아나고 있던 나른함을 붙잡았다. 아무 일도 없었다는 듯 능청을 떨며 그 속으로 들어가려고 했다. 하지만 초침이 일 초에 한 번씩 몸을 떨며 신경을 점령하더니 나중엔 공중을 날아와 오른쪽 귀에 꽂히

기 시작했다. 날아오는 초침을 막으려고 오른손을 귀에 대는 순간 나른함이 전부 휘발되었다. 머릿속에선 매미가 울기 시작했다. 맴맴맴맴.

희영은 별수 없이 고3 여름으로 돌아갔다.

그래, 매미가 유난히 크게 울던 여름이었어. 그날도 매미 소리에 잠을 깼어.

그래, 고3이라 방학에도 쉬지 못하고 허벅지에 부채질해가며 보충수업을 듣던 때였어.

그래, 학원에 가려고 씻고 나왔는데 전화가 울렸어. 수건으로 머리를 감싸고 전화를 받으니 서울말이 들렸어. "희영이니?" 나는 필희가 내 이름을 다 부르기도 전에 필희란 걸 알아차렸어. 필희는 다른 애들보다 높은음에서 '희' 자를 말했으니까. 당시 내가 알던 사람 중 서울말을 쓰는 사람은 필희가 유일했으니까.

*

필희는 통학 버스와 함께 은수리에 나타났다. 꿀을 넣은 것처럼 달다는 사과로 유명한 은수리에는 벼가 심긴 논보다 사과 밭이 많았다. 그래서 가을이 되면 동네 어디서나 달콤하고 싱그러운 사과 향기가 났다. 그 시기에 은수리를 방문한 외지인들은 사과 향기에서 풍요로움을 느꼈다. 반면 그곳에 사는 젊은이들은 사과 향기에서 결핍을 느꼈다. 그들은 사과가 아니라 자동차 매연이나 백화점, 사람으로 가득 찬 극장 공기에서 풍요를 느꼈다. 그래서 고등학교를 졸업하면 은수리를 떠나 서울이나 부산, 대구나 울산 같은 도시로 갔다. 은수리에서 나고 자란 아이들이 은수리에 정착하지 않는 시간이 길어지면서 은수 1, 2, 3리를 통틀어 유일한 학교였던 은수초등학교가 폐교되었다. 희영을 포함한 열한 명의 학생은 하루아침에 학교와 선생님을 잃고 옆동네에 있는 산실초등학교로 가게 되었다. 그러면서 통학 버스가 생겼는데 필희는 통학 버스 운전기사의 첫째 딸이었다.

　　노란 15인승 버스가 은수리를 돌아다니며 아이들을 태워 산실초등학교 운동장에 도착한 첫날, 크고 까만 선글라스를 낀 운전기사가 아이들을 버스 앞에 불러 모았다. 그리고 반말할 땐 경상도 억양을, 존댓말할 땐 서울 억양을 쓰며 타이르듯 말했다.

　　"여러분, 내일도 오늘 아침에 있었던 곳에 있으면 돼요. 다른 데 있으면 아저씨가 못 찾으니까 꼭 그 자리에 있어

야 돼요. 그리고 아저씨가 빵빵거리기 전에 먼저 나와 있어
야지 오늘처럼 기다리게 하면 안 돼. 일찍 나와서 기다리면
아저씨가 금방 간다 아이가. 알았죠?"

아이들이 "네" 하고 합창하듯 대답했다. 봄 햇살로 운
동장이 환한 3월의 둘째 날이었다.

운전기사는 만족스럽다는 듯 고른 이를 드러내며 싱긋
웃었다.

"아저씨 어디서 왔는지 궁금하제? 아저씨도 여가 고향
이다. 너거들 아빠랑 같이 은수국민학교 다녔다."

그러면서 남색 재킷 안주머니에 손을 넣어 사진 한 장
을 꺼냈다.

"아저씨는 서울에서, 청와대에서 일하다가 여기로 발
령받고 왔어요. 여기 대통령님 보이죠?"

양복 입은 두 남자가 까만 승용차 앞에 나란히 서 있는
사진이었다. 손을 모으고 몸을 숙인 채 수줍게 웃고 있는
덩치 큰 남자가 운전기사였고, 그런 남자의 어깨를 다정하
게 감싸고 활짝 웃는 키 작은 남자가 대통령이었다.

"진짜 대통령님이에요?"

아이들은 우와 우와, 하면서 사진으로 몰려들었다.

희영은 가만히 있었다. 쟤들은 누구지? 희영은 운전기

사 아저씨가 보여주는 사진보다 아저씨 뒤에 서 있는 여자애 두 명이 더 궁금했다. 키가 크고 긴 생머리를 한 애는 오렌지가 가득 그려진 주황색 원피스를 입고 있었고, 키가 작고 단발인 애는 같은 디자인의 노란색 바나나 원피스를 입고 있었다. 둘은 손을 꼭 잡고 운전기사 아저씨의 뒤통수만 보고 있었다.

운전기사는 사진을 다시 안주머니에 넣은 후 사진 속 대통령처럼 뒤에 있던 여자애들의 어깨를 감쌌다. 대통령만큼 다정하게는 아니었다.

"여기는 필희고 여기는 필성이. 아저씨 딸들이다. 필희는 5학년이고 필성이는 3학년이다. 지난주에 서울에서 이사 와서 너거처럼 오늘 이 학교에 처음 온 기다. 싸우지 말고 잘 놀아래이."

그러니까 오렌지 원피스를 입은 애가 필희였고, 바나나 원피스를 입은 애가 필성이었다. 인사하라는 아빠의 성화에 필희가 어깨높이까지 오른손을 들고 좌우로 살짝 흔들며 말했다.

"안녕? 나는 서필희야."

은수리 아이들은 당황했다. 말꼬리가 깨끗하게 올라가는 필희의 서울 억양에, 그리고 교과서 삽화에나 나올 법한 필희의 손짓에. 남자애들은 자기들끼리 웃다가 교실로 뛰어갔고, 여자애들은 쭈뼛거리며 손을 흔들다가 걸음을 옮겼다. 운전기사가 두 딸을 교실 쪽으로 밀었다. 자매는 잡은 손을 놓지 않고 운동장을 가로질렀다.

희영은 단짝이었던 은정과 팔짱을 끼고 자매의 뒤를 따라 걸으며 생각했다. 전학생이라니! 서울에서 왔다니! 친구를 전학 보내는 일만 경험했던 희영은 누군가가 전학 왔다는 사실이 흥분되고 설렜다. 새롭고 신나는 일이 마구 벌어질 것 같았다. 동갑이라는 필희에게 물어보고 싶은 게 많았다. 서울에선 어떤 학교를 다녔는지, 그 학교도 하얀 실내화를 신는지, 거기선 누구랑 제일 친했는지, 걔 이름은 뭔지 궁금했다. 어느 동네로 이사 왔을까? 그게 제일 궁금했다. 은수리로 왔으면 이따 같이 놀자고 말하고 싶었다. 하지만 사투리로 말 걸기가 어쩐지 부끄러웠다. 아저씨에게 물어볼까? 돌아보니 운전기사 아저씨는 파란 먼지떨이로 노란 버스를 닦고 있었다. 처음 봤을 땐 선글라스를 끼고 있어서 무서웠는데 전학생들의 아빠라고 생각하니 하나도 무섭지 않았다.

"내 잠깐만 아저씨한테 갔다 올게!"

희영은 은정의 팔짱을 풀고 운전기사에게 달려갔다.

"아저씨, 근데요."

운전기사가 먼지떨이를 든 채로 희영을 내려다봤다.

"어, 왜?"

선글라스 때문에 눈이 보이지 않자 희영은 다시 아저씨가 무서워졌다. 뭘 물어보려 했는지도 까먹었다.

"근데요……."

희영이 머뭇거리기만 하고 말을 못 하자 운전기사가 선글라스를 벗고 무릎을 살짝 굽혔다.

"뭔데? 말해봐라."

아저씨의 눈에서 다정한 구석을 발견한 희영은 그제야 어느 동네로 이사 왔는지 물어보려 했던 게 생각났다. 그러다가 아저씨가 사진을 보여줬을 때 궁금했던 것도 생각나 그걸 먼저 물어보기로 했다.

"근데 대통령님이랑 일하다가 왜 여기로 왔어요?"

대통령을 모시는 대단한 일을 하던 아저씨가 우리를 태워주는 게 말도 못 하게 좋아서 한 질문이었다. 동네의 모든 언니, 오빠가 가고 싶어 하는 서울에서 여기로 이사 온 이유가 궁금하기도 했다.

"발령받아서 왔지."

운전기사가 무릎을 펴면서 말했다.

"왜요? 대통령님이랑 일하는 게 더 좋잖아요."

발령이란 말에 담긴 강제성을 몰랐던 희영은 아저씨가 서울보다 뛰어난 이곳의 장점을 말해주길 기대했다.

"그렇긴 하지. 사정이 있었어."

운전기사는 쓸쓸한 웃음을 지어 보이며 희영과의 대화를 끝내려 했다. 그 사정이 음주운전으로 인한 징계성 발령이었단 걸 희영은 한참 뒤에 알았다. 필희 아빠가 대통령 전속 운전기사가 아니라 임시 파견으로 잠깐 청와대에 근무한 적 있는 운전 공무원이란 것도. 하지만 그런 사실과 그 사실이 의미하는 바를 몰랐던 희영은 계속해서 물었다.

"왜요? 어떤 사정인데요?"

그러자 운전기사의 얼굴이 마른 논처럼 굳었다. 당혹과 불쾌가 논 위를 살짝 스쳐 갔다.

"그런 게 있다. 니는 몰라도 된다."

운전기사가 다시 선글라스를 썼다.

아차! 희영은 아저씨의 얼굴이 딱딱해진 걸 알아차리고 손톱을 깨물었다. 비슷한 상황이 몇 번 있었다. 엄마와 동연이 엄마가 이야기하는 걸 듣다가 궁금한 게 생겨서 물었을 때 동연이 엄마의 얼굴이 이렇게 딱딱해졌었다. 추석에 만난 숙모에게 뭔가를 물었을 때 숙모의 얼굴도 이랬다.

담임 선생님의 얼굴도 딱딱해진 적 있었다. 뭘 물어봤는지는 기억나지 않았다. 그저 어른들의 얼굴이 갑자기 딱딱해졌다는 것과 대답을 듣지 못해 아쉬웠던 것만 기억났다. 그리고 쪼매난 게 뭐가 그래 궁금한 게 많냐고 호통치던 엄마의 목소리, 어른들 이야기엔 끼어드는 게 아니라던 동연이 엄마의 꾸지람도. "왜 안 돼?" 희영은 왜 어른들 이야기에 끼어들면 안 되는지 늘 궁금했다. 뭘 잘못했는지도 알고 싶었다. 하지만 어른들은 바쁘다고 하면서 아무것도 말해주지 않았다.

운전기사 아저씨는 엄마처럼 호통을 치거나 동연이 엄마처럼 나무라지 않았다. 선글라스를 쓰고 말없이 쳐다보기만 했다. 희영은 그게 더 무서웠다. 선생님께 이르면 어떡하지? 나만 버스 안 태워주면 어떡하지? 전학생이랑 못 놀게 하면 어떡하지? 희영은 고개를 숙이고 신발 끝으로 운동장에 동그라미를 그리며 노는 척을 했다. 아저씨의 얼굴이 딱딱해진 걸 모르는 척, 궁금한 게 없는 척, 질문 같은 건 하지 않은 척.

운전기사는 그런 희영을 지켜보다가 상냥한 목소리로 말했다.

"니 진짜 예쁘게 생겼네. 이름이 뭐고?"

희영은 얼른 고개를 들어 큰 소리로 대답했다.

"박희영이요. 5학년이에요."

아저씨가 화내지 않고 이름을 물어본 게 기뻐서 묻지 않은 학년까지 말했다.

"5학년? 그럼 우리 필희랑 동갑이네."

"네."

"필희랑 싸우지 말고 잘 지내래이."

"네."

"그럼 드가 봐라."

희영은 운전기사의 말이 끝나기도 전에 등을 돌렸다가 다시 뒤돌아 꾸벅 인사하고는 교실을 향해 달렸다. 등에 멘 가방이 뜀박질에 맞춰 들썩거렸다. 희영은 실내화로 갈아 신으면서야 아저씨가 원해서 여기 온 게 아닐 수도 있겠단 생각이 들었다. 바보야, 우리를 태우는 것보다 대통령님을 태우는 게 당연히 더 좋지. 희영은 계단을 올라가며 주먹으로 자기 머리를 세게 때렸다. 그리고 다짐했다. 함부로 묻지 말아야지, 궁금해도 참아야지, 어른들한텐 절대 질문하지 말아야지.

5학년 1반 아이들은 한동안 쉬는 시간마다 필희를 찾아가 서울말을 써보라고 했다. 쑥스러워하며 웃기만 하던 필희가 어느 날 대성통곡했고, 반 전체가 삼십 분 동안 의자 드는 벌을 받은 후로는 그런 일이 줄었다. 필희가 원피스를 입고 등교하는 날도 점점 줄었다.

필희는 누가 놀리거나 괴롭히면 맞서지 못하고 눈물부터 지었다. 그에 비해 겁은 없는 편이었다. 지렁이나 벌레를 맨손으로 만졌고 발이 닿지 않는 깊은 물에도 첨벙첨벙 잘 들어갔다. 필희가 아무도 뛰어내리지 못한 높은 바위에 올라 물속으로 다이빙한 날, 희영과 은정은 필희를 은수리 멤버로 받아주었다. 필희의 집은 산실리지만, 필희 할머니가 은수리에 살고 있으니 은수리 사람이나 다름없다고 하면서.

"우리는 은수리 삼총사야."

은정이 팔짱을 끼며 그렇게 말하자 필희는 덧니를 손으로 가리지 않고 활짝 드러내며 웃었다.

삼총사가 된 후로 희영은 필희에게 서울에 관해 실컷 물어보았다. 더는 물어볼 게 없을 때쯤 중학생이 되었다. 희영과 필희와 은정은 산실면에 하나밖에 없는 중학교에 입학했다. 초등학교 때처럼 반이 하나뿐이어서 모두 같은 반이 되었다. 그리고 누가 누구랑 노는지보다 누가 몇 점을 받았는지가 더 중요해지던 중학교 3학년 여름, 필희의 엄마와 은정의 아빠가 함께 사라졌다. 동네가 발칵 뒤집혔고, 삼총사는 즉시 해체됐다. 필희가 한동안 할머니 집에서 지내게 되면서 필희와 필희 할머니 바로 앞집에 살던 희영은 전보다 가까워졌고, 은정은 둘과 급격히 멀어졌다. 필희가 기숙사가 있는 고등학교에 진학한 뒤로는 희영과 필희도 예전만큼 자주 만나지 못했다. 그래도 제일 친한 친구가 누구냐는 질문을 받으면 희영은 늘 같은 이름을 댔다.

"서필희."

*

매미가 요란하게 울던 아침이었다. 필희에게 전화가 왔다. 기숙사 방학이라 할머니 집에 왔다며 만나자고 했다. 희영은 학원에 가야 한다고 밤에 보자고 했다. 그러나 필희는 밤에는 안 된다고, 잠은 집에서 자야 한다고 말했다. 필희 엄마가 사라진 뒤부터, 어쩌면 필희의 키가 크고 가슴이 나오기 시작한 뒤부터 필희는 아빠의 눈에 띄는 곳에서 자야 했다. 함께 놀 친구가 여자란 걸 증명한 후에야 외출할 수 있었다. 엄마가 개망신을 시키고 떠났으니 너희라도 행동거지가 발라야 한다며 옷차림까지 간섭하는 아빠의 통제를 참아야 했다. 필성은 그럴 때마다 아빠에게 바락바락 대들었고 필희는 공부를 했다. 아빠를 피해 기숙사가 있는 특목고에 진학하려고 필사적으로 공부했다. 희영은 그 사실을 모두 알고 있었다.

"지금 보자고? 내 학원 안 간 거 알면 우리 언니 난리 날 텐데."

희영이 전화기를 귀와 어깨 사이에 끼고 선풍기 바람에 머리를 말리면서 말했다.

"우리 언니가 내한테 저주를 퍼부었다 아이가. 이번 여름방학 때 공부 안 하면 서울은커녕 어떤 대학도 못 갈 거란다. 고3 주제에 방학이 어딨냐 카면서 지 맘대로 시내에 있는 학원 등록했다. 나는 부산이나 대구에 있는 대학도 괜찮은데 우리 언니는 전문대라도 무조건 서울로 와야 한다고 난리다."

"너 잘되라고 그러는 거지."

"뭐라카노. 니 우리 언니 모르나? 우리 언니가 그런 사람이가?"

"그러면 왜 서울로 오라고 해?"

"집 때문에. 우리 언니 지금 원룸에 살고 있는데 좁아서 미칠라 카거든. 아빠한테 조금만 더 넓은 집 얻어달라고 사정했는데 아빠가 내까지 서울 가면 넓은 집 얻어준다 캤거든. 우리 아빠 엄청 구두쇤 거 알제? 우리 언니가 이번 기회 안 놓치려고 내를 들들 볶는다. 엄마까지 가세해서 아주 난리다 난리. 그런다고 내가 갑자기 똑똑해지나?"

필희가 대답하지 않고 웃지도 않자 희영은 자기가 방금 배부른 소리를 했단 걸 알아차렸다. 그래서 전화기를 꼭 잡고 말했다.

"어디서 보까?"

은수리에는 학교 운동장 세 개를 합친 것만큼 넓은 저수지가 하나 있었다. 산골짜기를 콘크리트로 막아 만든 인공 구조물이었다. 산 중턱에 있는 데다 인근에 논밭이 없어서 어른들은 거의 가지 않았고, 아이들도 밤 따러 가거나 썰매 탈 때 외에는 가지 않는 곳이었다. 그래서 은수리 삼총사는 비밀을 이야기할 때 종종 저수지를 찾았다.

다리 앞에서 만난 필희가 앞장서 저수지를 향해 걸었다.

"이렇게 더운데 저수지는 왜? 그냥 너거 할매 집에 있으면 안 되나?"

희영은 늦게라도 학원에 가려고 챙겨 온 책가방을 앞으로 돌려 멨다.

"오랜만에 한번 가보자. 거기 계곡 시원하잖아."

필희가 걸음을 멈추지 않고 말했다.

"야, 오렌지, 니 여기가 얼음골인 줄 아나. 오늘 같은 날씨엔 얼음골에도 얼음 안 언다."

희영이 구시렁거리며 볼멘소리를 하자 필희가 희영의 책가방을 가져가 자기 어깨에 멨다. 그리고 저수지로 가는 오르막길에 발을 들였다.

오렌지가 고집부리면 답이 없지. 희영은 터덜거리며 필희를 따라갔다.

이등변삼각형 모양의 저수지는 기세 좋게 뻗은 나무와 울창하게 몸을 부풀린 여름 산에 빈틈없이 둘러싸여 있었다. 수면은 고요했다.

"안으로 들어가면 계곡 앞에 의자처럼 생긴 바위 있어. 거기가 제일 시원해."

필희가 말한 대로 저수지 가장 깊숙한 곳까지 들어갔더니 정말로 계곡 앞에 의자처럼 생긴 바위가 있었다. 앞쪽은 평평하고 뒷부분은 등받이처럼 솟아 있었다. 돌로 만들어진 2인용 벤치 같았다.

"진짜 의자처럼 생겼네."

희영이 바위에 앉아 물었다.

"진짜 시원하다. 니 여기 자주 오나?"

"답답할 때 가끔."

필희가 옆에 앉으며 말했다.

"누구랑?"

"혼자."

"혼자서 뭐 하러?"

필희가 침묵하자 계곡물 흐르는 소리가 선명하게 들렸다. 두 사람은 저수지를 보며 잠시 가만히 앉아 있었다.

"오렌지 니 무슨 일 있나?"

사실 처음 만났을 때부터 필희의 얼굴이 심상치 않았다. 상큼한 오렌지가 아니라 상해서 시큼해진 오렌지 같았다. 완전히 썩기 전에 토해야 할 말이 있는 얼굴 같았다. 저수지로 올라오는 내내 희영은 무엇 때문에 오렌지가 상했는지 궁금했지만 묻지 않았다. 오렌지가 먼저 속살을 드러내기를 바랐다.

필희는 한참 동안 답이 없었다. 눈 밑이 그늘진 얼굴로 멍하게 있었다. 희영은 필희가 뭐라도 토해내길 기다리며 실없는 말을 늘어놓았다. 성적이 떨어지는 속도에 가속이 붙었다는 이야기, 진학 상담을 했는데 담임이 은근히 촌지를 요구하더라는 이야기, 서울에 있는 언니랑 인천에 사는 오빠가 싸워서 1년째 말을 안 한다는 이야기, 그래서 중간에서 얼마나 피곤한지 모른다는 이야기 등등 일부러 안 좋은 이야기만 골라서. 그랬는데도 필희는 부러워했다.

"넌 좋겠다."

"뭐가?"

희영이 의아해하며 되물었다.

"언니도 있고, 오빠도 있고, 엄마도 있고."

필희가 상큼한 척 리듬을 타며 말했다.

희영은 그 리듬에 올라탈 수 없었다. 과자를 접시에 담아 주던 아줌마, 하얀 레이스 양산을 쓰고 다니던 아줌마, 어느 날 갑자기 사라진 아줌마, 필희 엄마. 희영은 필희가 3년 만에 처음으로 엄마라는 단어를 입에 올리자 더는 참지 못하고 캐물었다.

"니 진짜 무슨 일 있나? 무슨 일인데? 다 말해봐라."

필희는 다시 입을 꾹 다물고 아무 말도 하지 않았다. 저수지를 보며 눈만 껌벅였다.

희영은 손가락을 쿡 쑤셔 넣어 오렌지의 껍질을 까버리고 싶은 충동을 느꼈다. 도대체 왜 말을 안 하는 거야? 속을 알 수 없는 오렌지. 기다림에 지친 희영은 계곡을 돌아다니며 납작하고 매끈한 돌 네 개를 주웠다. 그중 하나를 손에 쥐고 상체를 가로눕힌 후 힘껏 팔을 뻗었다. 그리고 저수지로 날아간 돌을 보면서 외쳤다. "하나, 둘, 셋, 넷" 돌은 물위를 네 번 뛰었다가 물속으로 가라앉았다. 다시 팔을 뻗었다. "하나, 둘, 셋, 넷, 다섯, 여섯, 일곱, 여덟" 이번엔 여덟번 뛰었다가 가라앉았다. 희영은 어깨춤을 추며 "80년"이라고 말했다. 저수지에 올 때마다 삼총사가 하던 놀이였다. 물수제비가 뛰는 횟수에 따라 수명이 정해졌다. 희영이 필희의 손에 작고 납작한 돌을 쥐여주었다.

"난 팔십 살까지 산다. 니도 해봐라."

필희는 앉은 채로 성의 없이 팔을 뻗었다. 날아간 돌은 낮고 작은 포물선을 그리다가 물에 빠졌다. 폭. 한 번도 뛰지 않았다.

"10년. 내 수명은 10년이야."

필희가 저수지를 보며 말했다. 불거져 나온 여름 잎맥을 다시 집어넣으려는 듯 냉랭하게, 겨울 산처럼 스산하게.

그 순간 계곡을 타고 내려온 찬바람이 희영의 맨다리를 휘감았다. 다리털이 쭈뼛 섰다. 희영은 손으로 다리를 문지르며 필희에게서 고개를 돌렸다. 포기나 좌절, 질투나 미움에 관한 이야기는 들을 준비가 되어 있었다. 그러나 체념에 관한 이야기는 들을 준비가 되어 있지 않았다. 방금 필희가 한 말은 뭔가를 체념한 사람의 말 같았다. 어쩌면 그것은 미래. 희영은 남은 돌 하나를 꼭 쥐었다. 그게 무슨 말이냐고 물어봐야 하는데 감당할 수 없는 이야기를 듣게 될까 봐 무서웠다. 그래서 오른팔을 쭉 뻗고 과장되게 빙빙 돌리면서 말했다.

"뭐라카노. 그럼 니는 지금 귀신이가? 내가 대신 던져줄게. 니 몇 살까지 살고 싶노? 백 살? 이백 살? 말만 해라."

희영의 익살에 필희가 덧니를 보이며 웃었다. 필희의 웃음에 고무된 희영은 파도를 읽는 선장이라도 된 양 오른손을 펴서 이마에 붙이고 저수지를 살폈다. 정오의 뜨거운 햇살이 폭격처럼 쉴 새 없이 떨어졌지만, 저수지는 풍랑 없이 잔잔했다. "잘 봐래이." 희영이 이마에서 손을 떼며 말했다. 그리고 신중하게 돌을 던졌다. 납작한 돌이 햇살을 자르며 물 위를 튀었다. 돌이 튈 때마다 희영이 큰 소리로 숫자를 세었다. "하나, 둘, 셋, 넷, 다섯, 여섯, 일곱, 여덟?" 희영이 여덟이라고 외친 순간 바위에 부딪친 돌이 갑자기 공중으로 떠올랐다. 풍선처럼 둥둥! 그렇게 6초 정도 있다가 모래만큼 가늘게 부서지면서 바위 뒤로 빨려 들어갔다.

그 광경을 모두 지켜본 희영과 필희는 동시에 소리 지르며 밖으로 내달렸다.

거기서 멈췄어야 했는데.

그날 내질렀던 비명과 남편의 코 고는 소리가 희영의 귀에서 윙윙거렸다. 귓속에 저수지 물이 들어찬 것처럼 모든 소리가 먹먹했다. 희영은 침대에서 빠져나와 다시 베란다로 갔다. 새벽 네 시. 베란다 창문과 방충망을 열자 아파트 단지를 헤매고 있던 새벽바람이 희영의 허벅지에 부딪혔다. 희영은 베란다 난간에 몸을 기대고 밤하늘을 올려다봤다. 눈이 어둠에 익숙해지자 별이 하나둘 모습을 드러냈다.

되돌아가지 말았어야 했는데.

그날 희영은 내려가겠다는 필희를 설득해 계곡으로 되돌아갔다. 놀라서 도망치긴 했지만, 저수지 입구까지 나오니 어찌 된 일인지 궁금해 도저히 그냥 내려갈 수 없었다.

"우예 된 건지 확인은 해봐야 할 거 아이가. 이대로 가면 궁금해서 잠 못 잔다."

계곡 앞은 평온했다. 졸졸 물소리가 들렸고, 바람은 한 점도 불지 않았다. 희영은 납작하고 작은 돌을 주워 건너편 바위 뒤로 던졌다. 하지만 너무 멀었다. 스무 개가 넘는 돌이 모두 물에 빠지거나 엉뚱한 곳에 떨어졌다. 오기가 발동한 희영은 산비탈을 타고 건너편으로 넘어갔다. 무성한 덩굴과 가지를 헤치고 도착한 바위 뒤에는 지름이 1미터 정도 되는 까만 구멍이 있었다. 눈으로는 그 속과 깊이를 가늠할 수 없었다. 돌멩이를 던져 넣으니 아까처럼 6초 정도 떠 있다가 부서지면서 빨려 들어갔다. 나뭇가지와 잡초도 마찬가지였다. 잠깐 떠 있다가 산산이 부서지면서 빨려 들어갔다. "이게 뭐지?" 희영은 정체를 알 수 없는 까만 구멍을 보며 중얼거렸다. 그리고 건너편에 있던 필희를 불렀다.

"필희야, 귀신 아이다. 일로 와 봐라!"

그때 오렌지를 부르지 말았어야 했는데.

필희는 까만 구멍을 골똘히 쳐다봤다. 희영이 던진 돌이 공중에 떠 있다가 가루가 되어 빨려 들어가는 걸 숨죽이고 응시했다. 그리고 다음 날 사라졌다. 희영이 던진 돌처럼 감쪽같이, 아무 흔적도 남기지 않고.

필희가 실종되었다는 소식을 들은 순간 희영의 머릿속엔 저수지에서 봤던 필희의 얼굴이 떠올랐다. 까만 구멍에서 눈을 떼지 못하던 필희, 귀신에 홀린 사람처럼 풀려 있던 필희의 동공. 필희가 그 구멍으로 들어갔다는 확신이 들었다.

함부로 궁금해하지 말았어야 했는데.

희영은 후회했다. 사무치게 후회했다. 그래서 물었다. 그 구멍을 기어이 찾아낸 사람이 자신이라는 사실이 감당되지 않아 필희가 구멍으로 들어갔다는 확신과 그날의 기억을 가슴 깊이 묻어버렸다. 누구도 모르게. 자신조차 모르도록.

*

희영은 날이 밝자마자 관리실로 찾아갔다. 수상한 봉투를 받았다며 엘리베이터 CCTV 열람을 요청했다.

"봉투에 뭐 이상한 게 들어 있었습니까?"

"아니요. 하지만 저에겐 중요한 일이라서요."

관리소장은 봉투로 인해 범죄나 재산 피해가 발생했다면 증거 수집을 위해 CCTV를 보여줄 수 있지만, 종이를 받은 정도의 일로는 보여줄 수 없다고 했다. 경찰 역시 편지, 그것도 겨우 세 글자가 적힌 편지 때문에 수사할 순 없다고 했다. 그런 편지가 계속 오거나 실질적인 문제가 발생하면 그때 다시 요청하라고 했다.

편지는 다시 오지 않았다. 희영은 몇 달 동안 동네를 돌

며 아들이 말한 것과 비슷한 인상착의를 찾아다녔다. 하지
만 찾지 못했다.

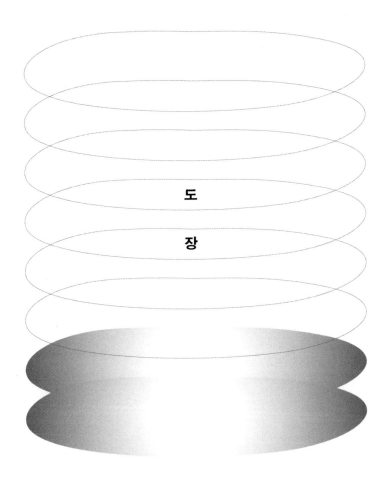

도

장

미정은 혼자 산다. 2주 전 엄마가 죽으면서 그렇게 되었다. 사람들을 만날 때마다 우리 엄마가 죽었다고, 그래서 미쳐버릴 것 같다고 하소연하고 싶었다. 하지만 오십이 넘었다는 자각이 필사적으로 미정을 말렸다. 주책이야, 정말.

미정은 월요일부터 토요일까지 광화문에 있는 일식집에서 일한다. 오후 네 시에 출근해 홀과 주방을 청소하고, 채소를 썰고, 미소국을 만든다. 영업시간엔 싱크대 앞에서 그릇을 씻는다. 손님은 대부분 회사원이다. 마지막 손님이 다음 날 출근을 위해 자리를 뜨면 미정도 주방을 정리하고 퇴근한다.

원래는 미정의 사촌 오빠가 하던 일식집이었다. 사촌

오빠가 심근경색으로 쓰러지면서 큰아들이 물려받았다. 그러니까 미정의 고용주는 오촌 조카였다. 이제 막 서른을 넘긴 조카 사장은 퇴근길에 미정을 집까지 태워주는 걸 특별대우라고 생각했다.

"다른 직원들한텐 말하지 마세요. 괜히 말 나와요."

새벽 두 시. 미정은 가게 문을 닫고 나와 조카 사장의 차에 탔다. 조카 사장은 평소처럼 매출에 대한 아쉬움과 직원들에 대한 불만을 늘어놓다가 미정에게 물었다.

"고모는 집에 가면 뭐 하세요? 혼자 있으면 외롭지 않으세요?"

처음 듣는 개인적인 질문이었다. 혼자 살게 된 고모를 걱정한다기보다는 고모를 걱정하는 자신을 대견해하는 목소리였고, 걱정해준 것만으로도 고맙다는 인사를 듣고 싶어 하는 얼굴이었다.

"씻고 자기 바쁘지."

미정은 창밖으로 고개를 돌리며 말했다. 새벽에도 쉬지 못하는 간판 불빛이 뒤로 흐르고 있었다. 배려보다는 호기심에서 나온 질문이라고 미정은 생각했다. 혼자 사는 나이든 여자를 향한 호기심.

종일 라디오처럼 떠들던 엄마가 죽고 난 뒤 그래, 외로

웠다. 자다가 벌떡 일어나 엉엉 소리 내어 울 정도로 외로
웠다. 하지만 아무리 외로워도 조카 사장에게 그런 기미를
내비치진 않을 작정이었다. 조카 사장은 스물아홉에 결혼
한 걸 자랑삼는 사람이었다. 결혼을 성과로 여겼고, 마흔이
넘도록 결혼하지 않은 사람은 여자든 남자든 하자가 있다
고 믿었다. 게다가 자기가 하는 말이 똥인지 된장인지 구분
하지 않고 내뱉는 녀석이었다. 누가 그건 똥이다, 그건 된장
이다, 배려다, 호기심이다, 일일이 말해줘도 결국엔 제멋대
로 결론 내리는 놈이었다. 조카 사장이랑은 말을 섞지 않는
게 좋아. 물론 미정이 그렇게 생각하는 사람은 한둘이 아니
었다. 거의 모두였다.

조카 사장은 자신의 선심 어린 질문이 고맙다는 인사
를 얻어내지 못하자 라디오 볼륨을 높였다. 집에 가면 아내
에게 이렇게 투덜댈 게 분명했다. "뚱해. 고모는 몸만 뚱뚱
한 게 아니라 성격도 뚱해. 그러니까 결혼을 못했지." 그렇
다고 해도 미정은 조카 사장에게 말 걸고 싶지 않았다. 피
곤했다. 엄마를 보내고 이제 겨우 2주가 지났다. 죽음은 돌
이킬 수 없으며, 완전히 혼자라는 사실을 아직도 받아들이
지 못했다.

"들어가세요."

조카 사장이 미정이 사는 아파트 입구에 차를 세우며 뚱한 목소리로 말했다.

"그래, 너도 운전 조심해라. 월요일에 보자. 고마워."

차에서 몸을 빼내며 미정이 말했다. 고맙다는 인사도 잊지 않았다. 지나는 길이라 해도 매일 집 앞까지 태워주는 건 수고로운 일이었다. 고마운 건 고마운 거지. 미정은 조카 사장의 까만 차가 완전히 사라질 때까지 지켜보다가 엘리베이터를 탔다.

미정이 사는 집은 재개발 아파트 단지에 의무적으로 지어진 임대 동이었다. 분양 동의 절반도 안 되는 39제곱미터 안에 미닫이문으로 된 베란다 방과 그보다 작은 방, 통로를 겸한 부엌과 욕실이 모두 들어 있었다. 거실은 없었다. 84제곱미터이거나 112제곱미터인 분양 동엔 당연히 거실이 있었다. 분양 동과 임대 동은 외양도 달랐다. 계단식 아파트인 분양 동은 외벽이 옅은 아이보리였다. 밖으로 난 창이 많고 크기도 다양했다. 반면 복도식 아파트인 임대 동의 외벽은 짙은 회색이었다. 밖으로 난 창은 베란다가 유일했다. 그러다 보니 이 아파트 단지에 사는 사람뿐 아니라 외지인도 어디가 분양 동이고 어디가 임대 동인지 쉽게 구분할 수 있었고, 쉽게 다른 시선으로 보았다. 가난한 사람이 사는 동. 그런 시선은 노골적인 차별로 이어지기도 했다. 임대 동에 사는 애랑은 놀지 마. 그래도 서울의 주택난이 워낙 심각해 임대 동에 들어오려는 사람은 많았다. 입주 경쟁이 치열했다. 미정은 서울시에서 정한 가산점을 받을 수 있는 사회취약계층이 아니었다. 국가유공자도 아니었고, 한부모가족도 아니었다. 가난했지만 가산점을 얻을 정도로 수입이 없진 않았고, 나이가 많았지만 역시 가산점을 받을 정도로 많진 않았다. 미정이 임대 아파트에 사는 건 가난과 늙음을 성실히 증명해낸 엄마 덕분이었다.

미정의 엄마는 심근경색으로 쓰러져 세 번째로 병원에 입원하게 되었을 때 혼자 사는 딸에게 제안했다.

"엄마랑 같이 살자. 아파트 보증금이랑 보험이랑 적금 다 너한테 줄게. 엄만 요양원 가기 싫어."

돌봄 노동과 유산의 맞교환 약속. 평생 보험 영업을 해온 사람다운 발상이었다. 미정은 그 제안을 거절하지 않았다. 사사건건 시비를 거는 엄마였지만, 와사비와 생선 뼈가 눌어붙은 그릇 말고는 돌볼 게 없는 삶이 초라하게 느껴지던 시기였으므로 미정은 군말 없이 엄마의 아파트로 들어갔다. 전부 오빠에게 갈 거라 생각했던 유산 상속 약속도 동거를 결정한 중요한 요인이었다.

미정이 버리지 못하고 바리바리 싸 온 짐 때문에 안 그래도 좁은 집이 더 좁아졌다고 청소할 때마다 불평하던 엄마는 함께 산 지 3년이 되던 해에 죽었다. 유산을 모두 주겠다는 약속은 지켜지지 않았다. 죽음을 코앞에 두고 엄마는 유산을 둘이 똑같이 나누어 쓰라는 유언을 남겼다. 그래도 미정이 예상했던 것보다 큰돈이었다. 엄마의 빈자리 또한 예상보다 컸다.

　　엄마.

　　집에 들어온 미정은 옷 입은 채로 베란다 방에 누웠다. 방은 텅 비어 있었다. 장례를 치른 후 그 방에 있던 침대와 TV, 옷장과 서랍장, 테이블을 모두 버렸기 때문이다. 매트리스를 버릴 때 까만 비닐에 싸인 돈뭉치가 나왔는데, 이걸 깔고 등이 배겨서 어떻게 잤나 싶을 정도로 두둑했다. 미정은 그 돈뭉치를 제외한 엄마의 모든 소유물을 75리터짜리 종량제 봉투에 집어넣었다. 수첩과 화장품, 영양제와 알약 같은 자잘한 물건부터 엄마의 추억이 담긴 사진과 입던 옷, 가방, 오빠에게 선물 받고 애지중지하던 명품 지갑까지. 오래된 자기 물건도 종량제 봉투에 집어넣었다. 젊었을 때 입었던 정장과 구두, 유행 지난 가방과 액세서리, 여행 다니며 산 기념품, 고장 난 핸드폰 같은 것이었다. 물건에 깃든 추억 때문에 버리지 못하고 이고 지며 살았는데, 엄마의 유품을 정리하다 보니 모든 추억이 하찮게 느껴졌다. 이것도 버리고 저것도 버리자. 엄마 것도 버리고 내 것도 버리자. 그렇게 미련 없이 버리다 보니 베란다 방이 볼펜 한 자루 없이 텅 비었다. 거기에 누워 천장을 보고 있으면 실재감이 사라졌다. 어떤 날은 천장이 점점 내려와 짓눌릴 것 같았고, 어떤 날은 바닥이 점점 올라가 천장에 코를 박을 것 같았다. 콘크리트로 된 커다란 관에 갇힌 기분이었다. 미정은 그 속에 누워 엄마가 죽기 전날 했던 말을 떠올렸다. 입원해 있던 내내 날카롭게 짜증 내던 엄마가 다정하게 건넨 유일한 말이었다.

"미정아, 지금이라도 결혼해."

"이제 와서 무슨 결혼이야. 제발 말이 되는 소리를 해."

미정은 천장에 부딪칠까 봐 오른손으로 코를 감싸고 다정한 목소리에 놀라 그때 하지 못했던 대답을 뒤늦게 했다. 그리고 울었다. 부모를 잃었지만 보육원엔 갈 수 없는 중년 여성 엄미정은 장난감을 안 사 줘서 마트에 드러누운 아이처럼 베란다 방에 드러누워 몸부림치며 울었다. 눈물이 마르자 미련했던 젊은 날이 줄줄이 떠올랐다.

낙방. 낙방. 삼수 끝에 겨우 들어간 대학. 등록금을 벌려고 시작한 동네 학원 강사. 그 학원에 헌신했던 시간. 학원이 자리를 잡으면 식을 올리자는 말을 믿고 이어갔던 원장과의 긴 동거. 헤어지자는 통보. 이사. 칩거. 보험 영업. 칩거. 또 칩거……

젊으니까 뭐라도 해보라는 말을 듣던 시기가 눈 깜짝할 사이에 지났다. 늦지 않았으니 지금이라도 누구를 만나보라는 말을 듣던 시기도 빠르게 지났다. 다시 세상에 나가보자고 마음먹었을 땐 배려가 아니면 새로움을 제안받지 못하는 나이가 되어 있었다. 배려조차 곧이곧대로 받아들이지 못하는 꼬인 사람이 되어 있었다. 작은 실패를 연거푸했다. 그때마다 사람들과 인연을 끊고 숨었다. 기어코 찾아내는 사람은 엄마뿐이었다. 찾는 사람이 없으면 숨을 이유도 없다. 그렇다면 이젠 뭘 해야 하는 걸까?

*

요란한 벨 소리에 눈을 떴다. 일요일 아침이었다. 미정은 겉옷을 걸치고 현관문을 살짝 열었다. 개나리색 재킷을 입은 노년 여성이 서 있었다. 박 권사였다. 지난겨울 엄마의 성화로 교회에 갔다가 인사를 나눈 적 있었다.

"미정 씨, 잘 지냈어?"

박 권사가 조금 열린 문틈에 가방을 집어넣었다. 그리고 팔에 힘을 주며 문을 벌리더니 순식간에 현관으로 들어왔다. 당황한 미정이 뒷걸음질 치며 말했다.

"엄마는 없어요."

"알지. 담임 목사님이랑 새신자부에서 갔잖아, 장례식에. 오빠분이랑 인사도 하고. 새언니 인상이 참 좋더라."

박 권사가 눈으로 주방을 둘러봤다. 미정은 반쯤 열려 있던 베란다 방의 미닫이문을 닫고 싱크대 앞에 섰다. 싱크대 위엔 아무것도 없었다. 개수대에 물 마신 머그컵 하나만 놓여 있었다.

"아유 깔끔하게 해놓고 사네. 엄마가 걱정 안 해도 되겠어."

박 권사는 말과는 달리 걱정스러운 눈빛으로 휑한 주방을 뚫어지게 바라봤다. 그대로 두면 냉장고 문까지 열어볼 기세였다.

"무슨 일로 오셨어요?"

미정은 박 권사가 침입했을 때부터 하고 싶었던 질문을

입 밖으로 꺼냈다. 기어들어가는 목소리였다.

"미정 씨, 오늘이 주일이잖아. 엄마가 얼마나 부탁했는지 모르지? 자기가 없어도 미정 씨 계속 교회 다닐 수 있게 신경 써달라고 몇 번이나 연락하셨어. 내가 바로 앞 동에 사니까 특별히 나한테 부탁하신 거지. 그래서 아침에 전화했는데 신호가 안 가더라. 핸드폰도 안 받고."

박 권사가 미정의 눈을 보며 살갑게 말했다. 미정은 박 권사의 눈을 피하며 살짝 고개를 숙였다. 전화기는 종량제 봉투에 넣어 버렸다고, 교회는 엄마 때문에 억지로 간 거라고 말하고 싶었다. 교회를 다닐 생각이 없다고, 아니 절대로 가고 싶지 않다고도 말하고 싶었다. 하지만 거절이란 걸 해본 지가 너무 오래되어서인지 그중 어떤 말도 입에서 나오지 않았다.

미정이 남의 집을 방문한 사람처럼 쭈뼛거리며 서 있자 박 권사가 딸 집에 온 사람처럼 고개를 획획 돌리며 편안하게 집을 구경하기 시작했다. "몰딩이 우리 집이랑 똑같네, 싱크대도 똑같고 벽지도 똑같아." 자기가 사는 분양 동과 미정이 사는 임대 동의 내부 인테리어가 똑같다는 말이었다. 그러곤 오른쪽 신발을 벗더니 스타킹 신은 발로 바닥을 문지르며 말했다. "바닥도 재질이 같고, 문도 같고, 평수 말고는 다른 게 없네." 비싼 분양 동과 값싼 임대 동에 쓰인 자재가 똑같은 걸 아쉬워하는 목소리였다. 박 권사는 어느새 양쪽 신발을 다 벗고 주방 한가운데에 서 있었다. 미정은 약하고 가늘게 한숨을 쉬며 핸드폰으로 시간을 확인했다. 열 시 반이었다. 예배는 열한 시에 시작한다.

"그런데 바닥에 머리카락이 왜 이렇게 많아? 좀 치워야겠네. 청소기 어디 있어? 미정 씨 준비하는 동안 내가 밀어줄게."

주방을 돌아다니던 박 권사가 발바닥에 붙은 머리카락을 손으로 떼어내며 말했다. 미정이 청소기를 줄 기미를 보이지 않자 가방을 내려놓고 손으로 머리카락을 줍기 시작했다. 미정은 머릿속이 새하얘졌다. 교회에 가겠다고 하는 것 말곤 박 권사의 청소를 막을 방법이 생각나지 않았다.

"제발 그만하세요. 교회 갈게요."

그 말에 박 권사가 허리를 펴며 싱긋 웃었다. "갈 거야?"라며 주운 머리카락을 손바닥으로 돌돌 말면서 재활용 센터에 보내려고 쌓아둔 옷 박스 위에 앉았다.

"여기 꼼짝 않고 앉아 있을 테니까 얼른 씻고 나와. 장례식에 왔던 분들 생각해서 감사 헌금도 좀 준비하면 좋지. 만 원도 괜찮아. 성의 표시니까. 우리는 장례 마치면 목사님

들 식사 대접도 하고 그러는데 미정 씨는 안 해도 돼. 다 이
해해주실 거야."

나는 왜 이해해준다는 거야? 인간 구실도 못한단 거야
뭐야? 미정은 칫솔에 치약을 짜며 생각했다. 칫솔을 빠르게
움직이며 또 생각했다. 지겨워, 저런 사람들. 아무것도 바라
는 게 없는 척, 선의로 가득 찬 척하며 슬금슬금 접근했다
가 나중엔 당당하게 헌신을 요구하는 사람들. 미정은 휠체
어를 타야 할 정도로 병세가 악화되자 생전 쳐다보지도 않
던 교회에 나가겠다고 고집을 부렸던 엄마를 원망하며 세
수했다. 아직 버리지 못한 짐으로 가득 찬 작은방에 들어가
옷을 갈아입고 모자를 쓰고 나오니 박 권사가 미닫이문을
열고 베란다 방을 들여다보고 있었다.

"뭐 하시는 거예요?"

미정이 미닫이문을 닫으며 언짢은 기색으로, 그러나 작
은 목소리로 말했다.

미안하다고 하며 물러나던 박 권사가 모자 쓴 미정을
보고는 되레 한 소리를 했다.

"예배드리는데 누가 모자를 써."

혼자 사는 여자는 오십이 넘어도 참견받는다. 조카에게
참견받고, 마트 주인에게도 참견받는다. 처음 만난 사람도

상대가 혼자 사는 여자란 걸 알면 아무렇지 않게 참견한다. 반박하면 유별나서 혼자 산다는 판결과 함께 또 다른 참견을 시작한다. 미정은 더는 참견받고 싶지 않아 얌전히 모자를 벗고 빗질했다. 그리고 현관문을 열고 나가 문을 잡고 박 권사를 기다렸다. 남의 집에 혼자 있는 꼴이 된 박 권사는 자기도 모르게 실례했다는 시늉을 과장되게 하며 구두를 제대로 신지도 않고 후다닥 뛰쳐나왔다. 상대가 참을 수 있는 마지노선을 본능적으로 아는 사람이었다.

그 후로 일요일 아침마다 미정의 집 벨이 울렸다. 미정이 못 들은 척하면 박 권사는 주먹으로 문을 두드렸다. 미정이 달리 갈 데가 없단 걸 확신하는 끈질기고 힘찬 두드림이었다. 덕분에 미정은 일식집이 쉬는 일요일에도 몸을 일으켜 아파트 단지 입구에 있는 교회에 가야 했다. 알아서 가겠다고 해도 박 권사는 교회에서 만나자는 약속을 하지 않았다. 어차피 가는 길이니 심심하지 않게 같이 가자고 하면서 계속 찾아왔다. 오지 말라고 설득하는 것보다 박 권사를 안심시킨 후 내빼는 게 빠르겠다고 미정은 판단했다.

장년층 새 신자를 담당하는 박 권사는 예배가 끝나면 미정의 새 신자 카드에 도장을 찍어주었다. 오백 원짜리 동전만 한 원 안에 세 개의 십자가가 그려진 빨간 도장이었다. 도장을 열 개 받으면 정식 교인이 된다고 했다. 미정은 정식 교인이 되기 위해, 그리고 박 권사의 실적을 채워주고 빠져나오기 위해 꾸벅꾸벅 졸면서도 끝까지 설교를 들었다. 미정의 카드에 도장이 많아질수록 박 권사의 참견이 조금씩 줄어들었다.

"우리 교회에 다니셨어요?"

미정이 네 개의 도장, 열두 개의 십자가가 찍힌 카드를 주머니에 넣고 교회를 나서는데 뒤에서 누군가 등을 건드렸다. 돌아보니 엄마와 산책하다 야외 엘리베이터에서 만났던 여자였다.

"네."

미정은 눈을 맞추지 않고 짤막하게 답했다. 그리고 더는 말을 걸지 못하도록 걸음을 서둘렀다. 충분히 멀어진 것 같아 뒤돌아보니 엘리베이터 여자가 하늘색 긴 치마를 펄럭이며 따라오고 있었다. 조금 더 걷다가 다시 돌아보니 아직 따라오고 있었다. 그 순간 박 권사에게 쌓였던 분노가 치밀어 올랐다. 정말 지겨워, 저런 사람들. 미정은 걸음을 멈추고 엘리베이터 여자가 가까이 오길 기다렸다가 사정권에 들어오자 여자의 블라우스 단추를 노려보며 말했다.

"왜 따라오세요?"

작은 목소리였지만 충분히 신경질적이었다.

엘리베이터 여자는 초승달처럼 생긴 눈썹을 한껏 들어 올리며 말했다.

"우리 집도 이쪽이잖아요."

미정은 하늘색 치마로 눈을 떨어뜨렸다. 그리고 몸을 돌렸다. 박 권사에게 질려 교회 사람이라면 무조건 경계하다가 그 여자가 옆 동에 산다는 사실을 깜빡했다.

*

그 여자를 처음 만난 건 1년 전 1단지와 2단지를 오르내리는 야외 엘리베이터 앞에서였다. 처음엔 누구나 이용할 수 있는 엘리베이터였다. 하지만 외부인 사용이 잦다는 이유로 잠금장치가 생기면서 임대 동 주민까지 그 엘리베이터를 사용할 수 없게 되었다. 그 사실을 몰랐던 미정은 엄마가 탄 휠체어를 밀고 산책을 나갔다가 엘리베이터를 타지 못해 분양 동 주민이 오길 기다리고 있었다. 그때 장바구니를 들고 그 여자가 나타났다. 그가 입주민 카드를 센서에 갖다 대자 멈췄던 엘리베이터가 소리를 내며 천천히 내려왔다. 문이 열렸고 그가 먼저 탔다. 미정도 휠체어를 밀며 따라 탔다.

"왜 안 타고 계셨어요? 카드 안 가지고 오셨어요?"

그의 질문이 끝나기도 전에 미정의 엄마가 침을 튀기며 열변을 토했다. 전기세가 나오면 얼마나 나온다고 엘리베이터를 잠그냐, 세상이 아무리 각박해도 같은 단지에 사는 사람들끼리 이러는 거 아니다, 임대 동에는 나처럼 휠체어 타는 사람이 많은데 저렇게 가파른 계단을 휠체어로 어떻게 오르란 말이냐, 길 막고 통행료 걷는 거냐, 그런 건 깡패나 하는 짓이라고 엉덩이를 들썩이며 말했다.

미정은 엄마의 휠체어가 흔들리지 않도록 손잡이에 힘을 주었다.

엘리베이터 여자의 미간에도 힘이 들어갔다.

"말도 안 돼요. 임대 동은 정말 카드를 못 받았어요?"

그는 전쟁 소식이라도 들은 사람처럼 놀라며 절망한 표정을 지었다. 그러자 미정의 엄마가 갑자기 흥분을 가라앉히고 정색을 했다. "아이고, 진짜 말도 안 되는 일은 들어보지도 못했나 보네, 이런 일로 뭘 그리 놀래." 그리고 아랫입술을 살짝 내밀며 미정을 향해 고갯짓했다. 가자는 신호였다.

미정이 휠체어를 밀자 그가 따라왔다.

"임대 동을 차별한다는 뉴스를 본 적 있지만, 우리 아파트에서도 그런 일이 있을 거라고 생각도 못 했어요. 우리는 담도 없잖아요. 그래서 말인데 혹시 카드를 못 받으신 건 아니에요?"

그러자 미정의 엄마가 손으로 휠체어 손잡이를 내리치며 답답하다는 듯 말했다.

"아이고, 애기 엄마. 순진하네, 순진해. 담만 없다뿐이지 아파트 색깔도 다르고, 모양도 다르고, 입구도 다르잖아. 그쪽이야 불편한 게 없으니까 몰랐겠지만, 우리는 불편한 게 많아. 마트에 가서 배달만 시켜도 '아 그 임대 동이요?' 하는 세상인데 사람이 너무 순진하네."

미정의 엄마가 혀를 찼다. 그리고 우유와 과자가 담긴 장바구니를 힐끔 보고는 표정을 바꾸어 친근하게 말했다.

"근데 혹시 보험 들 일 있어요? 내가 30년 넘게 보험 하다가 아파서 잠깐 쉬고 있는데 내 막냇동생이 참 잘해. 보험왕이야. 애가 얼마나 싹싹한지 몰라."

엄마가 보험 이야기를 꺼내자 미정은 휠체어를 빠르게 밀었다. 미정의 엄마는 속도에 굴하지 않고 새로 나온 어린이 보험을 설명했다. 엘리베이터 여자는 장단을 맞추며 빠른 걸음으로 쫓아왔다. 그리고 공동 현관 입구에서 연락처를 물었다. 자기가 입주민 회의에 엘리베이터 문제를 건의

해보겠다고 했다.

미정의 엄마가 반색하며 대꾸했다.

"그래, 애기 엄마가 좀 말해봐요. 우리가 말하면 고마운 줄 모르고 불평한다고 지랄을 하니까. 근데 애는 있어요? 보험 설명 다 해놓고 이제야 그걸 물어보네."

"있어요. 아들은 고3이고 딸은 고2예요."

"어린이가 아니네. 일찍 결혼했나 봐."

미정이 핸드폰 번호를 알려주자 그는 미정의 번호로 전화를 걸며 산 바로 아래에 있는 옆 동을 가리켰다.

"저는 박희영이에요. 저기 살아요. 제가 회의에서 이야기해보고 여쭤볼 거 있으면 전화 드릴게요."

"그래요, 그래. 우리한텐 너무 중요한 문제야."

미정의 엄마는 언제든지 연락하라고 했다. 미정은 핸드폰에 뜬 번호를 저장했다. 엘리베이터 여자가 멀어지자 미정의 엄마가 여자의 뒷모습을 보며 말했다.

"저 여자도 오지랖이 보통은 아니네."

안내 방송이 나온 건 그 여자의 존재를 완전히 잊은 몇 달 뒤였다. 평소 말귀 어두운 노인도 알아들을 수 있도록 느리고 큰 목소리로 층간 소음을 경고하고 분리배출의 중요성을 강조하던 기계음이 새로운 내용을 전했다. "입주민 여러분께 안내 말씀드립니다. 그동안 임대 동 주민은 사용할 수 없었던 단지 내 야외 엘리베이터를 내일부터 사용할 수 있게 되었습니다. 2단지 주민께서 이 문제를 아시고 분양 동 주민들을 일일이 찾아가 서명을 받아주신 덕분입니다. 이에 야외 엘리베이터를 사용할 수 있는 카드를 관리실에서 나눠드리고 있으니 카드가 필요하신 분은 이번 주 내로 관리실을 방문하셔서 받아 가시기 바랍니다. 다시 한번 안내 말씀드립니다…….."

미정은 관리실에 가서 방문 카드를 받아 왔지만 자느라 방송을 듣지 못한 엄마에게 따로 소식을 전하진 않았다. 엄마의 병세가 급격히 악화되어 휠체어를 타고도 산책할 수 없게 되었기 때문이다. 가끔 야외 엘리베이터를 타려고 카드를 찍으면 삐 소리와 함께 그 여자의 얼굴이 떠올랐다. 동그랗게 놀라던, 하지만 텅 비어 있던 눈.

*

엘리베이터 여자가 미정 옆으로 다가왔다. 긴 치마가 미정의 왼쪽 다리에 부딪혔다.

"어머니는 잘 지내세요?"

엘리베이터 여자가 나란히 걸으며 물었다.

미정은 혼자만 살아 있는 게 어쩐지 죄스러워 머뭇거렸다.

"얼마 전에 돌아가셨어요."

엘리베이터 여자의 눈을 힐끔 쳐다봤다. 여자의 눈은 동그래지지 않았다. 놀라거나 미안해하는 기색이 없었고 위로의 말을 하지도 않았다. 대신 건조하게 물었다.

"어떻게 가셨어요?"

으레 하는 질문이 아닌 것 같았다. 정말로 궁금해서 묻는 것 같았다. 그런 게 왜 궁금하지?

"어떻게 가셨어요? 편하게 가셨어요?"

엘리베이터 여자가 다시 물었다.

"갑자기 악화돼서 중환자실에 며칠 있다가 가셨어요. 그게 편하게 가신 건지는…….."

엘리베이터 여자는 고개를 몇 번 끄덕였다. 명복을 빈다거나 기운 내라는 의례적인 인사는 끝까지 하지 않았다.

미정은 그가 엘리베이터에 관해 말을 꺼내면 어떡하나 걱정했다. 고맙다고 인사해야 하나 싶다가도 그게 고마워할 일인가 싶기도 했다. 다행히 2단지 입구에 도착할 때까지 그는 엘리베이터에 관해선 아무 말도 하지 않았다. 대신 다른 말을 했다.

"이야기할 사람 필요하면 연락하세요. 제 번호 아시죠?" 그리고 핸드폰을 꺼내 주민센터 직원 같은 목소리로 물었다. "성함이 어떻게 되세요?"

미정은 주민센터 직원에게 답하듯 반사적으로 말했다.

"엄미정."

그는 핸드폰에 적힌 엘리베이터라는 다섯 글자를 지우고 엄미정이라는 세 글자를 입력했다. 그리고 미정과 눈을 맞추며 다시 한번 강조했다.

"말할 사람이 필요하면 꼭 연락하세요, 꼭."

그리고 치마를 펄럭이며 2단지로 들어갔다.

연락하라고? 내가 왜? 미정은 어이없었다. 자기가 내 친구야? 왜 꼬옥 연락하라는 거야? 미정은 투덜거리면서도 한 글자였던 꼭을 두 글자로 늘리며 그 안에 멋대로 간절함을 집어넣었다. 저 사람, 왜 나한테 간절한 거지? 그리고 떠올렸다. 꼬옥이라는 말을 마지막으로 들었던 순간을.

"이번 입시만 지나면 꼭 결혼하자."

"정말이에요?"

"정말이지. 내년엔 꼬옥."

미정은 원장의 꼬옥을 믿고 복학을 포기했다. 온갖 사무와 강의를 도맡으며 학원 일에 정성을 쏟았다. 몇 번의 꼬옥이 지났다. 다른 동네에서도 찾아올 만큼 학원은 유명해졌다. 원장은 더 이상 꼭도, 꼬옥도 말하지 않았다. "올해는 꼭 결혼하자고 했잖아요?" 꼭을 말하는 사람은 미정이되었다. 함께 산 지 6년이 되었을 때 원장은 내년에도 결혼할 수 없다고 했다. 이유가 뭐냐고 물으니 사랑하지 않는다고 했다.

그렇게 말하는데 내가 뭐라고 해?

*

일식집에서 미정의 별명은 스펀지였다. 미정은 몰랐다. "오늘 일찍 가야 하는데 스펀지한테 부탁해볼까?" 아르바이트생끼리 하는 이야기를 우연히 들었고, 그 말을 한 아르바이트생이 찾아와 홀 정리를 부탁했을 때에야 미정은 자기가 스펀지임을 알았다. 스펀지라 불리는 이유도 즉각 알아차렸다. 모든 부탁을 흡수하는 사람. 불쾌했다. 하지만 스펀지답게 거절하지 못하고 그렇게 해주었다.

일식집에서 일하게 된 것도 사촌 오빠의 부탁을 거절하지 못해서였다.

미정의 사촌 오빠는 대기업을 다니다가 오십 대에 희망퇴직을 당하고 퇴직금으로 광화문에 일식집을 차렸다. 미정과 연락을 주고받는 사이는 아니었다. 설날에 미정의 엄마를 만났다가 미정이 방에만 있는다는 소식을 듣고 찾아왔다. 식당을 시작했는데 이런 일을 처음 하다 보니 직원들이 자꾸 골탕을 먹인다고 했다. 스트레스 때문에 탈모가 생겼다고 했다.

"믿고 맡길 직원이 필요한데 그런 사람 찾기가 쉽지 않더라. 믿을 만한 것 같아서 맡겼는데 나 없을 때 식자재 빼돌리고 현금 빼돌리고. 그런 장면을 CCTV로 몇 번 보고 나니까 정말 징글징글해, 사람이. 결국 믿을 건 핏줄밖에 없다는 생각도 들고. 그런데 우리 애들은 다 직장 다니고 애 키우느라 바빠. 이런 일엔 관심도 없고."

나이 차이가 많이 나서 어릴 때 몇 번 본 것 말고는 거의 만난 적 없던 사촌 오빠가 찾아와서 속사정을 허심탄회하게 이야기하고 일식집에서 일해달라고 부탁하자 미정은 거절하지 못하고 알겠다고 했다. 점점 더 많은 종류의 업무를 요청할 때도 대체로 응했다. "미정이 말이라면 내가 믿지."

자기도 믿지 못하는 자신을 믿어주는 것이 고마워서였다.

사촌 오빠가 쓰러지고 조카가 가게를 물려받았을 때 일을 그만둘 수도 있었다. 하지만 월세를 내며 원룸에 살고 있을 때라 정기적인 수입이 필요했다. 다른 일자리를 찾기는 쉽지 않았다. 조카 사장이 사촌 오빠처럼 계속 일해달라 사정하지 않고 "고모 편하신 대로 하세요"라고 말하는 걸 듣고는 더 그만둘 수 없었다.

여기가 아니면 어디서 나를.

여느 일요일처럼 박 권사에게 전화가 왔다. 십 분 뒤에 공동 현관에서 만나자고 했다. 미정은 단정해 보이는 베이지색 반소매 셔츠와 까만색 긴 바지를 입고 박 권사가 선물해 준 성경책을 가방에 넣고 내려갔다. 아홉 번째 도장을 찍는 날이었다.

박 권사는 자잘한 연두색 꽃무늬가 그려진 반소매 원피스를 입고 있었다. 화사한 옷 색감 때문에 칠십 대로 보이지 않았다.

"미정 씨, 아침 먹었어?"

미정이 고개를 끄덕였는데도 박 권사는 자기 가방에서 샌드위치를 꺼내 미정의 가방에 집어넣었다.

"예배 마치면 국수 먹고 가. 집에 가서 밥 차려 먹는 것도 일이잖아."

교회로 걸어가는 동안 박 권사는 아들이 승진했다는 이야기, 며느리는 더 잘나간다는 이야기를 했다.

"손주들 보느라 힘들지만 그래도 내 덕분에 편하게 일한다고 말해주니 고맙지 뭐. 애들은 또 얼마나 귀엽다고."

그게 다 하나님의 은혜라는 말도 빼먹지 않았다. 박 권사는 자기 일상에 감사할 줄 아는 사람이었다. 젊은 시절의 고생이 지나고 노년에 찾아온 평안에 가슴 벅차할 줄 아는 소박한 사람이었다. 그런 사람을 만나면 대부분은 덩달아 마음이 편안해진다. 미정은 불편했다. 박 권사가 감사를 표하는 일이 소소할수록 더 불편했다. 박 권사가 말하는 감사의 최소 조건을 자신은 하나도 갖추지 못했기 때문이다. 존재만으로 감사한 자식과 손주가 없었고, 같이 늙어가는 남편도 없었다. 화창한 날씨와 아름다운 자연에 감탄할 시간도 없었다. 자고 일어나서 정신 차려보면 늘 일식집 주방이었다. 나는 어떤 은혜를 받게 될까? 처음엔 미정도 박 권사의 말을 귀담아들었다. 박 권사처럼 소박하지만 충만한 감사를 해보려고 노력했다. 잘 안 되었다. 남편과 자식이 없고, 엄마도 없고, 친구도 없는 자신은 하나님의 은혜를 받을 그릇 자체가 없는 사람처럼 느껴졌다. 그릇도 준비하지 않고 맛있는 걸 바라는 욕심꾸러기가 된 기분이었다. 새벽까지 설거지하는 중년 여자에겐 어떤 식으로 하나님의 은혜가 찾아오는지 목사도 말해주지 않았기에 미정은 구석진 자리에 앉아 꾸벅꾸벅 졸면서 설교 시간을 견뎠다. 그러고 나면 박 권사가 도장을 찍어주었다.

미정은 아홉 개의 도장과 스물일곱 개의 십자가가 찍힌 카드를 보며 교회를 빠져나왔다. 억지로 다니는 중이지만 하나의 일을 완수해가고 있다는 작은 성취감을 느꼈다.

한 칸만 더 채우면!

교회 앞 편의점에서 콜라를 사서 나오는데 엘리베이터 여자가 하얀 레이스 양산을 쓰고 리넨 바지를 펄럭이며 지나갔다. 미정은 엘리베이터 여자가 간절한 말을 내뱉지 못하도록 걸음을 잠깐 멈추었다가 다시 걸었다. 거리를 두고 천천히.

며칠 뒤 미정은 엘리베이터 여자를 다시 만났다. 심한 위경련이 온 새벽이었다. 참을 수 없는 통증이 미정의 명치를 파고들었다. 작은방을 샅샅이 뒤져도 진통제가 보이지 않았다. 엄마 약을 정리하면서 상비약까지 버린 듯했다. 새벽이라 문 연 약국도 없었다.

119를 불러야 할까? 소란 떨고 싶진 않은데.

미정은 몸을 웅크리고 식은땀을 뚝뚝 흘리며 엄마를 생각했다. 엄마가 있었으면 당장 누군가에게 전화해 진통제를 가져다 달라고 부탁했을 것이다. 새벽에도 그런 부탁을 들어줄 엄마의 지인이 이 아파트에만 셋 이상 있었다. 미정은 대낮에도 그런 부탁을 할 지인이 없었다. 있다면 두 시간 전 자신을 내려주고 간 조카 사장이 유일했다.

개한테 어떻게……. 하지만 이대로는 일 초도 못 견딜 것 같아 핸드폰을 들고 조카 사장에게 전화하려는 그때, 엘리베이터 여자와 박 권사가 생각났다. 조카 사장은 차를 타고 멀리서 와야 하지만, 엘리베이터 여자와 박 권사는 오분이면 올 수 있다. 일 분이라도 빨리 오는 게 좋지. 통증이 염치를 잊게 했다. 엘리베이터 여자와 박 권사 중 누구에게 연락할까. 통증이 판단을 재촉했다. 아무래도 젊은 사람이 낫겠지? 통증이 모르는 사람이라고 해도 무방한 사람에게 새벽 세 시에 전화하게 했다. 핸드폰 화면에 엘리베이터 여자란 글자가 떴다.

"여보세요?"

엘리베이터 여자가 놀란 목소리로 전화를 받았다. 미정

은 다짜고짜 위경련 진통제가 있느냐고 물었다. 엘리베이터 여자는 있다고 말했다. 미정은 그럼 지금 당장 진통제를 가지고 우리 집으로 와달라며 호수를 불렀다. 부탁보다는 명령에 가까웠다. 엘리베이터 여자는 알겠다며 전화를 끊었다. 그리고 오 분 뒤 공동 현관 벨이 울렸다.

희영은 바로 돌아가지 않았다. 미정이 진통제 두 알을 삼키고 누울 때까지도 떠날 기미를 보이지 않았다.

"고마워요. 너무 아픈데 부탁할 데가 없었어요."

"괜찮아요. 마침 안 자고 있었어요."

희영이 벽에 등을 기대고 앉으며 말했다. 희영은 남색 파자마에 베이지색 카디건을 걸치고 있었다. 미정은 이불에 얼굴을 파묻었다. 고통을 덜어보려는 동시에 이제 그만 가주면 좋겠다는 말이 튀어나오는 걸 막기 위한 행동이었다.

"걱정하지 마세요. 약효 드는 것만 보고 갈게요." 희영이 미정의 마음을 눈치채고 말했다. "방 좀 구경해도 되죠?"

미정은 대답하지 않았다. 구경할 게 없는 텅 빈 방이었다. 하지만 희영은 흥미롭다는 듯 일어서더니 방을 한 바퀴 빙 돌았다. 베란다로 나가 밖을 내다보며 한참 서 있었다. 통증이 덜해지자 미정은 몸을 일으켜 유리컵에 오렌지 주스를 따랐다. 그리고 베란다에 있는 희영을 불러들였다. 희영은 방으로 들어와 다시 벽에 등을 기대고 앉았다. 미정도 맞은편 벽에 등을 기대고 앉았다. 희영은 오렌지 주스를 한 모금 마시고 바닥에 컵을 내려놓았다.

"원래 교회에 다니셨어요?"

희영이 물었다.

"아뇨. 엄마 때문에 별수 없이 간 거예요."

미정이 답했다. 박 권사 이야기는 하지 않았다.

"저도 결혼 전에는 안 다녔어요. 남편 때문에 나가요. 남편이랑 애들은 교회에서 이것저것 많이 하는데 저는 예배만 봐요."

희영은 그렇게 말하고 미정의 눈을 바라보았다. 미정은 엘리베이터 여자가 질문을 원한다는 걸 알았다. 대화를 이어가고 싶어 한다는 것도. 하지만 미정이 필요했던 건 대화가 아니라 진통제였다. 그래서 이렇게 말했다.

"이제 괜찮아졌어요. 고마워요, 이 새벽에."

희영은 그 말을 못 들은 척했다. 눈으로 방을 훑으며 물었다.

"그런데 왜 이렇게 지내세요?"

예상한 질문이었다. 하지만 답은 준비하지 못했다. 왜 그렇게 급하게 엄마의 짐을 버렸는지, 왜 엄마의 짐뿐만 아니라 수십 년 동안 버리지 못했던 자신의 짐까지 다 처분했는지, 왜 이렇게까지 방을 비우고 지내는지 미정 자신도 알지 못했기 때문이다.

"뭐, 그냥."

미정은 대수롭지 않은 일이라는 듯 얼버무렸다. 그러자 희영이 내일 점심 메뉴를 묻는 것처럼 편하게 물었다.

"죽을 계획이세요?"

미정은 당황했다. 그리고 화가 났다. 진통제 하나 쥐놓고 무례하게. 하지만 뭐라고 답해야 할지 몰라 상기된 얼굴로 되물었다. "그게 무슨 말이에요?" 그렇게 묻고 나니 엘리베이터 여자가 자신을 만만하게 보는 것 같아 더 화가 났다. 나보다 어린 게. 미정은 벽에서 등을 떼고 눌린 뒷머리를 매만지며 자신이 가지고 있는 계획, 유일한 계획을 꺼내보였다.

"교회에 다닌다고 했잖아요. 도장 열 개 받을 때까지 교회에 꼬박꼬박 나갈 거라고요. 그런 사람한테 죽을 계획이냐니, 나를 뭐로 보고 그렇게 희한한 소리를 하는 거예요?"

희영이 오렌지 주스를 마시며 말했다.

"죄송해요. 제가 잘못 생각했나 봐요."

죄송해하는 얼굴은 아니었다.

도장

"제 친구가 미정 씨 같은 얼굴을 하고 있다가 흔적도 없이 사라졌었거든요. 왜, 그런 얼굴 있잖아요. 이야기가 쏟아져나와야 하는데 꼭 막혀 있는, 그래서 우글우글한."

희영이 열 손가락을 활짝 펼쳐 두 번 구부렸다 폈다.

그 말에 미정은 덜컥 겁이 났다. 그래서 손으로 얼굴을 더듬으며 물었다.

"내 얼굴이 어떤데?"

희영이 자신만만하게 말했다.

"어떻긴요. 꼭 이 방 같죠. 보세요. 살려는 의지가 하나도 안 보이잖아요. 이게 관이지, 사람 사는 방이에요?"

미정은 방을 새삼스럽게 둘러보았다. 살려는 의지를 어떻게 보는지 알 순 없었지만, 관 같다는 말은 동의할 수밖에 없었다. 자신도 종종 하는 생각이었으므로.

"도장 열 개를 다 채우면 어떡하실 건데요?"

희영이 다 안다는 듯한 눈빛으로 미정을 바라봤다.

"몰라."

미정은 시선을 피했다.

"여기서 계속 사실 거예요?"

"몰라."

"이사 가실 거예요?"

"그것도 몰라."

미정은 명치가 다시 아파졌다. 이 여자와 계속 이야기하다간 속이 남아나지 않을 것 같았다. 그래서 오렌지 주스 컵을 집었다. 남은 주스를 싱크대 배수구에 버리고 설거지를 시작했다. 희영도 바닥에서 엉덩이를 떼고 현관으로 가서 슬리퍼를 신었다. 본인 발보다 훨씬 큰 슬리퍼였다.

"또 필요한 일 있으면 연락하세요. 하고 싶은 얘기 있을 때 부르셔도 되고요. 저 이야기 듣는 거 좋아해요."

희영이 호객하는 상인 같은 목소리로 명랑하게 말했다.

"그럴 일 없어."

미정은 작지만 단호한 목소리로 거절했다.

희영이 나가고 현관문이 닫히자마자 미정은 욕실로 들어갔다. 거울을 봤다. 우글우글? 거울 속엔 그냥 엄미정이 있었다. 새치로 정수리가 하얗고 팔자 주름이 선명한 사람, 얼굴이 길쭉하고 볼살이 없는 사람, 부담스러울 정도로 진한 쌍꺼풀을 가진 오십 대 여자. 어디에 이야기가 있다는 거야?

미정은 진통제를 한 알 더 먹고 베란다 방으로 돌아와 불을 끄고 누웠다. 동이 트려는지 벽지의 빗살 무늬가 희미

하게 보였다. 열 개 다 채우면 어떡하실 건데요? 살려는 의
지가 하나도 안 보이잖아요. 잠은 오지 않고 엘리베이터 여
자의 말만 귓가에 맴돌았다.

나는 아직 젊은데, 한 번도 제대로 살아보지 못했는데
내가 왜 죽어? 내가 왜 사라져?

하지만 엘리베이터 여자의 말을 부정하려고 애쓸수록
방 안 가득한 무력감이 미정을 짓눌렀다. 미정의 얼굴이 점
점 창백해졌다. 내가 죽으려고 그랬구나. 그런 거였어. 엄마
가 죽은 후, 어쩌면 엄마의 제안을 받았을 때부터, 아니 나
는 엄마가 아픈 걸 알게 된 순간부터 죽을 작정이었어. 미
정은 엄마보다 먼저 죽어선 안 된다는 무의식이 지금껏 자
신을 살게 했다는 것과 도장 열 개를 채우면 하려고 했던
게 죽음이었단 걸 인정할 수밖에 없었다.

날이 점점 밝아왔다. 미정은 이불에 얼굴을 파묻었다.
눈앞이 깜깜해졌다. 머리와 마음이 어둠 속으로 빨려 들어
갔다. 추락, 추락, 또 추락. 달라질 건 없어. 이제 그만 끝내
자. 이불 속에서 끝없이 추락하던 미정이 그렇게 결심하자
어둠 속에서 박 권사가 커다란 도장을 흔들며 나타났다. 추
락하던 미정은 박 권사가 흔드는 도장에 부닥쳤다. 이어서
일주일에 한 번씩 오는 막내 이모의 전화에 부닥쳤고, 마찬

가지로 일주일에 한 번씩 도착하는 의무감 가득한 오빠의
문자에도 부닥쳤다. 연이은 부닥침으로 추락의 속도가 더
뎌졌고, 미정은 그 모든 게 엄마가 마련해놓고 간 장치임을
깨달았다.

"그러지 말고 보험 들어요, 보험. 이왕이면 연금 보험으
로다가. 갱년기 와서 죽고 싶을 때 보험금 탈 생각하면 좀
넘어가질 거야. 약이다 생각하고 하나만 들어봐."

엄마가 자주 하던 말이었다. 엄마는 때론 이런 장치가
생을 잇게 한다는 걸 아는 영업 사원이었다.

미정은 이불 속에서 한참 웅크리고 있다가 벌떡 일어났
다. 얇은 점퍼를 걸치고 쓰레기 수거장으로 내려갔다. 사람
은 없고 새 울음소리만 요란한 이른 아침이었다. 미정은 허
리 높이만큼 쌓인 쓰레기봉투 더미에서 어제 자신이 내다
놓은 봉투를 찾았다. 익숙한 구두와 정장, 컵라면 용기와 축
축한 휴지, 액자와 수첩 같은 것이 뒤섞여 있는 봉투 안에
서 금빛 손톱깎이를 건져 올렸다. 집에 하나밖에 없는 손톱
깎이였다. 미정은 점퍼 주머니에 손톱깎이를 넣고 봉투를
다시 묶었다.

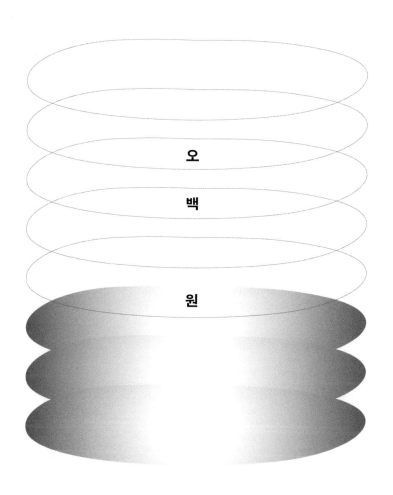

오

백

원

화장실을 가던 순옥은 이든이 노래방에서 청소하고 있는 걸 보았다.

"네가 왜 노래방 청소를 하고 있어?"

"알바해요. 수학여행비 모으려고요."

이든이 대걸레로 바닥을 닦으며 말했다.

이든은 동네에서 오랫동안 세탁소를 했던 김 씨의 손녀였다. 김 씨 아들이 이혼하면서 네 살 된 딸을 부모에게 잠시 맡겼는데, 그 잠시가 초등학교 졸업할 때까지만이 되고 중학교 졸업할 때까지가 되면서 이든은 열다섯 살이 된 지금까지도 할머니, 할아버지와 함께 산다.

순옥과 비슷한 연배인 김 씨는 순옥에게 절대 가게를

그만두지 말라고 했다. 적자만 나지 않으면 계속 일하라고. 자신은 허리 수술 때문에 세탁소를 그만두고 구미에서 일하는 아들이 양육비 명목으로 보내주는 돈으로 살림을 꾸리는데, 자식이지만 남이 준 돈으로 생활하려니 치사해지는 거 한순간이더라고 했다. 싸구려 티셔츠 한 장 살 때도 손이 떨리고, 먹고 싶은 게 있어도 참게 된다고 했다. 또 입금하기로 한 날짜에 돈이 들어오지 않으면 아들에게 전화해 물어보지는 못하고 아픈가, 무슨 일이 생겼나, 월급이 밀렸나, 노름했나 걱정하며 이번 달은 어떻게 먹고사나 혼자 끙끙 앓다가 며칠 뒤에 돈이 들어오면 그제야 한시름 놓는다고 했다. 부모가 기다릴 걸 뻔히 알면서 말도 없이 늦게 입금한 아들이 괘씸하게 느껴진다고 했다. 서운해할 일이 아닌 줄 알면서도 섭섭한 마음이 드는 걸 막을 길이 없다고 했다.

"그게 다 내 벌이가 없어서 그렇다. 자네는 은수가 생활비 준다고 일 그만두라 캐도 절대 그만두지 마라. 내가 벌어가 내가 쓰는 기 최고다."

김 씨가 그렇게 엄살을 부려도 집이 두 채인 알부자란 걸 알고 있었기 때문에 순옥은 크게 걱정하지 않았다. 그런데 그런 김 씨 내외가 끔찍이 아끼는 손녀가 수학여행비를 벌려고 아르바이트한다니?

"할머니가 수학여행비 안 주신대?"

순옥이 허벅지를 훤히 드러낸 이든의 교복 치마를 보며 물었다. 그러자 이든이 뿌듯한 웃음을 지어 보였다.

"우리 할머니한텐 말도 안 했어요. 아빠가 공장 그만뒀거든요. 그래서 내가 수학여행비 벌어보려고요. 저도 다 컸잖아요." 이든은 대걸레에 몸을 기대고 다리를 건들거리며 계속 말했다. "노래방 사장님이 처음엔 제가 초딩인 줄 알고 안 된다고 했는데 중2라고 하니까 해보라고 했어요. 할머니, 제가 초딩으로 보여요? 이렇게 큰 초딩이 어딨어요?"

이든이 교복을 입고 있지 않았다면 순옥도 이든을 초등학생으로 봤을 것이다. 덩치가 작아서가 아니라 가게 문을 열고 들어와 사탕을 받아 가던 어릴 적 이든의 얼굴이 또렷해서였다. 노래방 최 사장도 마찬가지였을 거라고 생각했다.

"청소해서 수학여행비 벌 수 있어?"

"모자라면 사장님한테 말해서 가불 받으려고요."

"아이고, 가불도 알아? 기특하네."

그런 대화를 나누고 며칠 뒤, 순옥은 이든이 아닌 다른 사람이 노래방을 청소하고 있는 걸 보았다. 김 씨가 알고

그만두게 했나 보다 생각했는데 시장 가는 길에 만난 이든
이 순옥을 보자마자 달려와서 사정을 설명했다.

"할머니, 저 잘렸어요. 거긴 도우미 나오는 노래방이라
미성년자가 일하면 안 된대요."

도우미가 뭔지 벌써 아는 모양이네. 순옥은 새벽에 일
어나 화장실에 가면 종종 마주치는 여자들, 몸에 딱 붙는
원피스를 입고 화장을 고치던 여자들을 떠올렸다.

"그럼 수학여행비는 어떡해?"

잘린 걸 말할 땐 재밌는 일이라도 겪은 것처럼 한껏 올
라가 있던 이든의 입꼬리가 수학여행비 이야기에 아래로
처졌다.

"모르겠어요. 다른 알바 알아보려고요."

순옥은 시무룩해진 이든의 얼굴을 보며 잠시 고민하다
가 말했다.

"그럼 우리 가게에서 일할래?"

순옥의 가게는 슈퍼였다. 5층짜리 케이블 방송 건물과
노래방, 세차장이 있는 2층 건물 사이에 끼인 7평 남짓한
작은 임시 건물이었다. 4차선 도롯가에 있지만 옆 건물에
비해 안으로 살짝 들어가 있는 데다 간판도 낡아서 눈에 잘

띄지 않았다. 예전엔 주변 사무실 직원들이 담배나 음료수, 간식거리를 자주 사 가고, 지나던 사람도 종종 들러서 그럭저럭 장사가 되었다. 길 건너에 편의점이 생긴 후로는 손님이 확 줄었다. 동네에 대형마트가 들어선 후로는 식료품이 전혀 팔리지 않았다. 그래서 순옥은 김밥을 말았다. 고슬고슬한 쌀밥에 소금 간을 하고 잘 구워진 김에 볶은 햄과 오뎅, 데친 시금치, 단무지와 계란을 넉넉히 넣고 국산 참기름과 깨로 마무리한 김밥이었다. 재료를 아끼지 않은 덕분인지 보람 슈퍼의 김밥이 맛있다는 소문이 금세 퍼졌다. 일반 분식점보다 조금 비싼 가격인데도 케이블 방송과 자동차 판매장, 영어 학원과 화장품 가게에서 일하는 사람들이 단골이 되어주었다. 알음알음 팔던 김밥 매상이 전체 매상의 절반을 넘어가자 순옥은 유통기한이 짧은 식료품 매입을 중단하고 달력 뒷장에 네 글자를 써서 새시에 붙였다. 김밥 포장. 그리고 단골들의 요청으로 오뎅도 팔기 시작했다. 무와 파, 게를 넣고 끓인 육수는 김밥과 궁합이 잘 맞아 보람 슈퍼의 매상을 한 단계 더 끌어올렸다.

순옥은 가게 안쪽에 있는 싱크대가 달린 방에서 먹고 자고 일했다. 매일 새벽 다섯 시에 일어나 햄과 오뎅을 가늘고 길게 썰어서 볶고, 계란을 굽고, 시금치를 데쳐서 커다란 쟁반에 가지런히 놓아두었다가 주문이 들어오면 김밥을 말았다. 새벽엔 건설 현장으로 일하러 가는 손님이 많았다. 아침엔 버스나 지하철을 타고 출근하는 손님이, 점심엔 인근에서 일하는 손님이 많았다. 테이블이 없어 플라스틱 간이 의자에 앉거나 서서라도 먹고 가겠다는 사람을 제외하면 포장 손님이 대부분이었다. 사람들은 슈퍼를 정리하고 분식집을 열라고 순옥을 부추겼다. 라면도 팔고 순대도 팔면 지금보다 훨씬 많이 벌 거라고 장담했다. 그럴 때마다 순옥은 늙어서 새로운 일을 벌일 힘이 없다며 고개를 저었다. 아들 은수가 대학을 졸업하고 취직했으니 이젠 생활비와 가게를 그만두었을 때 아들에게 손 벌리지 않기 위해 드는 적금 넣을 정도의 수입이면 충분했다. 손님 수도 지금이 적당했다. 여기서 조금 더 벌자고 분식집을 차리고 사람을 고용하고 손님이 오나 안 오나 전전긍긍할 생각은 없었다.

이든에게 아르바이트를 제안한 건 이든이 기특해서였다. 교복 입은 여자애들이 그리워서였단 건 나중에 알았다.

교복을 입고 다닐 때 헤어졌던 딸들. 처음 해보는 사랑에 미쳐서 버리고 온 필희와 필성이.

"슈퍼에 알바생이 필요해요?"

순옥의 제안에 이든이 반색하며 물었다.

"시장도 가고 화장실도 가야 하는데 한두 시간 봐줄 사람이 있으면 좋지. 혼자 장사하다 보니 화장실을 제때 못 가서 방광염이 심해. 네가 봐주면 할머니야 좋지."

"그럼 제가 할까요?" 통통한 볼을 위로 올리며 이든이 말했다. "학교 마치고 뛰어오면 세 시 반까지 올 수 있어요."

"뛰어오진 말고. 천천히 걸어와서 네 시부터 여섯 시까지 두 시간만 해줘. 그사이에 시장 가서 김밥 재료 사고 좀 놀다 오지 뭐."

"진짜요? 언제부터요?"

이든은 기뻐서 어쩔 줄 몰라 했다.

"이왕 하는 거 내일부터 할까?"

"좋아요. 그런데 수학여행비 때문에 알바하는 거 우리 할머니한텐 비밀이에요. 할머니한테는 사고 싶은 옷이 있어서 한다고 말할 거예요. 제가 또 옷을 엄청 좋아하거든요."

중학교 2학년의 비밀 제안이 끝나기도 전에 순옥은 고개를 끄덕였다.

"그러자. 아르바이트비는 얼마를 줘야 하나? 노래방에선 얼마 받기로 했어?"

"최저 시급으로 받기로 했었어요."

최저 시급은 순옥이 생각했던 것보다 많았다. 머릿속으로 계산해보니 하루 두 시간이라고 해도 한 달이면 꽤 많은 금액이었다. 너무 즉흥적으로 결정했나. 순옥의 얼굴이 복잡해지는 걸 보고 이든이 순옥의 팔짱을 끼며 말했다.

"할머니가 주고 싶은 만큼 주세요. 일하다가 필요 없으면 잘라도 괜찮아요. 진짜예요."

콧소리 섞인 이든의 애교에 순옥은 돈 걱정을 삼켰다. 매일 나오는 건 나도 부담스러우니 하루 두 시간씩 일주일에 두 번만 하는 건 어떻겠냐고 물었다. 언제까지 할지는 수학여행을 다녀오고 나서 결정하자고 했다. 그러자 이든이 순옥의 팔을 잡고 교복 치마를 펄럭이며 깡충깡충 뛰었다.

*

이든이 일하면서 순옥의 수다가 길어졌다. 단무지 하나 사고 수다, 계란 한 판 사고 수다. 시장 가는 길에 만난 사람과 수다, 오는 길에 만난 사람과도 수다. 수다가 길어질수록 순옥은 팔자도 늘어지는 기분이었다. 정 씨와 무일푼으로 도망 나온 뒤로 먹고살기 위해 고생을 많이 했다. 부산과 마산에선 일용직 파출부로 일하며 이 집 저 집 떠돌았고, 대구에 정착해 슈퍼를 시작한 후로는 매일 가게를 여느라 하루도 맘 편히 쉬지 못했다. 은수가 어렸을 땐 잘잘 시간이 부족해 늘 눈이 퀭했다. 이혼하고 오겠다며 고향으로 간 은수 아빠가 돌아오지 않은 후로는 작은 소리에도 놀라 자다 깨기를 반복하며 토막잠을 잤다. 은수의 덩치가 성인 남자만큼 커진 후에야 긴 잠을 잘 수 있었다.

혼자 아들을 키우는 여자, 남자가 버린 서울 여자라는 꼬리표가 오랫동안 순옥을 따라다녔다. 은수리에선 남편과 두 딸을 버리고 도망간 미친년이라는 비난의 꼬리표가 자기 이름 뒤에 붙어 있을 것이 분명했으므로 순옥은 약간의 연민이 담긴 그 꼬리표에 만족했다.

이든은 똑똑하고 붙임성이 좋아 혼자서도 손님을 잘 상대했다. 모르는 게 있으면 곧장 순옥에게 전화했고, 순옥이 시장에서 돌아오면 판매 내역을 자랑스럽게 보고했다. 학교에서 있었던 일이나 좋아하는 연예인 이야기, 할머니에게 주워들은 동네 소식도 미주알고주알 떠들었다.

김 씨는 어쩜 이렇게 손주를 잘 키웠을까. 순옥은 김 씨에게 샘이 날 정도로 이든이가 예뻤다. 일주일에 두 번만 오라고 한 것이 아쉬울 지경이었다. 이든이가 새시 문을 열고 들어오면 인사를 마치기도 전에 이든이의 입에 초콜릿을 넣어주었다. 이든이가 배고프다고 하면 싫다는 시금치는 빼고 좋다는 햄은 두 개 넣어 김밥을 싸 주었다. 이든이가 "할머니" 하고 달려와 안기기라도 하면 눈물이 찔끔 났다. 수학여행을 다녀온 후에도 일주일에 한 번은 나와달라고 부탁할 작정이었다.

"이든아, 배고프면 과자 꺼내 먹고 있어. 금방 다녀올게."

이든에게 슈퍼를 맡기고 나선 순옥의 어깨에 뽀송뽀송한 봄 햇살이 떨어졌다. 순옥은 주택가 안에 있는 시장으로 향했다. 규모는 작아도 있을 건 다 있는 재래시장이었다. 순옥에겐 일주일에 두세 번씩 만나는 시장 상인들이 친구였다. 시장 상인들도 10년 전부터는 단체 관광에 순옥을 끼워 주었다. 1년에 한 번씩 제주도와 경주, 순천 같은 관광지로 함께 놀러 다니면서 순옥은 상인들과 더 친해졌다. 그중에서도 오뎅집 박 씨와 특히 친했다. 오늘은 얼른 장을 보고 오뎅집 박 씨와 파전에 막걸리를 한잔할 계획이었다.

드르륵드르륵. 순옥이 요란한 소리를 내며 바퀴 달린 빈 장바구니를 끌고 시장으로 가는데 앞에서 젊은 여자가 팔짱을 끼고 씩씩거리며 걸어왔다. 교복 입은 남자애가 고개를 숙이고 뒤따라왔다. 아들이 뭘 잘못했나 보네. 순옥은 두 사람을 보며 슬며시 웃음 지었다. 그런데 그 여자가 순옥을 보자마자 팔짱을 풀고 빠른 걸음으로 다가와 순식간에 순옥 앞에 섰다.

"사장님."

여자가 다시 팔짱을 끼며 잔뜩 화난 목소리로 말했다.

순옥은 처음 보는 사람이었다. 상대는 나를 알고 나는 상대를 모르고. 슈퍼를 하다 보면 종종 있는 일이었다.

"왜요?"

순옥은 자기도 모르게 방어적으로 답했다. 여자가 주머니에서 담배 한 갑을 꺼내 쥐었다.

"이든이 아시죠?"

"알지."

갑자기 나온 이든의 이름에 순옥이 곧장 답했다.

"우리 아들이 이든이 친구예요."

여자가 뒤에 있는 남자애를 힐끗거리자 남자애가 눈치를 보며 순옥에게 꾸벅 인사했다.

"어어, 지난번에 놀러 왔던 학생이네."

순옥은 일단 웃어주었다. 여자는 담배 쥔 손으로 아들의 머리를 세게 쥐어박았다.

"니 슈퍼에 놀러도 갔었나?"

"아이고 말로 해, 말로. 애를 왜 때려."

여자가 손바닥을 펴 순옥에게 담배를 내보였다. 말보로
레드였다.

"사장님 같으면 말로 하시겠어요?"

순옥은 머리카락이 빨리 세기 시작한 데다 잔주름이 많
아서 오십 대 후반부터 할머니 소리를 들었다. 사람들은 순
옥을 할머니라 부르며 김밥을 주문했고, 할머니라 부르며
담배나 콜라를 사 갔다. 뭔가 따질 게 있는 사람만 순옥을
사장님이라 불렀다. 덕분에 순옥은 여자가 자신을 사장님
이라고 불렀을 때부터 불만의 기운을 알아차렸다.

"그래, 무슨 일인지 일단 말해봐요."

젊은 여자는 빨래하다가 아들 교복 주머니에서 이 담배
를 발견했고, 조그만 게 벌써 담배 피워서 뭐가 되려고 그
러냐고 혼낼 때는 가만히 있던 아들이 용돈을 끊겠다고 하
자 자기는 절대 피우지 않는다며, 친구 담배를 대신 사 준
거라고 우긴다고 했다. 그럼 너는 어디서 담배를 샀냐고, 청
소년에게 담배 판 곳은 신고해야 한다고 캐묻다가 보람 슈
퍼에서 이든에게 샀단 걸 알게 되었다고 했다.

"우리 슈퍼에서? 이든이가?"

순옥이 놀라며 물었다.

"네, 걔가 팔았대요. 그것도 두 배나 비싸게."

순옥은 남자애를 쳐다보며 다시 물었다.

"정말 이든이한테 샀어?"

남자애는 말없이 고개를 끄덕인 후 눈을 내렸다. 여자
가 다시 팔짱을 꼈다.

"아니 사장님, 아무리 일손이 급해도 그렇지. 담배 파는
일을 중학생한테 시키면 어떡해요? 걔가 우리 애한테만 팔
았겠어요? 아마 이 동네 남자애들한테 다 팔았을걸요."

그러자 남자애가 손을 저으며 말했다.

"내한테만 팔았다니까. 카고 내가 팔라고 엄청 졸랐다.
돈 두 배로 준다고. 할머니, 이든이는 잘못한 거 없어요. 이
든이는 내가 팔라 캐서 억지로 판 거예요."

여자가 남자애를 노려봤다.

"니 지금 뭐라카노? 걔가 안 팔았으면 니가 담배를 안
피웠을 텐데 왜 잘못이 없노?"

"나는 안 핀다니까."

남자애가 억울해 죽겠다는 듯 볼멘소리를 했다.

순옥은 하얗게 센 머리카락처럼 얼굴이 창백해졌다. 너
무 놀라 뭘 어떻게 해야 할지 판단이 서질 않았다. 일단 이
여자를 막아야 한다는 생각이 들었다. 그래서 냅다 소리를
질렀다.

"아이고, 내가 도둑년을 들였네, 도둑년을 들였어. 그런 줄도 모르고 김밥 먹이고 과자 먹이고. 내가 바보지. 내가 명청이야. 믿고 맡겼더니 물건을 빼돌려서 장사를 해?"

순옥이 흥분하며 거칠게 말을 내뱉자 여자가 움찔했다. 남자애는 울상이 되었다. 순옥은 쥐고 있던 장바구니를 바닥에 내팽개치고 여자의 손목을 세게 잡아끌었다.

"파출소에 신고하러 갑시다. 그런 건 어릴 때 바로잡아야 해. 버릇 잘못 들이면 평생 가."

여자가 당황하며 손을 빼내자 순옥은 남자애의 손목을 잡아챘다.

"니가 증인이다."

그러자 여자는 깜짝 놀라며 순옥의 손에서 아들의 손목을 잡아 뺐다. 그리고 넘어진 장바구니를 세우며 흥분한 순옥을 진정시켰다.

"할머니, 이게 파출소까지 갈 일은 아니죠. 사춘기 때 애들이 한 번씩 그럴 수 있잖아요. 나는 할머니도 아시고 계셔야 할 것 같아서 온 거지 신고하려고 온 건 아니에요."

그러면서 하소연을 시작했다. 아직 어린애인 줄 알았는데 담배가 나와서 놀랐다, 초등학교 땐 공부를 곧잘 하더니 중학교에 간 후로는 놀러 다닐 생각만 한다, 자식 키우기가 왜 이렇게 어렵냐고 하면서 이든이 개도 보통은 아니라고 말했다. 둘 다 뭐가 되려는지. 여자의 표정이 점점 누그러졌다. 하소연이 끝날 즈음엔 살짝 웃기까지 했다.

"담배 피우는 건 아니라고 하니까 믿어줘야겠죠? 사춘기 땐 한 번쯤 그럴 수 있는 거겠죠? 언제 정신 차리려나 모르겠어요. 개는 할머니가 잘 좀 혼내주세요."

여자는 키가 비슷한 아들의 어깨에 손을 올리고 왔던 길로 되돌아갔다.

순옥은 빈 장바구니를 끌고 슈퍼로 돌아갔다. 이든이가 담배를 빼돌렸다니 믿기지 않았다. 쟤가 다른 데서 사 놓고 이든이에게 뒤집어씌우는 거 아냐? 제값에 샀으면서 두 배나 줬다고 거짓말하는 거 아냐? 그럴 거야. 우리 이든이가 그랬을 리가 없어. 하지만 정말로 우리 이든이가 그랬다면?

이든이 그랬다고 생각하자 해석하기 어려운 감정이 몰려왔다. 이든이가 담배를 판 건 이해할 수 있었다. 남자애 엄마의 말대로 사춘기 때 누구나 한 번쯤 그럴 수 있다. 그런 건 혼내고 가르치면 된다. 순옥이 이해되지 않는 건 자신의 감정이었다. 화나거나 실망스러운 게 아니라 허탈하다 못해 서럽기까지 한 기분, 중요한 뭔가를 완전히 잃어버린 듯한 기분이 칼바람처럼 매섭게 순옥의 가슴에 몰아쳤다. 슈퍼에 가까워질수록 그런 감정이 커졌다. 마음이 엉키면서 머릿속도 엉켰다.

이런 일로 애를 혼내도 되나? 김 씨에게 말해야 하나? 그냥 모른 척 넘어갈까? 그런데 왜 이리 서러워?

드르륵드르륵. 순옥은 서러움이 차오르는 가슴을 진정시키려고 정처 없이 걷다가 횡단보도를 건넜다. 버스 정류장 벤치에 앉았다. 도로 건너편에 슈퍼가 보였다. 미음 모양 페인트가 벗겨져서 보라가 된 간판, 부실하게 올려진 슬레이트, 비가 새는 걸 막으려고 덮어둔 파란 천막, 낡은 새시와 역시 낡은 커피 자판기. 처연한 풍경.

버스가 멈췄다. 중년 부부가 내리고 교복 입은 학생 한 명이 탔다. 버스가 떠났다. 버스가 멈췄다. 양복 입은 사람이 내리고 아무도 타지 않았다. 버스가 떠났다. 버스가 멈췄다. 운동화 신은 사람이 타고 구두 신은 사람이 내렸다. 버스가 떠났다. 멈추고, 떠나고, 멈추고, 떠나고.

순옥은 버스가 멈추고 떠나는 모습을 멍하니 보며 놀란 가슴을 달랬다. 해가 구름 뒤로 들어가면서 주위가 잠깐 어두워졌다. 이런 일로 그만두라고 할 수는 없지. 순옥은 이든을 따끔하게 혼내되 내치지는 않기로 결정하고 벤치에서 일어났다. 그때 슈퍼의 새시 문이 열리면서 이든이 나왔다. 하얀 와이셔츠에 남색 체크무늬 교복 치마를 입은 이든이 고개를 내밀고 시장으로 난 길을 살폈다. 그런 뒤 슈퍼 왼쪽 벽에 붙은 화단으로 성큼 올라가 창문 아래에 있는 흙을 팠다. 등을 보이고 잠깐 앉아 있더니 손을 털면서 일어나 운동화로 땅을 다진 후 화단에서 폴짝 뛰어내려 가게로 들어갔다. 조심스러우면서도 익숙한 몸놀림이었다.

순옥은 벤치에 다시 주저앉았다. 아슬아슬하지만 팽팽하게 버티던 끈이 툭 끊긴 기분이었다. 이든이 화단에서 뭘 했는지는 몰라도 순옥에게 떳떳지 못한 행동이었으리란 건 충분히 짐작할 수 있었다. 살금살금 기어 나와 눈치를 보다가 뭔가를 숨기는 모습. 그건 지금까지 순옥이 알던 이든이 아니었다. 뭘 숨긴 걸까? 순옥은 몸을 일으켜 버스 정류장 옆에 있는 나무 뒤에 섰다. 건너편에 있는 가게가 좀 더 잘 보이는 위치였다. 30년 전 가게 자리를 알아볼 때도 여기에 서 있었다. 허름해 보여도 손님이 꽤 많다는 부동산 업자의 말이 사실인지 확인하려고 반나절 가까이 여기 서서 슈퍼 출입문을 지켜보며 손님 수를 세었다. 한 명, 두 명, 세명……. 가게를 드나드는 손님이 늘 때마다 순옥과 정 씨는 얼굴을 마주 보고 웃었다. 이번엔 순옥 혼자 나무 뒤에 서서 출입문을 지켜봤다. 자동차 대리점 직원이 한 번, 지나가던 남자가 한 번 가게에 들어갔다가 나왔다. 이든이 다시 나오진 않았다.

순옥은 새시 문을 열고 가게로 들어갔다.

"다녀오셨어요?"

방에서 TV를 보던 이든이 문소리를 듣고 일어났다. 그리고 순옥의 장바구니가 텅 빈 걸 보고 다정하게 물었다.

"왜 아무것도 안 사 오셨어요?"

순간 순옥의 얼굴이 통증으로 일그러졌다. 이든의 다정이 순옥의 묵은 배신을 건드린 것이다. 다정과 배신은 늘 한 세트였다. 애한테 배신당해도 이렇게 아픈데 왜 난 그때 아파하지 않았을까?

해 지기 전에 돌아오겠다며 은수리로 간 은수 아빠가 이틀 동안 소식이 없더니 한밤에 전화해 말했다. 내 딸 은정이가 없어졌다고, 그리고 당신 첫째 딸도 없어졌다고.

"필희가요? 우리 필희가 왜 없어져요?"

순옥이 깜짝 놀라며 물었다.

"그건 나도 몰라요, 순옥 씨. 지금 동네가 발칵 뒤집혔어. 당분간 대구에 못 가요."

당분간 못 온다니 그게 무슨 말이냐고 순옥은 묻지 못했다. 어찌 된 일인지 당장 와서 자초지종을 설명하라고 말

하고 싶었지만, 필희가 사라졌다는 소식에 숨이 막혀 어떤
말도 뱉지 못했다. 벌이구나. 가장 먼저 든 생각이었다. 은
수가 울었고 순옥은 뜬눈으로 밤을 지샜다. 은수 아빠는 끝
내 돌아오지 않았다. 순옥은 그것 역시 벌이라고 생각했다.

*

　정 씨를 만난 건 사과 밭에서였다. 서울에서 태어나 결
혼할 때까지 서울에서 살았던 순옥은 은수리 생활에 쉽게
적응하지 못했다. 억양이 강한 경상도 사투리는 위협적으
로 들렸고, 논밭뿐인 시골 풍경은 황량하게만 보였다. 동네
를 구경하러 돌아다니면 되레 사람들이 순옥을 구경했다.
빤히 쳐다보는 사람들 시선이 부담스러워 순옥은 이사 온
후 한 달 넘게 집에만 있었다. 그러자 시어머니가 시장에서
울긋불긋한 몸뻬 바지 두 개를 사 주면서 같이 일하러 다니
자고 했다. 시골에서 살림만 하는 여자는 없다고 했다. 거
듭된 시어머니의 부름에 순옥은 별수 없이 몸뻬를 입고 양
산을 쓰고 사과 밭으로 갔다. 동네 사람 중 몇 명은 그 나이
라고 믿을 수 없을 정도로 나이 들어 보였는데 순옥은 그게
다 햇볕을 많이 받아서라고 생각했다. 그래서 어딜 가건 양

산을 꼭 썼다.

"아이고 옥아, 니 지금 양산 쓰고 밭에 왔나?"

양산을 쓰고 나타난 순옥을 보고 시어머니가 박장대소
했다. 밭에 있던 다른 사람들도 따라 웃었다.

"우리 며느리 고집 좀 봐라. 내가 남사스럽다고 동네에
선 양산 쓰고 댕기지 말라 캤는데 저래 끝까지 쓰고 댕긴
다. 평소엔 순해 빠졌는데 고집부리면 아무도 못 말린다 아
이가. 황소고집이다, 황소고집." 순옥의 시어머니가 선수
치며 며느리를 흉봤다. "그래도 일머리는 괘안타. 잘 좀 가
르쳐도."

그때까지도 양산을 쓰고 있던 순옥은 사과 밭에 들어가
서야 양산을 접었다. 화장을 곱게 한 순옥이 꽃무늬 일 모
자를 쓰자 사람들은 그것도 재밌어했다. 그때까진 은정과
은철의 아빠이기만 했던 정 씨, 은수 아빠도 순옥을 보고
웃었다.

시어머니와 함께 사과 밭과 양파 밭과 감자 밭을 오가
며 순옥은 농사일에 재미를 붙였다. 새벽 공기를 마시며 남
편보다 먼저 집에서 나오는 것이 좋았고, 동네 여자들과 수
다를 떠는 것도 재밌었다. 별것 없는 새참과 중참도 꿀맛이
었다. 팔, 다리, 허리, 어깨 안 아픈 데가 없었지만 일당 봉

투를 받는 재미에 아픈 것도 참고 일했다. 은수리에서만 일한 건 아니었다. 농번기가 되면 시어머니를 포함한 은수리 여자 몇 명과 조를 이뤄 여기저기로 놉을 다녔다. 그럴 때 가끔 정 씨가 트럭으로 태워다 주었다.

정 씨는 수줍음이 많고 말수는 적은 사람이었다. "오셨습니꺼?" "들어가이소"가 종일 한 말의 전부일 때가 많았다. 정 씨네 사과 밭에 일하러 간 날에나 돼야 이래라저래라 일을 지시하는 말과 수고했다는 말 몇 마디를 더 들을 수 있었다.

순옥은 그런 정 씨를 처음부터 좋아했다. 여자들의 짓궂은 농담에 부끄러움을 숨기지 못하고 귀가 빨개지는 순진함을 좋아했고, 입에 거미줄이 쳐지진 않았나 싶을 정도로 말수가 적은 것도 좋아했다. 일하다가 눈이 마주치면 고개를 돌리지 않고 순옥의 눈을 응시하는 대담한 면모가 있는 것도.

서로의 마음에 서로가 있단 걸 두 사람은 확실히 알았다. 하지만 둘 다 결혼했고, 각자 배우자와 두 명의 자식이 있었기에 마음을 표현하진 않았다. 정 씨 부인과 함께 일하는 날도 많아서 조금 길게 눈 맞추는 것 말고는 달리 마음을 표현할 방법도 없었다. 그렇게 한 달, 두 달, 1년, 2년이 흘렀다. 사그라들 줄 알았던 두 사람의 마음은 다른 사람도 눈치챌 정도로 커졌다. 순옥만 보면 정 씨의 귀가 붉어지는 것을 본 순옥의 시어머니는 며느리에게 정 씨 사과 밭에는 나오지 말라고 했다.

"한두 푼이라도 더 벌어야죠, 어머니. 애들 학원비가 너무 비싸요."

순옥은 시어머니의 걱정을 모른 체하고 계속 정 씨네 밭에 나갔다.

순옥의 남편은 이런 상황을 알지 못했다. 아침엔 은수리를 돌며 아이들을 태워 학교로 갔고, 오후엔 같은 장소에 아이들을 내려주었다. 중간엔 학교 행정실이나 경비실 일을 도왔다. 퇴근하면 거의 매일 술을 마셨다. 국민학교, 중학교 동창들과 만나 어렸을 적 이야기를 하고 또 하며 늘 같은 부분에서 웃음을 터뜨렸다. 아내가 사랑에 빠졌단 건 몰랐다.

연애 한 번 해보지 못하고 집안 어른들에게 떠밀려 선을 본 순옥은 별 남자 없다는 엄마의 말에 남편의 청혼을 받아들였다. 결혼하기 전에는 순옥의 마음을 얻으려고 만날 때마다 장미꽃을 사 주며 정성을 쏟던 남편은 결혼 후엔 어떤 꽃도 사 주지 않고 엄한 아버지처럼 굴었다. 딱 두 번이었지만 손찌검도 했다. 그래도 순옥은 결혼을 후회하지 못했다. 필희와 필성이 커가는 것을 보며 남자는 다 그런가보다 생각했고, 이런 게 결혼인가 보다 생각했다.

정 씨와 달아난 건 우발적인 행동이었다. 어느 날 정 씨네 사과 밭에서 일하던 순옥이 치과에 가야 해서 조금 일찍 일어나겠다고 말하자 옆에 있던 정 씨가 자기가 태워주겠다고 했다. 마침 농약을 사러 시내에 나갈 참이었다고 했다. 옆에 있던 여자들이 자기들끼리 눈을 맞추며 염려를 표했지만, 정 씨를 말리지는 못했다. 명목이 없었다. 정 씨 부인이 농약 사러 나가는 김에 제초기 날도 까먹지 말고 사 오라고 하면서 남편의 외출에 정당성을 부여하는 바람에 농지거리도 하지 못했다. 만약 순옥의 시어머니가 그 자리에 있었더라면 어떻게든 말렸을 것이다. 하지만 순옥의 시어머니는 멀리 떨어진 곳에서 가지를 솎아내느라 두 사람이 동행하기로 한 사실을 알지 못했다.

더운 여름이었다. 순옥은 모자를 벗고 정 씨의 트럭에 탔다. 정 씨는 에어컨을 세게 틀고 말없이 앞만 보고 달렸다. 순옥이 오들오들 떨다가 참다못해 춥다고 말하자 정 씨는 오른손을 뻗어 에어컨 세기를 줄인 후 그 손으로 순옥의 손을 잡았다. 그리고 시내에 있는 치과에 도착할 때까지 그

손을 놓지 않았다. 순옥은 치과 의자에 누워 입을 벌리고서
야 일이 벌어졌음을 알아차렸다. 치료를 마치고 나오니 농
약과 제초기 날을 실은 정 씨의 파란 트럭이 치과 앞에 서
있었다. 순옥이 트럭에 올라타자 정 씨는 부산으로 바람을
쐬러 가자고 했다. 순옥은 거절하지 않았고 그렇게 두 사람
은 은수리를 떠났다. 부산으로 가는 트럭 안에서 순옥은 필
희와 필성의 얼굴을 떠올리지 않았다. 아이들을 생각하는
것만으로도 아이들이 다칠 것 같았다. 죄책감도 느끼지 않
았다. 오히려 억울해했다. 이건 반칙이야, 반칙. 다른 선택
은 할 수 없게 만들어놓고 그걸 선택하면 죄라고 하는 반
칙. 신이 있다면 가서 따지고 싶었다. 왜 이런 상황을 만드
신 거죠? 동시에 생각했다. 뻔뻔하기도 해라.

*

"이든아, 고생했다. 이제 가도 돼."
순옥이 빈 장바구니를 접으며 말했다.
"벌써요? 아직 한 시간이나 남았는데요."
"누가 온다고 해서 그래."
순옥은 이미 너무 지쳐 있었다. 걸러내지 않은 감정을

애한테 쏟지 않으려면 시간이 필요했다. 서운해하는 마음
으로는 훈계가 불가능하다.

　순옥이 더는 말이 없자 이든이 눈치를 보며 가방을 들
고 명랑함을 짜낸 목소리로 말했다.

　"할머니, 대리점 언니가 김밥 한 줄 사 갔어요. 제가 썰
어줬는데 언니가 잘 썰었대요. 세차장 아저씨는 에쎄 두 갑
사 갔고요."

　그건 일종의 놀이였다. 이든이 자기가 판매한 것을 줄
줄이 읊으면 순옥이 껌 한 통 판 것에도 감탄하며 과장되게
칭찬해주는 놀이.

　"그래, 잘했다."

　순옥은 놀이의 규칙을 어기고 건조하게 대꾸했다. 평소
와 다른 순옥의 반응에 이든이 당황하며 머뭇거리다가 말
없이 가게를 나갔다.

　순옥은 창문 앞에 서서 멀어지는 이든의 뒷모습을 지켜
보았다. 그런 후 누렇게 바랜 벽에 등을 기대고 앉았다. 복
잡하게 꼬인 마음의 매듭을 천천히 풀어보려는데 핸드폰이
울렸다. 오뎅집 박 씨였다.

　"어데고? 안 오나? 파전 다 식는다."

　"일이 생겨서 못 갈 것 같아."

"무슨 일인데?"

"그냥 좀 복잡한 일……."

순옥은 말끝을 잘랐다. 그러자 박 씨가 호탕하게 웃었다.

"이 언니 또 서울 사람처럼 새초롬하게 말한다. 알았다. 일 봐라."

지난 10년 동안 한 번도 순옥을 서운하게 한 적 없는 박 씨의 웃음소리를 듣자 마음이 조금 풀렸다. 순옥은 새시 문을 열고 밖으로 나갔다. 석양으로 하늘이 붉었다. 곧 까매질 테지. 순옥은 가게 앞에 서서 저녁이 되어가는 풍경을 잠시 보다가 나무가 듬성듬성 심겨 있는 화단으로 갔다. 창문 아래에 있는 흙만 색이 짙었다. 순옥은 누구의 눈치도 보지 않고 손으로 그곳을 팠다. 서너 번 흙을 퍼내자 까만 비닐봉지가 손에 걸렸다. 묵직했다. 봉지를 여니 오백 원짜리 동전 수십 개와 담배 두 갑이 들어 있었다. 말보로 레드와 에쎄.

이를 어째.

순옥은 맥이 풀려 화단에 엉덩이를 대고 주저앉았다. 위를 올려다보니 사람 얼굴 하나면 꽉 차는 가게 창문이 보였다. 순옥이 시장 간 사이에 이든이 그 창문으로 돈이나 담배를 던져 놓았다가 기회를 봐서 땅에 묻은 것이 분명했다. 집에 가져가면 김 씨에게 들킬까 봐 여기 묻어둔 거겠지. 하지만 왜? 뭘 하려고? 수학여행비가 부족했나? 내가 돈을 안 줄 것 같았나? 도대체 왜? 창문에서 당장이라도 동전과 담배가 튀어나와 얼굴에 쏟아질 것 같았다. 순옥은 고개를 숙이고 화단에서 내려왔다. 괘씸함과 서글픔으로 가슴이 축축해졌다.

순옥에겐 이맘때 여자애의 마음을 알 기회가 두 번 있었다. 필희와 필성이. 하지만 사춘기 여자애들이 이런 잘못을 했을 때 어떻게 하는 게 좋은지 겪어보기 전에 두 딸을 떠나버렸다. 필희도 사춘기였을까? 그래서 갑자기 사라져 버린 걸까? 뒤늦게 찾아온 사춘기 때문에? 순옥은 흙 묻은 까만 비닐봉지를 플라스틱 테이블 위에 올려 놓고 고3 여름에 실종된 첫째 딸을 생각했다. 필희는 어디로 간 걸까? 매일 하는 생각이었다.

순옥은 정 씨에게 당신 딸도 사라졌다는 말을 듣자마자 시어머니에게 전화했다. 3년 만이었다. 시어머니는 쌍욕을 퍼부었다. 그리고 울다가 울다가 또 울며 물었다. "필희 거도 없나? 니한테 간 거 아이가." 순옥은 없다고, 여기에 없다고 말했다. 순옥도 울고 울고 또 울었다. 시어머니는 그렇다면 다시는 연락하지 말라고 했다. 특히 필성이에게 연락하면 가만두지 않을 거라고 했다.

"이게 다 니 때문이다. 니는 자식 잡아먹은 년이다."

순옥은 어디라도 자리 잡으면 두 딸을 데려올 생각이었다. 정 씨도 그러자고 했다. 하지만 대구에 정착하자마자 은수가 태어났고 은수가 태어난 지 1년도 되지 않았을 때 정 씨가 떠났다. 필희와 필성이를 데려올 형편이 되지 않았다. 순옥은 필희가 성인이 되면 그때 연락할 작정이었다. 이젠 그럴 수 없게 되었다. 필희는 없다.

"정말 다 내 탓이야."

순옥은 필희 못지않게 필성도 걱정되었다. 엄마에 이어 언니까지 사라진 이 상황을 필성은 어떻게 받아들이고 있을까? 그렇다고 필성에게 연락할 순 없었다. 시어머니의 으름장 때문이 아니었다. 자신의 연락이 필성을 더 힘들게 할 수 있다는 생각 때문이었다. 내가 무슨 염치로 연락해. 필성이 먼저 연락해온다면 몰라도.

"혹시 우리 필성이가 물어보면 가게 주소랑 전화번호 좀 알려줘요. 엄마는 네가 올 때까지 여기 계속 살고 있을 테니 언제라도 와도 된다고, 기다리고 있겠다고 전해줘요."

순옥이 정 씨에게 한 마지막 말이었다.

필성이의 소식을 들은 건 한참 뒤였다. 은수리를 떠나면서 친정 식구들과도 연락을 끊었다가 10년 만에 다시 했더니 여동생이 필성이의 핸드폰 번호를 알려주었다. 가끔 연락을 주고받았다고 했다. 순옥은 정 씨에게 마지막으로 했던 말을 여동생에게 그대로 했다.

"필성이한테 내 주소랑 핸드폰 번호 좀 알려줘. 네가 올 때까지 여기 있겠다고, 언제라도 오라고, 기다린다고."

하지만 필성의 목소리를 들을 순 없었다.

필성이가 스물일곱이겠구나, 필희는 스물아홉이겠구나. 필성이가 스물여덟이겠구나, 필희는 서른이겠구나. 순옥은 은수가 한 살씩 나이를 먹을 때마다 필희와 필성이의 나이도 함께 세며 필성의 연락과 필희의 귀환을 기다렸다. 필성이 서른이 될 때까지도 연락해오지 않으면 그땐 먼저 연락해 잘못을 빌 작정이었다. 필성이가 스물아홉 번째 생일을 맞은 날 밤, 순옥은 참지 못하고 필성에게 전화했다. 잘 지냈냐고, 엄마라고, 용기가 안 나서 술을 좀 마셨다고, 추운데 감기는 걸리지 않았느냐고 물었다.

그러자 코웃음과 함께 싸늘한 목소리가 들렸다.

"누구신데 절 걱정하세요?" 이어서 악을 쓰는 목소리. "지금 누가 누굴 걱정해? 누가 누굴!"

어른이라면 아든의 잘못을 따끔하게 꾸짖어야 한다. 하지만 나는 그럴 수 없다. 누가 누굴. 순옥은 흙 묻은 비닐봉지를 앞에 두고 컵라면을 안주 삼아 소주를 마셨다. 은수가 취직하고 혼자 살면서 술이 점점 늘었다. 소주 한 병은 마셔야 잠들 수 있었다.

"벌써 문 닫았나? 여기 사장은 영업시간이 순 지 맘대로네."

순옥이 소주를 반병 정도 마셨을 때 박 씨가 셔터를 올리며 들어왔다. 밖은 깜깜했다. 순옥은 비닐봉지를 서둘러 방 안에 집어넣었다.

"뭔데 그래 급하게 치우노?"

박 씨가 소주 옆에 파전이 담긴 접시를 내려놓았다.

"뭐 하러 가져왔어?"

순옥이 파전에 코를 대며 말했다.

"뭐 하러 가져왔겠노? 같이 먹을라고 가져왔지." 박 씨가 툴툴댔다. "누가 온다 캐서 오징어 실한 거 하나 사서 잘라 넣고 기름 두르고 구울 준비 다 해났는데 그 누가 갑자기 안 온다카네. 그런 사람이랑 계속 놀아야 되나, 안 놀아야 되나? 언니는 우째 생각하노?"

박 씨가 젓가락으로 파전을 찢었다. 파전에서 김이 솔

솔 올라왔다.

"계속 놀아야지. 나이 들어도 친구랑 사이좋게 지내야
지."

순옥이 소주잔을 건네며 너스레를 떨었다.

"청양고추도 넣었다. 좀 매울기라."

순옥이 파전을 입에 넣고 박 씨의 잔에 소주를 따랐다.

"매콤하게 맛있네."

두 사람의 잔이 살짝 부딪쳤다.

"내한테 소주 값 내라 카는 거 아이제? 난 안주 가져왔
다 아이가."

"내가 술값 받은 적 있어? 나야 박 씨가 같이 마셔주는
것만 해도 고맙지."

이번엔 박 씨가 순옥의 잔에 소주를 따라주었다.

"언니 뭔 일 있는 거 아이제?"

"없지. 혼자 사는 할매한테 무슨 일이 있겠노?"

순옥이 어설픈 사투리로 말하자 박 씨가 배를 잡고 웃
었다. 순옥도 따라 웃었다. 두 사람은 소주 두 병을 나눠 마
시며 잘 자라준 자식들 이야기, 시장 상인들 이야기, 동네
사람들 이야기, 드라마 이야기를 쉬지 않고 했다.

마지막 잔이 비워지자 박 씨가 입고 왔던 빨간 앞치마

를 손에 쥐고 일어났다. 그리고 발그레해진 얼굴로 순옥을 보며 말했다.

"언니야, 내일은 김치전 구워 올 테니까 내일도 한잔하자. 어데 가지 말고 여기 있어래이. 꼭 있어야 된대이. 어디 가면 안 된대이."

순옥도 붉어진 얼굴로 손을 흔들며 박 씨를 배웅했다. 그리고 새시 문을 열고 들어오며 박 씨가 했던 말을 똑같이 두 번 따라 했다. "어데 가지 말고 여기 있어래이, 어데 가지 말고 여기 있어래이." 어디든 갈 데 없고, 어디로도 갈 수 없는 순옥의 사정을 다 알면서 그렇게 말해준 박 씨가 고마워 눈물이 찔끔 났다.

순옥은 방으로 들어가 까만 비닐봉지를 열었다. 그리고 오백 원짜리 동전을 세었다. 마흔세 개가 들어 있었다. 계산기를 두드려보니 이만 천오백이라는 숫자가 떴다. 화단에서 봉지를 들어 올렸을 땐 무게 때문에 엄청난 돈을 도둑맞은 것 같았는데 세어보니 얼마 되지 않았다. 이든이가 달라고 하면 얼마든지 줄 수 있는 액수였다. "이든이는 착해. 우리 이든이는 착해, 착한 이든이가 이러는 덴 다 이유가 있을 거야." 순옥은 술에 취해 살짝 뭉개진 발음으로 중얼거렸다. 담배는 진열대에 놓고 동전은 다시 봉지에 담았다. 그리고 금고 버튼을 눌렀다. 칭 소리와 함께 오만 원, 만 원, 천 원권 지폐와 오백 원, 백 원, 오십 원, 십 원짜리 동전이 가지런히 놓여 있는 내부가 나타났다. 순옥은 조금도 망설이지 않고 거기서 오만 원짜리 두 장을 꺼내 봉지에 넣었다. 그러면서 또 혼잣말했다. "이든아, 어디에 쓰려고 그랬어? 수학여행비가 모자랐어? 할머니한테 말하지. 그러면 이렇게 줬을 텐데." 순옥은 봉지를 두 번 단단히 묶었다. 그리고 밖으로 나가 다시 화단에 올랐다. 둥글게 차오른 달이 화단을 환히 비추고 있었다. 순옥의 마음도 훤히 비췄다.

중요한 뭔가를 잃어버린 것 같던 기분은 앞당겨 느낀 불안이었다. 팽팽하게 버티던 끈이 툭 끊어진 것 같던 느낌 역시 지레짐작이었다. 버리고, 잃고, 버려지는 상실의 쳇바퀴에 또 한 번 들어가게 될 것 같은 두려움에 압도되어 이든이의 행동을 있는 그대로 보지 못했다. 이든을 섣불리 잃으려고 했다.

아무리 발버둥 쳐도 내 것이 아닌 건 결국 잃게 마련이라고 생각하며 순옥은 살아왔다. 버리거나 버려지는 것 모두 어쩔 수 없는 일이라고 생각했다. 이제는 다르게 생각해 보기로 했다. 살다 보면 모든 걸 한순간에 잃는 것 같아도, 살아보면 어떤 걸 완전히 잃기까지는 여러 단계가 존재한다고. 그러므로 완전히 잃지는 않을 기회 또한 여러 번 있다고. 때로는 잃지 않겠다는 의지가 상실을 막아주기도 한다.

순옥은 주름진 손으로 화단을 팠다. 그 안에 돈이 든 비닐봉지를 넣고 흙을 덮었다. 그리고 정성스럽게 다지며 말했다.

"이든아, 어데 가지 말고 여기 있어래이. 어데 가지 말고 여기 있어래이."

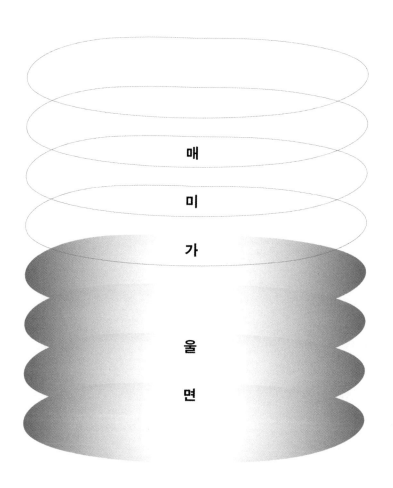

매

미

가

울

면

강한 햇살 때문에 별걱정 없는 사람도 눈을 찌푸리게 되는 여름이다. 점심 먹으러 나온 직장인들로 서울 시청 뒷골목이 복잡하다. 넥타이 맨 두 남자가 좁은 주차장 그늘에 몸을 구겨 넣고 담배를 피우고 있다. 빌딩에서 막 빠져나온 세 여자가 양산 하나에 머리를 모두 집어넣고 종종걸음으로 그 앞을 지난다. 땀으로 등이 흠뻑 젖은 남자는 서류 가방으로 해를 가리고 어디론가 급하게 뛰어간다. 주머니가 여러 개 달린 조끼 입은 남자는 편의점 앞에서 헬멧을 벗고 생수를 벌컥벌컥 들이켜고 있다. 비 내린 후 급습한 더위와 실외기가 뿜는 열기를 조금이라도 피해보려는 사람들 사이에서 하얀 긴팔 카디건을 입고 흡연구역 표지판 옆에서 담배 피우는 여자 홀로 느긋하다. 필성이다.

필성은 해마다 어김없이 찾아오는 늦더위에 호들갑 떠는 사람이 아니었다. 한여름에 눈이 내려도 이상 기온인가 보다 하고 말 사람이었다. 다른 사람이라면 눈물 쏙 뺄 야단도 필성은 대수롭지 않게 넘겼다. 성인이 되기 전 인생으로부터 크게 두 방을 얻어맞은 덕분이었다. 가슴보다 머리가 먼저 반응하는 기질도 한몫했다.

어릴 때 필성은 심부름으로 두부를 사러 가다가 돈을 잃어버린 적이 있었다. 왔던 길을 되짚어가며 돈을 찾았지만 어디에서도 발견하지 못하자 집으로 돌아가 엄마에게 말했다.

"엄마, 돈을 잃어버렸어. 다 찾아봤는데 아무 데도 없어. 혼내지 마세요. 내가 어른 되어서 돈 벌면 갚을게요."

일곱 살 때 일이었다.

필성의 엄마는 어린애가 돈을 잃어버리고도 울지 않고 침착하게 상황을 보고한 것이나 나름대로 해결책을 떠올려 제시한 것을 특별하게 생각했다. 그래서 한동안 사람들을 만날 때마다 그날 있었던 일을 상세히 전하며 어린 자식의 남다른 면모를 자랑했다. 하지만 필성의 엄마는, 그러니까 순옥은 그날 밤 필성이 자다 깨 경기를 일으키며 울었단 사실은 사람들에게 말하지 않았다. 일부러 생략한 건 아니었다. 두 일을 연결 지어 생각하지 못했을 뿐이었다.

필성이 공무원이 되기 전 무역 회사에 다녔을 때도 비슷한 일이 있었다. 건물에 불이 나 모두 혼비백산하며 뛰쳐나갔는데 필성은 시커먼 연기가 사무실로 들이닥치는 와중에도 내일 필요한 통관 서류와 중요한 계약서 몇 개를 챙겨 나왔다. 화재는 필성이 가지고 나온 서류뿐 아니라 어떤 것도 태우지 않고 한 시간 만에 수습되었지만, 그날 필성이 한 대처를 인상적으로 본 팀장은 회식 때마다 필성이 챙겼던 서류의 목록과 그 서류가 지닌 값어치를 읊으며 필성의 판단력을 추켜세웠다. 필성이 자기가 입은 옷에 불이 붙은 걸 구경하다가 털이 타는 냄새를 맡고서야 뜨거움을 느끼고 소리 지르며 깨는 꿈을 3일 연속으로 꿨다는 사실은 아무도 몰랐다.

담배를 다 피운 필성은 뜨끈해진 카디건을 벗어 팔에 걸치고 시청 앞 횡단보도를 건넜다. 도넛 가게와 김밥 가게에서 도넛 두 개와 아이스 아메리카노, 김밥 한 줄을 사서 덕수궁으로 들어갔다. 날이 더워서인지 평소보다 관광객이 적었다. 필성은 늘 앉던 벤치에 앉아 김밥을 먼저 다 먹었다. 그런 다음 겉에 시럽이 얇게 발린 도넛을 한입 베어 물고 차갑고 쓴 커피를 한 모금 마셨다. 단맛과 쓴맛의 조화를 음미하며 고개를 드니 잎이 무성한 나무가 태양의 뜨거움과 시끄러운 매미 울음소리에 몸서리치고 있었다.

매앰매앰 맴맴.

필성은 매미가 매앰 하고 길게 울면 아랫배를 집어넣고 숨을 참았다가 맴맴 하고 짧게 울면 박자에 맞춰 배를 내밀었다. 은수리에 살 때 나무에 매달린 매미가 배를 들썩이며 우는 것을 보고 언니와 종종 하던 놀이였다. "매미가 배로 울어." 은수리에서 알게 된 건 매미가 배로 운다는 사실뿐만이 아니었다. 비가 오면 지렁이가 발 디딜 틈 없이 출몰한다는 것과 아침이면 신발이 젖을 정도로 이슬이 맺힌다는 것, 밤이 익으면 밤송이가 저절로 벌어지고 떨어진다는 것과 태풍과 장마로 물이 넘치던 강이 가뭄 때는 바닥을 드러낼 정도로 완전히 마르기도 한다는 사실을 은수리로 이사 가서야 알았다. 어렸던 필성에게 은수리는 새롭고 드넓은 놀이터였다. 동네 아이들과 친해진 뒤로는 눈만 뜨면 밖으로 나갔다.

"어디로 가?" 처음엔 목적지를 묻던 엄마도 몇 개월이 지나자 다른 어른들처럼 말했다. "해 지기 전에 들어와."

시골 아이들에게 가지 못할 곳은 없었다. 가지 말아야

할 곳도 없었다. 산이나 강 어디를 가든 허락을 구할 필요가 없었고, 누구 집엘 가든 문이 활짝 열려 있었다. 뛰어놀다가 배고프면 산딸기나 감, 대추나 오이, 복숭아, 사과 같은 것을 따 먹었다. 돈이 필요한 곳은 슈퍼뿐이었는데 거기서도 인사만 잘하면 마음껏 구경을 할 수 있었다. 추운 겨울에도 밖에서 놀았다. 꽁꽁 언 강에서 스케이트를 타고 있으면 필성의 아빠가 와서 모닥불을 지피고 그 안에 고구마를 넣어주었다. 아이들 놀이에 신경 써주는 어른은 자신의 아빠뿐이었으므로 필성은 그럴 때마다 아빠를 자랑스러워했다. 스쿨버스를 운전하는 아빠도 자랑스러워했다. 두려워지기 시작한 건 엄마가 사라진 뒤부터였고, 걱정되기 시작한 건 언니가 사라진 뒤부터였다.

맴맴 매앰매앰.

필성은 컵에 남은 얼음을 입에 털어 넣고 사무실로 들어갔다. 각기 다른 음료를 손에 쥔 직원들이 자기 자리를 찾아가고 있었다. 필성도 창가에 있는 본인 자리에 앉았다. 마우스를 움직이니 화면에 작성 중이던 신고서가 떴다. 포트홀 신고서였다. 시청 도로안전과에서 일하는 필성이 맡은 업무 중 하나는 지반침하나 침몰을 관리하는 것이다. 며칠 동안 비가 많이 내린 탓에 아스팔트 표면이 손상되거나 움푹 팼다는 '포트홀 신고'가 아침부터 줄을 이었다. 포트홀 때문에 사고가 났다며 피해 보상을 요구하는 사람도 있어서 필성은 오전 내내 전화기를 붙잡고 있었다. 오후에도 업무 시간이 시작되자마자 전화가 울렸다.

"네, 도로안전과 서필성입니다."

오후의 첫 신고는 포트홀이 아니라 싱크홀이었다.

"네, 지역이 어딘가요? 주변에 공사 현장이 있나요?"

싱크홀은 지반이 빗물과 지하수로 녹아서 밑으로 꺼지는 현상을 말한다. 물에 쉽게 녹는 토양으로 이루어진 석회암 지대에서 많이 발생한다. 화강암이나 편강암 지반인 서울에서 발생하는 싱크홀은 대부분 토양이 아니라 하수관 손상이나 부실한 굴착 공사가 원인이다. 그래서 도로안전과 직원들은 싱크홀 제보를 받으면 주변에 공사 현장이 있는지, 최근에 대형 공사가 있었는지부터 확인한다. 4년 전 버스가 통째로 싱크홀에 빠져 세 명이 사망한 사고도 인근 지하철 공사가 원인이었다. 그 사고로 각종 감사와 질타에 시달렸던 서울시는 첨단 장비와 전문 인력을 충원해 싱크홀 예방에 심혈을 기울였다. 싱크홀을 신고하면 포상금도 지급했는데 제보된 싱크홀의 크기는 대개 1제곱미터 이하였다. 대형 사고로 이어질 가능성이 없고 도로안전과에서 보수할 수 있는 크기였다. 하지만 이상하게도 국토교통부에서는 도로안전과에 접수된 모든 싱크홀의 보고서를 요구했다. 포상금을 노린 허위 신고도 많았는데 진위에 상관없이 접수된 건을 전부 보고하라고 했다. 시설팀의 김 주무관은 그게 다 블랙홀 때문이라고 했다.

"국토부에 제 친구가 한 명 있는데요. 걔 말로는 몇 년 전부터 우리나라에서 이상한 구멍이 발견되고 있대요. 싱크홀인 줄 알고 국토부에서 조사를 나갔다가 사고가 몇 번 있었나 봐요. 그런데 어떤 사고였는지 말을 안 해준대요. 그냥 미확인 홀이라고만 하고 극비로 연구가 진행되니까 직원들 사이에선 그게 블랙홀이라는 소문이 돌았나 봐요. 그러자마자 내부 공지가 떴대요. 사회 불안을 조성할 수 있으니까 미확인 홀 연구에 관해선 외부에 언급하지 말라고요. 완전 블랙홀이라고 인정하는 공지죠. 블랙홀이랑 관련 없으면 그런 공지가 떴겠어요? 연구팀에서 물리학자에게 자문비를 지급했다더라, 연구자들이 블랙홀 관련 주식을 사고 있다더라는 소문이 추가로 돌면서 직원들마저 우주 망원경이나 광학 렌즈 관련 주식을 엄청나게 사들이고 있대요. 그래서 우리한테도 싱크홀을 다 보고하라고 하는 거 아닐까요?"

블랙홀? 김 주무관의 이야기를 들은 후부터 필성은 싱크홀 업무에 흥미를 느꼈다. 공사장 근처에서 발생한 싱크홀보다 뜬금없는 지역에서 발견된 싱크홀 제보에 더 귀를 기울였다. 제보받은 싱크홀의 크기가 상당하면 직접 가서 살펴보기도 했다. 1년 전에도 꽤 큰 싱크홀이 발견됐다는 제보를 받고 현장을 찾았다가 희영을 보았다.

폭우가 무지막지하게 쏟아진 다음 날이었다. 아파트 단지 앞 도로 표면에 사람 몸이 쑥 빠질 만큼 큰 구멍이 나 있었다. 교통을 통제하고 굴착기를 불러 아스팔트를 뚫으니 지름 5미터에 깊이 8미터인 대형 공동이 실체를 드러냈다. 어머, 어머, 하며 어쩔 줄 몰라 하는 주민들 사이에 큰 눈을 껌벅이며 검은 구멍에서 눈을 떼지 못하는 희영이 서 있었다. 크고 쌍꺼풀 없는 눈과 초승달처럼 가늘고 둥근 눈썹. 30년 가까운 시간이 흘렀어도 희영의 생김새는 그대로였다. 필성은 다가가려다가 걸음을 멈췄다. 희영을 마지막으로 봤던 날이 생각나서였다.

*

엄마에게 한 방을 얻어맞은 얼떨떨함이 진정되기도 전

에 두 번째 어퍼컷을 맞은 날이었다. 해가 지고 밤이 늦었는데도 언니가 집에 오지 않았다. 필성은 언니와 제일 친한 희영에게 전화했다. 희영은 모른다고 했다. 어제는 만났지만 오늘은 만나지 않았다고 했다. 기숙사로 돌아간 게 아니냐고 물었다. 기숙사에 연락해봤는데 거기도 없다고 하자 희영은 필희랑 친했던 중학교 애들에게 물어보겠다고 하고 전화를 끊었다. 잠시 후 전화가 와 중학교 애 중 최근에 필희와 연락을 주고받은 애는 없는 것 같다고 말했다. 희영은 우리가 모르는 고등학교 친구 집에 갔을 수도 있으니 일단 자고 아침까지 안 들어오면 같이 찾으러 다녀보자고 했다. 필성은 그러자고 하고선 전화기 앞에서 밤을 꼬박 새웠다. 언니는 오지 않았고 연락도 없었다. 날이 어슴푸레 밝았다. 필성은 걸어서 사십 분 거리에 있는 희영의 집까지 뛰어갔다.

땀을 뻘뻘 흘리며 마당에 들어선 필성을 보고 희영의 엄마가 물었다.

"아침부터 무슨 일이고?"

"희영 언니랑 아침에 만나기로 해서요."

필성은 숨을 헐떡였다. 희영의 엄마가 의아하게 쳐다보다가 손에 쥐고 있던 국자로 문이 열린 작은방을 가리켰다.

"드가 봐라. 우리 희영이 아직 잔다."

필성은 손등으로 땀을 닦으며 방에 들어갔다. 희영은 파란 망사로 된 모기장 안에서 입을 살짝 벌린 채 자고 있었다. 태평한 얼굴이었다. 제일 친한 친구가 없어졌는데 잠이 와? 필성은 신경질이 치솟았다. 모기장을 들추고 들어가 희영의 팔을 잡고 세게 흔들었다.

"희영 언니, 희영 언니, 일어나 봐."

희영이 미간을 찌푸리며 실눈을 떴다가 필성을 보고는 깜짝 놀라 상체를 벌떡 일으켰다. 희영이 입은 곰돌이 잠옷과 모기장이 선풍기 바람에 펄럭였다.

"언니, 우리 언니 아직 안 들어왔어."

필성이 울먹였다.

"아직?"

희영도 금세 울상이 되었다. 모기장 안에 있는 두 사람은 필희가 지금까지 이런 적이 없었고, 무슨 일이 있지 않은 이상 이럴 애가 아니란 걸 잘 알고 있었다. 아빠의 간섭을 피해 기숙사가 있는 고등학교로 가긴 했지만 기숙사에 살면서도 매일 밤 필성에게 전화해 안부를 묻던 필희였다.

"아저씨는?"

"아빠는 아직 몰라. 술 먹고 새벽에 들어왔어. 아빠가 알면 난리 날 텐데 도대체 어딜 간 거야?"

"누구 만나러 간다는 말도 없었나?"

"없었어. 방학하고 집에 오자마자 언니 만나러 갔잖아. 언니랑 저수지에 갔었다며? 2학기 되면 수능 준비하느라 주말마다 못 온다고 할머니 집에 다녀온다고 했어. 근데 할머니 집에 안 왔대."

저수지라는 말에 희영의 얼굴이 순간적으로 어두워졌다. 그걸 본 필성이 희영을 다그쳤다.

"언니 뭐 생각난 거 있어? 아는 거 있으면 다 말해봐, 얼른. 그저께 만났을 때 뭐 이상한 점 없었어?"

희영은 잠깐 머뭇거리다가 고개를 세차게 저었다.

"없다. 니는 뭐 들은 거 없나?"

필성은 희영이 뭔가 알고 있다고 느꼈다. 그래서 자기가 아는 사실을 모두 늘어놓았다. 각자 알고 있는 걸 조합하면 실마리를 찾을 수 있을지도 모른다고 생각했다.

"우리 언니가 금요일 저녁에 집에 와서 자고 토요일 아침에 나갔다가 저녁에 들어왔어. 그때 언니 만난 거지?"

희영이 고개를 끄덕이는 걸 보고 필성이 이야기를 계속했다.

"해가 있을 때 들어왔으니까 여섯 시 전이었을 거야. 아빠랑 셋이 저녁 먹고 TV 보고 자려고 누웠어. 내가 그날

생리통이 심했거든. 그래서 바로 못 자고 좀 뒤척였는데 언니도 잠이 안 오는지 이런저런 걸 묻더라. 공부는 잘되냐, 요즘 아빠는 어떠냐, 뭐 그런 거. 우리 언니가 만날 하는 걱정들 있잖아. 그래서 내가 공부는 잘하고 있다, 할머니가 챙겨줘서 밥도 잘 먹는다, 아빠도 술을 많이 먹어서 그렇지 예전처럼 소리를 지르거나 엄마 욕을 하지는 않는다, 운전도 잘하니까 걱정 마라 그랬지. 언니도 알지? 우리 아빠가 술을 많이 마셔도 스쿨버스 시간은 어긴 적 없는 거. 뭐 그런 대화를 하다가 언니가 저수지에 간 이야기를 했어. 언니랑 의자 바위 있는 곳까지 갔었다며? 근데 거기서 물귀신을 만났다고 하는 거야. 그러면서 물귀신은 사실 블랙홀이었다고 하더라. 진지한 목소리로 블랙홀에 대해서 어떻게 생각하냐고 묻는데 대꾸도 안 했어. 생리통 때문에 아픈 애한테 잔소리에 헛소리까지 하니까 좀 짜증 났어. 그러다가 잠들었고. 다음 날 일어나니까 언니가 없길래 당연히 할머니 집에 간 줄 알았지. 짐이 그대로 있었거든. 그리고 지금까지 소식이 없는 거야."

필성의 이야기를 듣는 동안 희영의 얼굴이 점점 더 창백해졌다.

"그날 이상했던 건 물귀신 소리뿐이었어. 언니도 물귀

신을 봤어? 블랙홀 이야긴 또 뭐야?"

희영은 대답하지 않고 모기장 밖으로 나가 방문을 닫았다. 그리고 문에 등을 기대고 바닥에 주저앉았다. 선풍기 바람에 일렁이는 파란 망사가 두 사람 사이에 있었다. 희영이 떨리는 목소리로 자신의 우려를 내비쳤다. 두 가지 우려 중 하나는 외면하고 자신이 바랐던 우려만 말했다는 건 필성도 나중에야 알았다.

"필희가, 아무한테도 말하지 말라캤는데······."

희영이 조심스럽게 말을 꺼냈다. 재촉하면 희영이 말을 거둬버릴까 봐 필성은 모기장을 만지작거리며 다음 말을 기다렸다.

"필희 남자친구 있다."

"우리 언니가? 누군데?"

필성이 깜짝 놀라며 물었다.

"넌 모르는 애다. 이 동네 안 산다. 박종욱이라고 밀현고 다니는 안데 나도 시내 갔을 때 딱 한 번 봤다. 학원에서 만났다카던데 사귄 지 1년 넘었을 기다. 근데 가가 시내서 자취하거든. 거기 갔을라나?"

언니가 남자친구 집에서 잤다고? 필성은 마음이 더 불안해졌다. 그럴 리 없어. 아빠가 그런 일에 얼마나 예민한지 알면서 그랬을 리 없어. 그리고 남자친구 집에서 잤다면 미리 거짓말했겠지. 아무 말 없이 사라졌을 리는 없어.

하지만 모든 상황이 엄마가 사라졌을 때와 비슷했다. 치과에 간 엄마가 저녁 시간이 지나도록 돌아오지 않았고, 아빠가 화를 내며 이곳저곳에 전화하다가 전화기를 집어 던졌고, 필성은 전화기를 다시 꽂고 언니와 전화기 앞에서 밤새 엄마를 기다렸다. 아침이 되자 동네 아줌마들이 찾아와서 기어이 사달이 났다고 했다. 엄마와 은정 언니의 아빠가 전부터 심상치 않았다고 아빠에게 말했다.

이번에도 그런 사달이 난 걸까?

필성은 눈앞을 알짱거리는 모기장을 걷고 나와 그렁그렁한 눈으로 희영을 보며 말했다.

"어떡하지?"

희영의 눈에도 금세 눈물이 맺혔다.

"일단 종욱이한테 가보자."

"그 오빠 집 알아?"

"아니 몰라. 찾아봐야지."

"어떻게?"

거기서 두 사람의 대화가 멈췄다. 필희 남자친구에게 연락할 방법이 없었다. 주소를 알아내자고 학교로 연락하

면 일이 커질 게 분명했다. 학교가 달라 건너서 아는 사람
도 없었다. 하지만 온 동네를 다 뒤져도 언니가 없고 그날
밤까지도 언니가 돌아오지 않자 필성은 알고 있는 사실을
아빠에게 털어놓았다. 다음 날 아빠가 밀현고에 가서 언니
의 남자친구를 찾아내고, 소리를 지르고, 경찰이 오는 걸 지
켜봤다. 하지만 언니는 남자친구의 집에도 없었다.

일은 점점 커졌다. 입시 스트레스로 인한 단순 가출로
의심받던 필희의 실종은 며칠 뒤 시내에서 자취하던 은정
이 사라지면서 여고생 연속 실종 사건이 되었다. 몰려온 기
자와 경찰로 한동안 은수리가 떠들썩했다. 은정의 실종은
가정불화로 인한 가출이었다. 은정은 한 달 후 은수리로 돌
아왔다. 필희는 끝까지 돌아오지 않았다.

필희가 실종된 지 세 달이 넘어가자 동네 사람들은 필
성과 필성의 아빠를 피했다. 부녀가 겪고 있는 불행이 전염
병이라도 되는 것처럼, 접촉하면 물드는 색료라도 되는 것
처럼 은근히 그러나 꼬박꼬박. "필희한테 아직 소식 없제?
너무 걱정하지 마라. 금방 찾을 기다." 사람들이 건네는 위
로에 대꾸할 말이 없던 필성은 차라리 잘됐다고 생각했다.
하지만 할머니 집으로 가는 길에 마주친 희영마저 자신을
못 본 척하며 집으로 들어가 버리자 왈칵 서운함이 몰려왔

다. 필성은 할머니 집에 갔다가 다시 나와 희영의 집으로 갔다. 마당에 서서 희영을 불렀다.

"희영 언니."

운동화가 현관에 놓여 있는데도 안에선 아무 대답이 없었다.

"희영 언니, 아까 들어가는 거 봤어. 잠깐만 나와봐."

필성은 이야기할 사람이 필요했다. 아무리 애써도 진정되지 않는, 끝없이 요동치기만 하는 마음을 열어 보일 사람이 필요했다. 거의 미쳐 있는 아빠는 그럴 사람이 아니었고, 지 엄마 닮아서 이렇게 애를 먹이는 거라며 언니와 엄마를 동시에 욕하는 할머니도 그럴 사람이 아니었다. 위로해주려는 사람은 몇 있었지만 끝도 없이 몰려오는 공포를 같이 목격해줄 사람은 없었다. 필성은 누구에게라도 자기 가슴을 열어 보이고 상태를 확인받고 싶었다. "괜찮아, 문제없어." 혼자서 되뇌는 말을 누군가에게 듣고 싶었다. 다들 이런 일을 겪으며 사는데 불행히도 너는 조금 빨리, 그것도 연달아 겪어서 힘든 것뿐이라고, 시간이 지나면 괜찮아질 거라는 말을 듣고 싶었다. 그러면 정말 버틸 수 있을 것 같았다. 겨우 두 살 많은 희영이 그런 진단을 내려줄 사람이 아니란 건 알았지만, 이 근방에서 제일 큰 과수원집 막내로 부족한 것 없이 자란 희영이 이런 종류의 고통을 이해할 사람이 아니란 건 알았지만, 언니가 힘들 때 가장 먼저 찾는 친구가 희영이란 걸 알았기에 필성도 희영을 찾았다.

"희영이는 사랑을 많이 받고 자라서 그런지 몰라도 내가 힘들다고 하면 진심으로 걱정해줘. 흔해 빠진 고민도 이래라저래라 하지 않고 있는 그대로 잘 들어줘. 희영이랑 이야기하고 나면 마음이 편해진다니까."

필성은 언젠가 언니가 했던 말을 떠올리며 사랑을 많이 받고 자란 과수원집 막내를 계속 불렀다. 하지만 과수원집 막내는 끝까지 문을 열지 않았고, 필성은 원망하며 돌아섰다. 그게 희영과의 마지막이었다.

한동안 필성은 누군가에게 외면당하는 일이 생길 때마다 자신을 피해 집으로 들어가던 희영의 뒷모습을 떠올렸다. 펄펄 끓는 가슴을 혼자 감당해야 했던 그날의 고통을 움켜쥐고 희영을 마음껏 미워했다. 희영 역시 몸서리치는 중이었단 건 알지 못했다.

*

김 주무관이 국토부에서 도는 소문을 이야기했을 때 필

성의 머릿속에 언니가 했던 말이 번쩍하고 떠올랐다. "필성아, 블랙홀이 물귀신이야." 쇳덩이가 자석에 붙는 것처럼 몇 가지 가정이 그 말에 척척 달라붙었다. 정말로 블랙홀이란 게 있다면? 저수지 물귀신이 블랙홀이라면? 임신을 감당하지 못한 언니가 블랙홀로 들어갔다면?

언니가 임신 상태였을지도 모른다는 사실은 은수리를 떠나 서울로 이사 온 후 중학교 동창에게 들었다.

"우리 오빠가 종욱이 오빠랑 친군데 종욱이 오빠가 술 취해서 우리 오빠한테 말했대. 너거 언니 그때 임신했던 것 같다고."

필성은 들은 사실을 아빠에게 전하지 않았다. 그건 이미 딸을 잃은 충격으로 휘청이는 아빠에게 또 다른 충격을 더할 뿐이었다. 필성에겐 충격 대신 이해가 찾아왔다.

"그래서 그런 거였어."

엄마가 떠난 후 필성은 엄마를 미워하고 원망하고 저주했다. 언니는 그리워했다. 이미 잘린 탯줄이 또 한 번 끊긴 것처럼 괴로워하며 이불 속에서 숨죽여 울었다. 한동안은 밥도 먹지 않고 누워만 있었다. 떨어지기 직전의 단추처럼 가느다란 생명줄에 매달려 대롱대롱.

"사라지고 싶어."

"죽고 싶단 말이야?"

"아니."

"그럼? 엄마처럼 떠나고 싶다는 말이야?"

"아니. 난 그냥 사라지고 싶어."

"그게 무슨 말이야? 어떻게 그냥 사라져?"

"엄마 보고 싶다."

"미쳐 정말. 언니는 우릴 버리고 간 그 여자가 왜 보고 싶은 거야?"

필성도 괴로웠다. 하지만 언니처럼 사라지고 싶단 생각이 들진 않았다. 오히려 오기가 생겼다. 보란 듯이 잘 살아야지, 그래서 그 여자가 우리를 찾으면 매몰차게 외면해야지, 그땐 내가 먼저 버려야지. 그렇게 마음먹는 과정에서 필성은 자신이 삶에 단단히 박음질 된 사람이란 걸 알았다. 실이 끊길 위기가 닥치면 다른 실을 구해 박음질할 힘이 있는 사람이란 것도.

기숙사가 있는 학교로 진학한 뒤로 언니는 엄마가 보고 싶다는 말을 하지 않았다. 그래서 필성은 언니도 다른 실을 구해 박음질했다고 생각했다. 누구에게나 그럴 힘이 있다고 생각했다. 박음질하는 데 아주 오랜 시간이 걸리는 사람이 있다는 것도, 어떤 사람은 대롱대롱 매달린 기분으로 평생을 살기도 한다는 걸 몰랐다.

박음질이 풀렸나? 언니가 사라졌던 날 필성은 실에 매달려 위태롭게 대롱거리는 단추를 다시 떠올렸다. 또 엄마가 보고 싶어졌나? 그래서 엄마에게 갔나? 하지만 동네로 돌아온 정 씨 아저씨는 언니가 거기에 오지 않았다고 말했다. 그렇다면 언니는 어디에?

엄마에게 간 게 아니라면 언니가 스스로 사라질 만한 이유는 없다고 필성은 생각했다. 그래서 언니를 성폭행이나 납치, 인신매매 같은 끔찍한 사건의 피해자로 상정했다. 언니가 임신 상태였을지도 모른다는 이야기를 듣자 사라짐은 언니의 선택이었을 수도 있겠단 생각이 들었다. 마음이 한결 나아졌다. 인신매매로 끌려가서 맞고 있는 언니를 상상하는 것보다는 비혼모로 사는 언니를 상상하는 편이 덜 괴로웠다.

사라진 건 언니가 택한 박음질일지도 몰라. 그래, 그게 뭐든 자기가 선택하는 게 나아.

선택의 여지 없이 엄마와 언니를 잃고 아빠와 단둘이 살게 된 필성은 언니의 결정을 이해하려 노력했다. 노력해도 이해되지 않는 건 사라진 방법이었다. 목격자는 물론 아무 흔적도 남기지 않고 증발하듯 사라진 언니. 도대체 어디로 어떻게 사라진 거야? 필성은 늘 그런 의문을 가지고 있었다. 김 주무관의 이야기를 듣고 블랙홀이 있다고 가정한 다음, 저수지에 놀러 갔다가 블랙홀을 발견한 언니가 그 안으로 들어갔다는 가정을 이어 붙이자 임신 이야기를 들었을 때처럼 이해가 갔다.

그래, 블랙홀이라면 완벽하게 사라질 수 있지.

필성은 블랙홀이 무엇인지, 그런 게 지구에 존재하는 게 가능한지 알지 못했다. 하지만 마트에서 총을 팔면서 사람을 죽이지 말라고 하는 나라가 있단 걸 이해하는 것보다는, 뉴스에 나와 사람을 죽이는 일을 시작하겠다는 결정을 내리는 지도자가 있고 그런 결정을 지지하는 사람들이 있단 걸 이해하는 것보다는 정체를 알 수 없는 까만 구멍이 지구에 생겼다는 사실을 받아들이는 게 훨씬 쉬웠다. 인간이 이렇게 못살게 구는데 지구가 남아날 리 없다고 생각했다.

그 후로 필성은 블랙홀이라는 단어를 마음 한켠에 품고 살았다. 그 단어를 꺼내기로 한 건 희영의 얼굴이 여전히 해사해서였다. 굴착기가 흙으로 싱크홀 메우는 걸 지켜보는 크고 투명한 눈, 단정한 옷차림, 잘 손질된 머리. 모기장 안에서 입을 벌리고 잘 때처럼 걱정 없어 보였다. 현장 조사를 핑계로 주민에게 물어보니 동네 의사 부인이라고 했다. 잘도 골라서 결혼했네. 역시 그런 류였어. 본인의 안온이 우선인 사람, 울퉁불퉁한 건 피하는 사람, 가장 친한 친구도 외면하는 사람. 언니랑 저수지에 같이 갔다면 쟤도 블랙홀이란 걸 본 거 아냐? 근데 왜 말을 안 했다? 희영을 향한 미움이 다시 오돌토돌 돋아났다. 오래전 일을 따지고 캐묻기보다는 지금의 희영을 괴롭히고 싶어졌다. 평온한 일상을 콕 찔러 따끔거리게 만들고 싶은 충동을 느꼈다. 그래서 필성은 현장을 정리하고 시청으로 돌아가기 전 편의점에서 규격 봉투와 A4 용지를 샀다. 하얀 종이 한가운데에 품고 있던 단어를 적었다. 블랙홀. 필성은 희영이 블랙홀이란 단어를 보고 사라진 언니를 떠올리길 바랐다. 그래서 잠시라도 고통스럽길 바랐다. 누가 이걸 보냈는지 몰라 불안해하길 바랐다. 가능한 한 오래오래.

필성은 블랙홀을 담은 봉투를 들고 역시 현장 조사를 핑계로 알아낸 희영의 집으로 갔다. 엘리베이터를 타고 13층을 누르니 교복 입은 학생이 따라 탔다. 초승달처럼 생긴 눈썹을 가진 남자애였다. 그 애는 눌린 버튼을 확인하고는 다른 버튼을 누르지 않고 핸드폰을 보았다.

"학생, 혹시 엄마가 박희영 씨예요?"

"네."

남자애가 고개를 들고 말했다.

"맞구나. 어쩐지 닮았더라. 이거 엄마한테 좀 전해줄래요? 이거 전해주러 가는 길이었거든요."

"이게 뭔데요?"

남자애가 하얀 봉투를 받아 들면서 물었다.

"보면 아실 거예요."

"네."

엘리베이터 문이 열렸다. 남자애가 머리를 꾸벅이며 내렸다. 필성은 30여 년 만에 부린 심술에 흡족해하며 1층 버튼을 눌렀다.

*

필성이 제일 싫어하는 집안일은 쓰레기를 버리는 것이었다. 그래서 베란다에 쓰레기를 잔뜩 모아 놓았다가 친구가 놀러 오면 버려달라고 부탁했다. 오랫동안 방문객이 없으면 어쩔 수 없이 직접 쓰레기를 들고 쓰레기장에 갔는데 분리수거함에 재활용 쓰레기를 넣을 때마다 눈을 질끈 감았다. 필성은 버리는 행위, 뭔가를 두고 떠나오는 행위 그

자체에 죄책감을 느꼈다. 그게 무엇이든, 아니 쓸모없는 것일수록 더 큰 죄책감을 느꼈다. 제일 좋아하는 집안일은 걸레질이었다. 싱크대나 냉장고, 문이나 바닥에 있는 얼룩을 제거하는 데 집착하다 보면 잡념을 잊을 수 있어서 좋았다.

같은 이유로 필성은 많은 것에 빠졌다. 가장 먼저 빠진 건 연애였다. 이 사람과의 연애, 저 사람과의 연애. 하지만 정신없이 빠져들었다가 다시 빠져나오는 과정에서 버림을 주고받는 것이 너무 고통스러워 삼십 대가 된 후로는 연애하지 않았다. 대신 치즈 케이크에 빠졌다. 촉촉하고 달콤한 맛에 빠져 서울은 물론이고 전국에 있는 유명한 제과점을 다 돌아다니며 치즈 케이크를 섭렵했다. 그러는 동안 건강을 위협할 정도로 몸무게가 늘었고, 몸무게를 줄여보려고 달리기를 시작했다가 숨이 차서 한 발짝도 더 내딛지 못할 것 같은 순간에 자신을 몰아세워 열 발짝 더 달리게 하는 운동의 가학성에 빠져버렸다. 그래서 달리고 또 달렸다. 하지만 달려서 소모하는 열량보다 치즈 케이크로 채우는 열량이 많았는지 몸무게는 줄지 않고 무릎 통증만 생겨 달리기를 멈췄다. 필성은 그 외에도 초콜릿, 평양냉면, 카페라떼, 오징어 짬뽕, 마라탕에 빠졌다. 수영, 자전거, 테니스 등 헉헉거릴 수 있는 격한 운동에도 빠졌다. 술에도 빠졌다. 맥주, 소주, 막걸리, 와인, 위스키 주종을 가리지 않고 마시다가 몇 번 응급실로 실려간 후에야 겨우 빠져나왔다.

급격한 신체 손상 없이 빠질 수 있는 중독은 서사였다. 서사는 영화, 드라마, 소설, 웹툰 등 다양한 장르에서 매일 끝없이 쏟아져 나왔다. 물릴 틈이 없었다. 시간도 잘 갔다. 소설책 한 권이면 퇴근 후 시간이 꽉 채워졌고, 오프닝 건너뛰기와 다음 회 클릭하기를 반복하며 드라마를 보다 보면 주말이 순식간에 사라졌다. 아이돌 성장 서사에 빠지면 3개월이 금방 지났다. 굿즈만 사지 않으면 쓰레기가 발생하지 않는 중독이란 점도 필성은 마음에 들었다.

이러다 보면 금방 늙어 있겠지.

월요일 저녁, 퇴근한 필성은 아파트 단지의 지정된 흡연구역에서 담배를 두 대 연달아 피우고 집으로 올라갔다. 현관문을 열고 신발을 벗자마자 작은방으로 들어가 컴퓨터 전원을 켰다. 컴퓨터가 부팅되는 동안 남색 반소매 셔츠와 까만색 슬랙스를 벗었다. 도로안전과 팀장으로서의 자의식도 함께 벗었다. 그리고 파란 세로줄 무늬 잠옷을 입고 에어컨을 틀고 컴퓨터 앞에 앉아 오늘 새벽 두 시까지 보다가 겨우 멈췄던 드라마를 재생했다. 오래전에 방영된 24부작 드라마였다. 지금은 노인 역할로 활동하는 배우들이 깜짝 놀랄 만큼 팽팽한 얼굴로 나와 결혼과 외도, 자식의 죽음이 한데 뭉쳐지면서 생긴 곤란과 당혹을 19회 동안 밀도 높게 풀어냈다. 필성은 편의점에서 사 온 김밥과 맥주를 먹으며 남은 5회의 서사를 흡입했다. 필성은 권선징악 같은 뻔한 결말을 기대하고 있었다. 하지만 드라마는 자극적이었던 설정과 달리 누구나 각자의 삶을 산다는 심심한 결론을 서늘하게 내리며 지금까지 시청해주셔서 감사하다는 자막을 내보냈다. 필성은 어쩔 수 없이 엄마를 떠올렸다. 외도로 자식을 버리고 떠난 여자, 외도한 남자에게 버림받은 여자, 슈퍼를 하며 자기 삶을 사는 여자.

그 여자가 자다 깬 목소리로 전화를 받았다.

"여보세요?"

새벽 두 시였다. 아무리 늦은 시간에 전화해도 순옥은 벨이 세 번 울리기 전에 전화를 받았다. 필성은 숨을 죽이고 순옥의 숨소리를 들었다.

순옥도 잠시 가만히 있다가 말했다.

"필희니?"

그리고 숨을 내뱉지 않고 곧바로 덧붙였다.

"필성이니?"

필희니? 필성이니? 필성이 전화해 침묵하면 가장 먼저

듣는 말이었다. 필희가 살아 있을 거라는 믿음을 보여주는 동시에 필성의 연락 또한 그에 못지않게 중요하단 걸 드러내는 질문이었다. 필희와 필성 둘 중 누구여도 감격할 준비가 되어 있으며, 둘 모두이길 간절히 바라는 목소리. 필성은 그 질문에 한 번도 대답하지 않았다. 순옥의 숨소리만 듣다가 전화를 끊었다. 필성이 전화를 끊기 전에 순옥이 자기 하루를 늘어놓을 때도 있었다.

"필희야, 필성아. 엄마가 오늘은 김밥을 많이 팔았어. 그래서 기분 좋아서 한잔 마셨어……."

그러면 필성은 묵묵히 듣다가 어떤 때는 화가 나서, 어떤 때는 눈물이 나서 끊었다. 어떻게 그럴 수 있었냐고 모질게 따지고 싶은 날도 있었다. 하지만 사과받게 될까 봐 겁이 났다. 엄마가 불행한 목소리로 미안하다고 말하면 속절없이 무너져내릴 것 같았다. 필성은 자신이 고안한 서사를 끝까지 유지하고 싶었다. 많은 영화와 드라마가 보여주는 화해의 서사와 달리 죽을 때까지 엄마를 용서하지 않는 자식, 자식에게 용서받지 못하는 엄마, 죽을 때까지 재회하지 않는 모녀라는 불화의 서사를 지키고 싶었다. 엄마에게 전화하는 것이 그런 서사를 무너뜨리는 도입이 될 수 있단 건 알았다. 하지만 가슴에 횡한 바람을 일으키며, 사는 거

별거 없다는 감정을 불러오는 이야기를 접한 날이나 너무 상투적이라 다음 장면이 일일이 예측되는 뻔한 드라마를 본 날이면 참지 못하고 엄마에게 전화했다. 그러므로 필성은 모든 서사를 좋아했다. 뻔하면 엄마에게 전화할 수 있어서, 뻔하지 않으면 시간을 죽일 수 있어서.

어차피 나도 사람이야. 저들과 다를 거 없어. 유난 떨지 마. 필성은 그런 마음으로 엄마를 그리워하는 딸, 혈연에 이끌리는 자식이란 흔한 설정에 자신을 집어넣고 고집했던 불화의 서사에서 슬쩍 빠져나왔다. 한 달에 한두 번, 그러지 않기로 결심한 사람치고는 자주.

*

필성의 퇴근 시간에 맞춰서 준흠이 시청 앞으로 왔다. 필성이 차에 타자 그는 딸의 팔을 유심히 보면서 말했다.

"필성아, 살 좀 빼라."

필성은 대꾸하지 않고 안전띠를 맸다. 이런 말을 듣지 않으려고 일부러 까만 옷을 입었는데 자기 딸이 뚱뚱해서 결혼을 못 한다고 생각하는 남자에겐 소용없는 일이었다.

"가요."

필성의 지시에 택시가 출발했다. 요금기는 작동되지 않았다. 택시는 남대문과 서울역을 지나 한강 대교로 향했다. 필성은 택시 운전기사 자격증과 그 옆에 붙어 있는 전단을 보았다. 자격증에 들어 있는 아빠의 얼굴은 지금보다 젊고 날카로운 인상이었다. 사람을 찾는다는 문구 아래에 있는 언니의 얼굴은 고등학교 시절 그대로였다. 그 사진을 보고 살아 있다면 오십이 넘었을 언니를 알아볼 수 있는 사람은 본인뿐일 거라는 생각이 또 들었다. 필성이 그런 우려를 전하자 아빠가 말했다.

"그렇지. 필희가 타서 자기 사진을 알아보는 그런 일이 생길 수도 있지."

필성은 고개를 절레절레 흔들었다.

서준흠. 아내와 딸을 잃는 비극을 연이어 겪고도 여전히 서사가 자기에게 유리한 쪽으로 흘러갈 거라고 막연히 믿는 남자, 하지만 새로운 서사를 구축할 의지는 없는 남자, 더 이상의 시련은 없을 거라며 삶에 대한 긴장을 풀어버린 남자. 필성은 그런 아빠를 볼 때마다 바람 빠진 축구공을 떠올렸다. 누구라도 자신을 걷어차주길 바라며 풀 죽어 있는 공, 걷어차이지 않는 이상 움직이지 못하는 공, 한 번 걷어차이면 멈춘 곳에서 또 걷어차이길 기다리는 공. 그런 사람에게 손님이 가자는 대로 가면 되는 택시 운전은 잘 맞는 일인 듯했다.

반면 필성은 빵빵한 공이었다. 삶에 대한 긴장으로 잔뜩 부푼 공, 누구에게도 걷어차이지 않으려고 끊임없이 굴러다니는 공, 자신이 원하는 방향으로 바람이 불 거란 기대는 하지 않는 공. 신의 자비는 없어. 서사는 나에게 유리한 쪽으로 흐르지 않아. 그런 생각으로 필성은 잘릴 위험이 있는 무역 회사를 그만두고 잘릴 위험이 없는 공무원이 되었다. 그런 생각으로 결혼도 하지 않았다. 제멋대로인 삶에 더는 휘둘리지 않으려 예측할 수 없는 영역을 최대한 줄였다.

하지만 서사가 정말 그의 편이었는지 몇 년 전부터 준흠에게 신의 자비라 할 만한 복이 스며들었다. 그는 필희가 가출한 거라면 고향인 서울로 갔을 거라고 생각했다. 누군가에 의해 사라진 거라 해도 십만 명이 사는 지방 도시보다는 천만 명이 사는 서울에 있을 확률이 더 높다고 생각했다. 그래서 은수리를 떠나 서울에서 택시 운전을 시작했다. 기사 식당에 갈 때마다 택시 운전기사들에게 전단을 나눠 주며 차에 붙여달라고 부탁했다. 그러다가 자기 택시에 선뜻 전단을 붙여줬을 뿐만 아니라 전단 수십 장을 받아 가서 아는 기사들에게 나눠 주기까지 한 윤 씨와 가까워졌고,

1년 만에 살림을 합쳤다. 두 사람은 혼인신고를 한 후에도 서로를 서 씨, 윤 씨라고 불렀다. 결혼을 했더라도 거리를 두는 게 좋다는 윤 씨 의견이라고 했다. 서 씨보다 한 살 많은 윤 씨는 호탕하고 품이 넓었다. 바람 빠진 축구공 같은 서 씨를 답답해하지 않고 이리저리 걷어차며 귀여워했다. 윤 씨에겐 젊었을 때 이혼하고 혼자 기른 아들이 있었는데 그 아들 또한 서 씨를 아버지라 부르며 살갑게 대했다. 늘그막에 아들을 갖게 된 서 씨는 윤 씨에게 걷어차이는 생활을 즐기며 이제 필희만 찾으면 소원이 없다는 말을 입버릇처럼 했다.

택시가 봉천동에 있는 빌라 주차장에 멈췄다. 서 씨 생일이니 저녁이라도 같이 먹자며 윤 씨가 필성을 초대했다.

"윤 씨 기다리겠다. 니 먼저 올라가라."

준흠이 필성에게 말했다. 필성은 차에서 내려 아빠가 아줌마의 택시 옆에 자기 택시를 주차하는 동안 주변을 한 바퀴 둘러보았다. 가파른 언덕에 오래된 2층 양옥과 새로 생긴 빌라가 줄지어 있는 동네였다. 아빠의 신혼집은 언덕 제일 위쪽에 있는 빌라 3층이었다. 지대가 높아 1층 주차장에서도 동네가 훤히 내려다보였다. 짙게 깔린 어둠 사이로 붉게 빛나는 십자가는 이 동네 사람들은 전부 교회를 다니나 싶을 정도로 많았다. 필성이 눈으로 십자가를 세는데 매미가 울었다. 머리가 울릴 정도로 요란하게. 필성은 십자가 세기를 멈추고 매미 우는 소리가 나는 쪽으로 다가갔다. 매앰매앰매앰 맴맴맴. 길가에 있는 가로등 기둥에 세 마리가 매달려 있었다. 필성은 헐떡이는 매미의 배를 애처롭게 쳐다보며 중얼거렸다.

"울지 마. 가로등은 해가 아니야. 해는 벌써 졌어."

그때 주차를 마친 아빠가 필성을 향해 소리쳤다.

"안 올라가고 뭐 하노?"

필성이 아빠에게 다가갔다.

"윤 씨 기다리는데 얼른 좀 올라가지."

아빠의 타박에 아랑곳하지 않고 필성이 말했다.

"매미가 밤인데도 울고 있어. 가로등 불빛을 해라고 착각해서 우는 거래. 불쌍해."

필성의 말에 준흠이 잠깐 매미 소리에 귀를 기울였다.

"그러네. 서울에서도 매미가 우네."

"이렇게 시끄러운데 매미가 우는 줄 몰랐어?"

필성이 깜짝 놀라며 말했다. 서 씨는 눈을 껌벅이며 그게 뭐 그렇게 놀랄 일이냐는 시늉을 했다.

"어떻게 모를 수 있어? 저렇게 우는데."

필성이 왼손을 위로 들어 올려 보였다.

"매미가 울든 말든 그게 내랑 무슨 상관이고? 먹고살기 바쁜데."

서 씨가 심드렁하게 말했다.

"상관이 없긴 왜 없어? 열대야 때문에 우는 거잖아. 가로등 때문에 우는 거잖아. 아빠도 책임이 있지. 당연히."

필성이 눈을 흘기며 날카롭게 말하자 이번엔 서 씨가 왼손을 위로 들어 올리며 언성을 높였다.

"그게 와 내 책임이고?"

두 사람이 못마땅한 표정으로 서로를 쏘아보고 있을 때 공동 현관에 불이 켜지면서 윤 씨가 나왔다.

"여기서 뭐 해요?"

윤 씨의 물음에 서 씨가 금세 눈에서 힘을 빼고 말했다.

"올라가는 중이었어요."

서 씨가 윤 씨 쪽으로 걸음을 옮기자 필성이 서 씨의 팔을 붙잡았다.

"아빠도 책임 있지. 아빠도 이 가로등 사용하잖아. 운전하면서 매일 온실가스 배출하잖아. 그걸로 먹고살잖아. 그러니까 책임 있지, 왜 책임이 없어?"

매미 울음소리보다 더 큰 목소리였다.

윤 씨와 서 씨가 놀라 눈빛을 주고받았다.

"니 갑자기 와이라노."

"필성아, 왜 그래?"

"왜 그러긴요. 아줌마, 지금 매미 우는 소리 들리죠? 근데 우리 아빠는 못 들었대요. 이렇게 시끄럽게 우는데 어떻게 못 들을 수 있어요?" 필성이 서 씨의 팔을 놓으며 현관 앞에 있는 윤 씨에게 말했다. "매미가 밤마다 저렇게 우는데 자기는 아무런 책임도 없대요. 그럼 누구 책임이에요?"

필성의 눈에서 눈물이 뚝뚝 떨어졌다.

"니 와이카노, 진짜 와이카노."

어릴 때도 웬만해선 울지 않던 딸이 머리 희끗희끗한 중년이 되어 매미 때문에 우는 것을 보고 서 씨가 어쩔 줄 몰라 했다.

매앰매앰매앰.

필성이 너무 서럽게 울자 윤 씨의 눈에도 눈물이 맺혔다. 윤 씨는 필성에게 팔을 내밀어 위아래로 흔들며 들어가자고 손짓했다. 필성이 윤 씨 쪽으로 걸어갔다. 그리고 울면서도 또렷하게 말했다.

"매미가 울면 매미를 봐야죠. 매미가 정신을 못 차리고 있잖아요. 저러다가 미쳐서 죽는 거라고요."

필성이 가까이 오자 윤 씨가 팔로 필성의 등을 감쌌다.

"그러네. 불쌍하네. 우리는 그런 생각은 못 했어. 우리 딸이 말 안 해줬으면 나는 평생 몰랐을 거야."

딸이란 말에 필성이 걸음을 멈추고 윤 씨의 눈을 물끄러미 봤다.

"미역국 다 식겠어. 얼른 들어가자."

윤 씨가 현관 안으로 필성의 등을 가볍게 밀었다.

나란히 계단을 올라가는 두 사람을 보며 준흠은 깊고 긴 숨을 내쉬었다. 슈우우욱. 공에 남아 있던 바람이 마저 빠져나가는 소리가 빌라 주차장에 울려 퍼졌다. 준흠이 걷자 납작해진 공이 바닥에 질질 끌리는 소리가 났다. 츠으윽 츠으윽. 매미가 앙칼지게 울며 준흠의 발소리에 장단을 맞춰주었다. 츠으윽 츠으윽 맴맴, 츠으윽 츠으윽 맴맴.

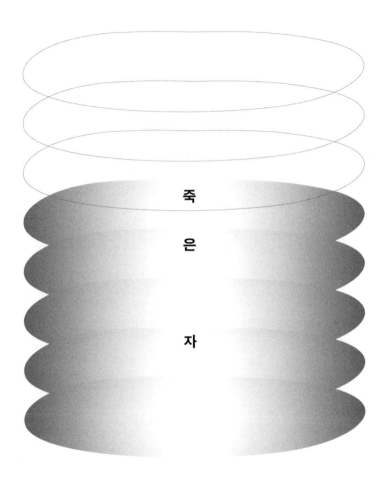

죽

은

자

맑은 날이었다. 한강 공원은 산책 나온 사람들로 붐볐고, SNS는 하얀 뭉게구름이 드문드문 박힌 파란 하늘 사진으로 도배되었다. 이렇게 환상적인 날씨는 두 번 다시 오지 않는다며 라디오 진행자가 나들이를 부추겼다. 청취자들은 마트라도 다녀와야겠다는 문자로 진행자의 부추김에 응했다. 정식은 굴착기를 실은 트럭 안에서 라디오를 들으며 혼자 중얼거렸다.

"나들이는 무슨, 딱 일하기 좋은 날씨구만."

굴착기는 추우면 땅이 얼어 이빨이 땅을 파고들지 못한다. 비가 오면 질퍽해서 바퀴가 헛돌 위험이 있고, 더우면 에어컨이 없어 땀을 한 양동이 쏟아야 한다. 그러니 굴착기

로 땅 파는 일을 하는 정식에겐 놀기 좋은 날씨가 일하기에
도 좋았다.

궂은 날과 굴착기가 필요하지 않은 날을 빼고 나면 중
장비 기사가 일할 수 있는 날은 그리 많지 않다. 현장 책임
자나 중장비 업체 사장에게 밉보이거나 일을 제대로 못 한
다는 소문이라도 나면 순식간에 일감이 줄고 수입도 준다.
1년 중 몇 달은 대기업 과장 못지않게 벌 수 있어도 몇 달은
중소기업 신입만큼도 벌지 못하는 게 굴착기 일이었다. 중
장비 기사의 일당이 높은 걸 알고 툭하면 중장비 기사 자격
증이나 따볼까 하는 월급쟁이들도 실상을 알면 그런 말을
쉽게 하지 못할 것이다.

정식은 굴착기 기사로는 드물게 지난 10년 동안 큰 편
차 없이 안정적으로 돈을 벌었다. 처형 내외가 운영하는 업
체에서 일한 덕분이었다. 원래는 주먹구구식으로 들어오는
일만 겨우 해내던 작은 업체였는데 아이들을 어느 정도 키
운 정식의 처형이 굴착기 자격증을 따고 경영에 관여하면
서부터 체계가 잡혔다. 정식의 처형은 사업 수완도 좋았다.
전국 강 정비 사업으로 건설 경기가 살아났을 때를 놓치지
않고 다른 업체에서는 어려워하는 서류를 꼼꼼하게 작성해
예산이 제법 큰 재하청 건수를 두 개나 따내며 사업 규모를

키웠다. 그리고 그 일을 말끔하게 처리함으로써 회사 입지를 다졌다. 덕분에 강 정비 사업을 추진했던 대통령이 각종 비리로 감옥에 간 후에도 일이 끊이지 않는 굴착기 전문 업체가 되었다.

정식의 처형은 하기 쉽고 이동 거리가 짧은 일감이 생기면 제부인 정식에게 먼저 연락했다. 정식을 위해서라기보다는 자신의 막냇동생을 위해서였다.

"유 서방, 일찍 끝나면 바로 퇴근해. 우리 재은이 좋아하는 아이스크림 사 가는 거 잊지 말고."

그 덕에 정식은 전국에 있는 현장을 떠도는 다른 굴착기 기사들과는 달리 수도권에서 상가 철거나 배관 공사 같은 일을 많이 했다. 라디오에서 댄스 음악이 연달아 나오던, 드물게 날씨 좋던 이날도 하수도 공사를 하러 김포에서 서울로 가는 중이었다.

정식이 운전하는 5톤 트럭이 도심에 들어서자 승용차들이 일제히 거리를 두었다. 옆 차선에 있던 까만 승용차는 속도를 올리며 앞서갔고, 뒤따라오던 하얀 승용차는 눈에 띄게 속도를 늦췄다. 어떤 승용차는 트럭 운전이 불법이라도 되는 양 경적을 울리며 추월해 갔다. 정식은 지랄들 하지 말라고 중얼거렸다. 승용차들이 자신을 피하는 게 아니라 사고가 나면 불똥이 클 게 뻔한 굴착기와 대형 트럭의 조합을 피하고 있단 걸 알았지만, 슬금슬금 내빼는 차들을 보고 있자니 고약한 악취를 풍기는 도로의 무법자가 된 것 같아 마음이 씁쓸했다.

현장인 동작구 상가에 도착하니 회색 점퍼를 입은 남자가 공사 안내 표지판을 걷으며 정식을 향해 팔을 흔들었다. 정식은 남자가 손으로 가리킨 위치에 트럭을 세우고 천천히 굴착기를 내렸다. 그사이 회색 점퍼를 입은 남자는 안전모를 꽉 조이고 운동화 신은 마른 남자와 안전모를 느슨하게 쓰고 까만 단화 신은 덩치 큰 여자에게 뭔가를 설명하고 있었다. 회색 점퍼를 입은 남자가 공사 업체의 대표인 듯했고, 안전모를 쓴 두 사람은 시청 직원인 듯했다. 그 옆에서 새 하수관을 내리고 있는 네 사람은 업체에서 부른 일당직 인부인 것 같았다. 회색 점퍼를 입은 남자가 정식에게 다가와 하수관 공사 경험이 있는지 물었다. 정식은 수십 번도 넘게 해봤다고 답했다. 회색 점퍼를 입은 남자는 흡족한 표정을 짓고는 자신이 굴착기를 부른 업체 대표라며 오늘 잘 좀 부탁한다고 말했다. 그러고는 덩치 큰 여자에게 가서 손으로 정식과 굴착기를 가리키며 뭐라고 말을 했다. 여자가 정식을 힐끗 쳐다보았고, 여자와 눈이 마주친 정식은 그 여자가 두 달 전 싱크홀을 메우는 공사 현장에서 자신에게 라이터를 빌려 갔던 시청 직원이란 걸 알아차렸다. 그래서 살짝 고개를 숙였는데 정식을 못 봤는지 안전모를 조이며 대표에게 뭔가를 지시하고는 인도로 올라가 버렸다.

업체 대표가 정식을 포함한 다섯 명의 작업자를 불러 모았다. 지금 서 있는 도로 아래 하수관이 낡아서 물이 새고 있는데 미미한 양이지만 싱크홀 예방을 위해 이 구간의 하수관을 교체할 거라고 했다. 몇 미터나 교체할지는 굴착기로 땅을 파서 살펴본 후에 결정할 예정이라고 했다. 그러면서 지반이 약해져 있을 수 있으니 조심해서 운전하라고 정식에게 말했다. 걱정하지 말라고 한 뒤 정식은 굴착기에 올랐다. 그리고 페인트로 붉게 칠해져 있는 아스팔트를 부수고 버킷으로 능숙하게 땅을 팠다. 2미터가량 파내자 짙은 색 흙이 나왔다. 조금 더 파내자 회색 하수관이 살짝 보였다. 업체 대표가 이제부터는 삽으로 파라고 지시했다. 네 명의 인부가 구덩이 안으로 들어가 삽질을 시작했다. 척, 삭, 척, 삭. 어깨가 벌어진 젊은 남자의 삽질보다는 머리가 하얗게 센 남자의 삽질이 더 힘 있어 보였다. 정식은 시동을 끄고 운전석에 앉아 구부러졌다 펴졌다 하는 네 사람의 등과 그 위에 고루 내려앉는 햇빛을 보며 아버지를 묻었던 날을 떠올렸다.

그날도 볕 좋은 가을이었다. 장례업체에서 고용한 인부들이 굴착기와 삽으로 땅을 파고 그 안에 아버지의 몸이 든 관을 넣었다. 정식을 포함한 네 명의 자식이 삽을 돌려가며 관 위에 흙을 뿌렸다. 나무로 된 관 위에 후드득 흙이 떨어지는 소리와 파란 하늘, 눈부신 햇살, 완연하게 물든 선산의 풍경이 한데 어우러지면서 슬픔보다는 아름다움을 자아냈다. 누나가 아버지를 부르며 울지 않았다면 정식은 장례 중인 걸 깜박하고 자기도 모르게 날씨 좋다는 감탄을 뱉을 뻔했다. 그때만 해도 죽음이 멀었다. 지금은 아니다. 이제 죽음은 손가락으로 살짝 건들기만 해도 뚫릴 것 같은 얇고 연약한 막 뒤에서 정식을 기다리고 있다.

"폐암입니다."

석 달 전 정식은 기침이 멈추지 않아 병원에 갔다가 각종 검사 끝에 병명을 얻었다. 의사는 이미 암이 상당히 진행되어서 치료가 쉽지 않을 거라고 했다. 자식들은 항암 치료를 하자고 했다. 지금이라도 담배를 끊으라고 했고, 당장 일을 그만두라고 했다. 정식은 그냥 지금처럼 지내고 싶다고 했다. 1년을 살더라도 산 사람처럼 살고 싶다고 했다. 아내는 펑펑 울며 애들 다 키우고 이제 좀 살 만해졌는데 암이라니 하늘도 무심하다고 했다. 정식은 막내딸이 성인이 될 때까지 살아남은 것에 감사했다. 또 아파트 옥상에서 떨어져 죽는다거나 번개탄을 피워서 죽는 게 아니라 병으로 죽게 된 것에도 감사했다. 그리고 만족했다. 질문과 의문이 따르는 병이 아니라 널리 알려진 병으로 죽게 된 것에.

정식의 아내가 정식의 만족을 가장 먼저 눈치챘다. 늘 남편의 발밑에 잔잔하게 깔려 있던 우울이 폐암 진단과 함께 사라졌단 걸 알아차린 정식의 아내는 마지막이라도 아빠가 원하는 대로 살게 해주자고 두 아들과 막내딸을 설득했다. 자라는 동안 아빠의 발목까지 차오른 우울의 찰랑거림을 여러 번 들었고 그 소리가 시작된 시기를 정확히 기억하고 있던 자식들은 항암 치료를 받지 않겠다는 정식의 의지를 꺾지 못했다. 정식은 한 달에 한 번씩 검진받으며 하던 일을 계속했다.

척, 삭, 척, 삭. 네 명의 인부가 메트로놈을 켜놓은 듯 똑같은 박자로 삽질했다. 잠시 뒤 묻혀 있던 회색 하수관의 형태가 완전히 드러났다. 업체 대표가 구덩이로 내려가 하수관을 이리저리 살폈고, 낡아서 깨진 부분이 두 군데 있다고 말했다. 하지만 상태가 좋진 않으니 관을 통째로 교체하는 게 좋겠다고 시청 직원들에게 설명했다. 그 말에 남자 직원이 운동화에 흙이 들어가지 않도록 조심하며 구덩이로 내려가 핸드폰으로 깨진 부분의 사진을 찍고 다시 올라와 그 사진을 구두 신은 직원에게 보여주었다. 두 직원과 이야기 나눈 업체 대표가 정식에게 말했다.

"왼쪽으로 5미터만 더 팝시다."

정식은 지시대로 왼쪽을 팠다. 그런데 크게 힘을 주지 않았는데도 버킷이 쑥 들어가더니 흙이 무너지면서 구멍이 나타났다. 지름이 1미터 정도 되는 텅 빈 구멍이었다. 정식이 계속 버킷을 움직이자 구두 신은 직원이 멈추라고 소리쳤다. 정식이 동작을 멈추자 대표와 운동화 신은 직원이 급하게 구덩이로 내려가 사진과 영상을 찍었다. 이 공사가 도로 함몰을 예방하는 것에 그치지 않고 작지만 확실한 공동을 찾아낸 공사가 된 것을 기뻐하는 눈치였다. 이번에 공사하지 않았으면 이 구멍이 점점 커져 싱크홀이 되었을 게 분명하다고 말하며 그들이 공동의 상태를 확인하는 동안 정식은 굴착기에 앉아 그들을 내려다보며 선산에 묻힐 것인지, 태워져 가루가 될 것인지를 고민했다.

뭐가 좋을까?

굴착기 일을 하기 전에는 화장을 선호했다. 뭐든 깔끔

한 게 좋다고 생각했다. 하지만 땅을 파고 일상적으로 흙 만지는 일을 하다 보니 신이 흙을 빚어 인간을 만들었다는 말과 죽으면 흙으로 돌아간다는 말이 신경 쓰이기 시작했다. 흙에 묻히는 게 순리인 것 같았다. 무덤 안이 포근할 것 같기도 했다. 선산에 묻히면 애들이 바람 쐬러 올 구실은 되겠지. 추우면 안 돼. 너무 더워도 안 되고. 몇 월에 죽느냐가 관건이겠구나.

"어이 굴착기, 다시 시작해요."

업체 대표가 정식을 향해 소리 지르며 팔을 좌우로 흔들었다.

정식은 시동을 걸며 결정했다. 오늘처럼 볕이 좋은 가을이나 꽃 피는 봄에 죽으면 선산에 묻히고 추운 겨울이나 더운 여름에 죽으면 화장하기로. 그렇게 암 환자가 내려야 할 결정 중 하나를 해치웠다.

*

정식은 죽은 자였다. 14년 전 정식이 다니던 회사가 경영난을 이유로 이천 명이 넘는 직원을 동시에 해고했는데 해고자 명단에 오른 사람은 죽은 자로, 오르지 않은 사람은 산 자로 부르면서 그렇게 되었다. 정식에겐 고등학교를 졸업하기도 전에 입사해 20년 넘게 다닌 회사의 배신도 충격이었지만, 구조 조정에 항의하며 공장을 점거했을 때 파업자에게 곤봉을 휘두르고 테이저건을 쏜 경찰의 배신이 더 큰 충격이었다. 공권력이 파업하는 사람들 편이 아니란 건 익히 알고 있었다. 하지만 그 사실을 아는 것과 경찰에게 벌레 잡듯 두들겨 맞는 건 완전히 다른 차원의 문제였다. 부위를 가리지 않고 내리치는 곤봉에, 사정없이 휘두르는 발길질에 세상을 향한 정식의 믿음이 속절없이 무너졌다. 이 사회의 구성원이 되는 데 필요한 최소한의 믿음까지 모두 다.

어디서부터 잘못된 걸까. 이 회사에 들어온 게 잘못이었나? 아니면 공고를 간 게? 기계를 좋아한 게? 책을 싫어한 게?

오른쪽 다리가 부러져 공장 밖으로 끌려 나오는 동안 정식은 재빨리 자신의 과거를 훑었다. 이 굴욕적인 상황의 원인을 자신에게서 찾으려고 했다. 그게 가장 쉬운 길임을 알고 본능적으로. 하지만 억울함으로 흥건해진 가슴이 그런 식의 원인 규명에 거세게 저항했다.

난 잘못이 없어. 성실히 일했잖아. 갑자기 해고당했어.

당한 건 나라고. 그런데 내가 왜? 내가 뭘 잘못했어? 자식들 생각도 했다. 아빠가 경찰에게 두들겨 맞다니! 애들한테 뭐라고 말해. 정식은 말 안 들으면 경찰 아저씨한테 잡아가라고 하겠다는 농담을 두 번 다시 할 수 없게 된 현실이 기가 막혔다.

정식이 공장 밖에서 대기 중이던 구급차 들것에 실리자 기자들이 몰려왔다. 그들은 렌즈 후드로 정식의 얼굴을 퍼가기라도 하려는 듯 카메라를 들이밀었다. 팔과 가슴으로 서로를 밀치며 셔터를 눌렀다. 걱정을 담은 눈도 있었지만 대부분은 기세를 담고 있었다. 멋지게 찍어보겠다는 기세, 특종을 놓치지 않겠다는 기세.

우리가 죽는 걸 구경하러 왔구나. 아니다. 우리가 죽은 걸 구경하러 왔구나.

정식은 그들의 기세가 민망해 눈을 질끈 감았다. 그리고 생각했다. 우리가 맞는 걸 직접 목격한 기자들 눈에서도 분노를 찾아볼 수 없는데 현장을 보지 못한 사람들이 우리를 이해할 수 있을까. 뜨끈한 절망이 정식의 가슴을 데웠다.

병원에서도 마찬가지였다. 의사나 간호사, 같은 병실의 환자 모두 어젯밤 뉴스에 등장했던 파업자를 향한 호기심을 감추지 않았다. 환멸을 느껴도 될 순간이 줄을 이었지만 정식은 그런 감정을 느끼지 못했다. 죽은 사람의 몸에서 체액이 빠져나가듯 사지가 들려 공장을 나오는 동안 감정을 만드는 진액이 다 빠져나갔는지 어떤 감정도 느낄 수 없었다.

병문안 온 처형이 퇴원하면 자기 회사에서 일하라고 했다. 요즘 일손이 달린다고 했다. 자동차 만드는 일만 일이냐고, 굴착기 일도 할 만하다고 했다. 다리가 부러질 정도로 사람을 팬 경찰을 욕하다가 해고한다고 공장을 점거하면 누가 회사를 차리겠냐며 노동조합도 욕했다.

생활비를 벌려고 고깃집에서 설거지하면서도 투쟁을 그만두라고 하지 않았던 정식의 아내가 언니를 보내고 와서 정식에게 말했다.

"할 만큼 했으니까 이제 돈 벌어와."

애들은 학원을 다 끊었고 주변에 손도 벌릴 만큼 벌렸다고, 더는 할 수 있는 게 없다는 말을 조금의 설움도 없이 했다.

정식도 서러워하지 않고 그러겠다고 답했다.

정식이 파업에 참여하는 동안 정부는 전국의 주요 강을 정비하는 대규모 공사를 시작했다. 정식은 어마어마한 예산이 투여된다는 그 사업에 부정적이었다. 멀쩡히 흘러가는 강을 파헤칠 돈이 있으면 수천 명의 해고자를 살리는 방

안부터 모색해야 한다고 생각했다. 그게 정부가 우선해야 할 일이라고 믿었다. 국민의 편이라는 정부가 누구도 원하지 않는 강 정비 사업은 막무가내로 진행하고, 모든 국민이 안타깝게 여기는 정리해고는 왜 묵인하다 못해 방조까지 하는지 도무지 이해할 수 없었다. 처형 내외가 맡은 강 정비 공사 현장에 가서야 이 사업을 간절히 바란 사람도 있었단 걸 알았다. 건설업자와 현장 인부들이었다. 그들은 막혔던 돈줄이 드디어 뚫렸다며 강 정비 사업을 반겼다. 경기가 침체하면 필요 없는 일을 벌여서라도 돈을 돌리는 게 정부의 역할이라고 했다. 이번 정부야말로 제대로 일한다고 칭찬했다. 처형 내외도 같은 입장이었다. 나라에서 일을 크게 벌여줘야 자기들처럼 직원이 두 명뿐인 영세 업체에도 콩고물이 떨어진다고 했다. 강 정비 사업이 본격적으로 진행되자 정식의 처형은 대출을 받아 굴착기 두 대를 추가로 샀다. 그리고 일을 믿고 맡길 만한 기사가 부족하다며 그때까지 현장에서 잡일하던 정식에게 굴착기 기사 자격증을 따라고 했다. 죽기를 권하는 게 아니었기에 정식은 그러겠다고 했고, 자격증을 딴 후에는 김포에 있는 회사 근처로 이사했다.

이사 간 동네엔 아는 사람이 없었다. 어디를 가도 모르는 사람뿐이었다. 정식은 그게 편했다. 이사 오기 전엔 아파트 단지나 마트, 식당 어딜 가든 아는 사람과 자꾸 마주쳤다. 그중엔 죽은 자도 있었고 산 자도 있었는데, 산 자는 그쪽에서 먼저 피했고 죽은 자는 정식이 먼저 피했다. 살아도 사는 게 아니란 말이 입에서 절로 나왔다.

복직 투쟁이 길어지면서 죽은 자나 죽은 자 가족 중에서 정말로 사망자가 나오기 시작했다. 여전히 투쟁 중이던 동료들이 정식에게 정기적으로 연락해 안부를 물었다. 시간 날 때 농성장에 놀러 오라고 했다. 정식은 그러겠노라 대답만 하고 가지는 않았다. 길 위에서 생활하고 있을 동료들을 보는 게 두려웠다. 한 번 더 무너지면 회복할 수 없을 거란 예감이 강하게 들었다. 파업 현장에 공권력을 투입한 정부가 추진하는 사업으로 먹고사는 것이 마음에 걸린다는 핑계를 대며 동료들의 연락을 차츰 피했다. 바짝 마른 가지가 가슴을 할퀴는 날들이 이어졌다.

정식은 뉴스를 보지 않았다. 긴 대화도 하지 않았다. 시간이 갈수록 윤곽이 뚜렷해지는 자식들의 얼굴과 공장에서 쫓겨나도 써먹을 수 있는 기술이 있어야 한다며 네일숍에 취직한 아내의 얼굴만 보았다. 그 얼굴들에 떠오르는 기쁨과 슬픔, 환희와 좌절, 성공과 실패 같은 분명한 감정을 파먹으며 살았다. 서글픔이나 억울함, 권태나 질투 같은 복잡한 감정은 외면했다.

퇴근한 아내의 얼굴을 빤히 쳐다보고 있으면 아내는 그날 있었던 일을 이야기해주었다. 새로 배운 네일 디자인이나 손님에게 들은 소식도 있었지만 까다롭게 군 손님 험담이 대부분이었다.

"그래서 당신 마음은 어땠어?"

정식은 아내가 이야기를 끝내면 항상 그렇게 물었다. 그러면 재은이 시원하게 답했다.

"어떻긴 뭐가 어때. 재수 똥이다 했지."

재수 똥이다. 재수 똥이다.

정식은 어떤 날은 재수가 똥이고 어떤 날은 기분이 째지는 아내를 통해 마른 가지밖에 없는 가슴에 조금씩 감정을 채워 넣었다.

*

정식이 땅을 파내자 인부들이 구덩이로 내려가 낡은 하수관을 분리했다. 정식은 잠시 굴착기에서 내려와 담배를 피웠다. 구두 신은 시청 직원이 정식에게 다가와 묵직해 보이는 편의점 비닐봉지를 열어젖혔다. 봉지 안에는 캔 커피와 박카스, 생수와 콜라, 초코바가 들어 있었다. 정식은 생수를 집어 들었다. 시청 직원은 봉지를 들고 다른 사람들에게 갔다가 잠시 뒤 다시 정식에게 와서 초코바 하나를 더 건넸다.

"두 달 전에 싱크홀 작업할 때도 오셨죠?"

시청 직원이 봉지를 접어 주머니에 넣으며 물었다.

"그때 굴착기에서 사진 찍으셨잖아요."

"사진 찍으면 안 돼요?"

정식이 방어적으로 말했다. 공공기관과 일하면 하라는 것도, 하지 말라는 것도 많았다. 말도 안 되는 일인 걸 알면서도 위에서 내려온 지시니 따라야 한다는 경우도 있었다.

"아뇨. 그냥 사진 찍으시던 모습이 기억에 남아서 여쭤본 거예요. 별 뜻 없었어요."

시청 직원이 초코바를 까면서 말했다. 정식은 시청 직원이 자기 행동을 기억한다는 게 기분 나빴다. 핸드폰으로 사진 찍은 걸 왜 기억하는 거야? 내가 뭐 이상해? 남들과 달라? 그러면서 자신의 모습을 봤다. 평범한 작업복에 평범한 작업화, 평범한 체형에 평범한 얼굴. 어느 것 하나 튀는 게 없었다. 튀는 쪽은 오히려 시청 직원이었다. 라이터를 빌려 가서 아무렇지 않게 길에서 담배 피우는 덩치 큰 여자. 하지만 정식은 자신의 기분이 상한 게 시청 직원 때문이 아님을 알고 있었다. 자신이 남들의 시선에 예민한 탓이었다. 그래서 급하게 생수를 마셨다. 벌렁거리는 가슴에 차가운 물을 흘려보냈다.

시청 직원이 계속 말을 걸었다.

"싱크홀 현장 많이 가보셨어요?"

"갔죠."

정식은 인부들을 보며 짧게 답했다.

"어때요? 혹시 이상한 싱크홀도 보셨어요? 싱크홀처럼 생겼는데 싱크홀은 아닌 구멍이요."

그게 무슨 말이야? 정식은 질문이 이해되지 않아 시청 직원의 얼굴을 쳐다봤다. 호기심 어린 표정이었다. 미지의 것을, 다음에 벌어질 일을 궁금해하는 감정. 정식에겐 없는 감정이었다. 아내와 아이들을 통해서도 집어넣지 못한 감정이었다. 트집을 잡거나 시비를 걸려고 한 말이 아니란 걸 확인한 정식은 고개를 다시 인부들 쪽으로 돌렸다.

"무슨 말인지 모르겠네요."

그러자 시청 직원이 남은 초코바를 입에 넣고 오물오물 씹으며 말했다.

"아, 얼마 전에 경기도에서 블랙홀 같은 미확인 홀이 발견됐다고 해서요. 혹시 직접 보셨나 해서 물어봤어요."

멀리서 업체 대표가 시청 직원을 불렀다.

"서 팀장님."

시청 직원은 초코바 봉지를 주머니에 넣고 손을 탁탁 털었다.

"먼저 가볼게요. 수고하세요."

블랙홀이라니, 그건 또 무슨 말이야? 정식은 담배를 한 대 더 꺼내며 덩치 큰 여자가 흘리고 간 우주의 단어를 생각했다. 그런 게 경기도에 있어? 정식의 얼굴에서 호기심이 만들어지려고 할 때 업체 대표가 정식도 불렀다.

"굴착기."

인부들이 구덩이를 빠져나오고 있었다. 정식은 담배를 집어넣고 굴착기에 올라 시동을 걸었다. 다시 작업을 시작했다. 낡은 하수관을 굴착기에 매달아 빼내고 새 하수관을 내렸다. 파낸 구덩이를 다시 메웠다. 오후 네 시쯤 공사가 끝났다. 굴착기를 트럭에 실으니 도착했을 땐 눈길도 주지 않던 인부들이 정식에게 인사했다.

"또 봅시다."

정식도 똑같이 인사했다.

"또 봅시다."

일용직 사이에서 또 보자는 말은 최고의 칭찬이었다. 오늘 처음 봤지만 당신 일솜씨가 괜찮았다, 우리 합이 잘 맞았으며 기회가 되면 다음에도 같이 일하고 싶다는 의사 표현이었다. 그러나 인부 선택은 그들 몫이 아니었으므로 다음 만남까지 기약하지는 못하고 헤어졌다.

공장에서 일할 때 동료는 가족보다 가까운 존재였다. 아침부터 저녁까지, 월요일부터 금요일까지 같이 있다 보니 서로에 대해 모르는 게 없었다. 징글맞게 구는 사람도 있고 얌체같이 구는 사람도 있었지만, 5년, 10년이란 시간 은 사람을 가리지 않고 막무가내로 정을 쌓았다. 점액처럼 끈적하게 뭉쳐진 관계. 정식은 동료란 다 그런 관계인 줄 알았다. 모래처럼 버석한 관계의 동료도 있단 건 일용직 일 을 하면서 알았다.

일용직으로 처음 건설 현장에 나갔던 날, 정식은 같이 일할 것으로 보이는 사람에게 손 내밀며 말했다. "유정식입 니다. 잘 부탁드립니다." 그런데 상대는 마지못한 듯 손을 잡더니 이름도 말해주지 않고 그냥 가버렸다. 주위에 있던 사람들도 정식과 눈 마주치길 꺼려했다. 정식은 일용직으 로 어느 정도 일한 후에야 자신이 이름 없이 일하는 곳에서 이름을 내세우는 실수를 했단 걸 알았다. 일용직 세계에선 일하는 스타일이 이름이었다. "자재 정리 착착 잘하는 젊은 사람은 왜 안 와?" "일 너저분하게 하는 그 새끼는 안 부를 거지?" "자기 공구 없으면 일 못 하던 그 사람 말이야." 작업이 열흘 넘게 이어지면 이름을 부르기도 했다. 처음엔 어이 굴착기, 거기 지게차처럼 맡은 업무를 이름 삼아 부르다가 얼굴이 익으면 출신 지역으로, 밥을 여러 번 같이 먹고 나면 그제야 서로 이름을 묻고 불렀다. 가장 마지막에 이름을 묻는 세계. 정식은 그 세계로 천천히 진입했다. 최근엔 이름 대신 병명이 불리는 세계로 진입하고 있다.

*

날이 완전히 어두워졌다. 퇴근길 정체가 시작되기 전에 출발했는데도 김포에 들어서니 여덟 시가 넘었다. 처형에게서 문자가 왔다. 언제 도착해? 정식은 다 왔으니 기다리지 말고 먼저 퇴근하시라고 답장을 보냈다. 다시 문자가 왔다. 유 서방, 조심해서 와.

정식의 처형은 정식이 아픈 걸 자기 탓으로 생각했다. 공장 지붕 아래서 일하다가 하늘을 지붕 삼아 일하는 게 쉽지 않았을 텐데 그런 건 생각하지도 않고 일을 몰아준 바람에 이렇게 된 것 같다고 미안해했다. 그럴 때마다 정식은 굴착기 일을 안 했으면 진즉 굶어 죽었을 거라며, 폐암은 줄담배 피운 자기 탓이라고 원인을 분명히 했다.

사거리 신호가 초록으로 바뀌었는데도 앞차들이 움직이지 않았다. 도로가 꽉 막혀 있었다. 구급차 한 대가 사이렌을 울리며 역주행했다. 누군가의 위급함을 알리는 사이렌 소리를 들으며 정식은 생각에 잠겼다.

어떻게 해야 날씨가 좋을 때 죽을 수 있을까?

봄보다는 가을이 좋은데.

죽는 시기를 내가 결정할 순 없나?

그건 자살인가?

하지만 나는 이미 죽은 자인데.

가슴 통증과 함께 쓴 기침이 올라왔다. 정식은 어깨를 들썩이며 기침을 스무 번 넘게 했다. 그러고 나니 힘이 빠져 운전대를 쥔 손이 덜덜 떨렸다. 휴지를 꺼내 가래를 뱉었다. 그 순간 정식의 마음에 충동이 일었다. 죽음이 장막을 넘어오기 전에 이쪽에서 먼저 구멍을 뚫고 싶다는 충동.

이번엔 내 의지로 죽어볼까?

하지만 그런 생각을 하자마자 삶에 대한 미련이 정식

의 심장을 파고들었다. 제대로 살고 싶다는 욕망이, 사는 것
처럼 살아보고 싶다는 바람이 누구의 얼굴도 거치지 않고
정식의 가슴에 난입했다. 정식에게 제대로 사는 것처럼 산
다는 건 함께 일했던 동료들의 이름을 서러움 없이 부르는
것이었다. 마주 보며 우유 팩을 차던 사람끼리 쇠 파이프를
휘두르지 않는 것이었고, 사회의 약속을 일일이 의심하지
않아도 되는 것이었다. 경찰을 보면 든든한 마음이 드는 것,
도둑이 들었을 땐 머뭇거리지 않고 112에 신고할 수 있는
것이었다.

다시 그렇게 살 수 있을까?

운전대를 움켜쥔 정식의 눈이 축축해졌다. 하지만 삶에
대한 미련이 가슴에 폭풍을 일으키는 와중에도 정식은 파
출소를 피해 둘러 가는 걸 잊지 않았다.

회사에 도착해 트럭을 세워놓고 사무실로 들어가니 처
형 혼자 컴퓨터를 보고 있었다.

"제부 왔어? 일은 할 만했어?"

정식이 들어오는 걸 본 정식의 처형이 모니터에서 눈을
떼며 말했다.

"왔다 갔다 하는 데 좀 걸려서 그렇지 일은 수월했어요."

"업체에서는 별말 없었고?"

"네."

정식은 소파에 앉아 목이 긴 작업화를 벗고 얼마 전 막 내딸이 생일선물로 사 준 흰 운동화로 갈아 신었다.

"굴착기 기사가 지나치게 잘생겼다는 말은 안 해?"

정식의 처형이 자리에서 일어나 정식에게 다가오며 말했다. 정식은 말없이 웃었다. 처형이 자주 하는 농담이었다. 상견례 자리에서도 정식의 처형은 정식의 얼굴을 빤히 쳐다보며 지나치게 잘생겨서 걱정이라고 했었다. 내 동생이 밥은 안 먹고 남편 얼굴만 파먹다가 영양실조에 걸리면 어떡하냐고, 그나마 키가 작아 다행이라고 했었다. 환갑이 다 되어가는데도 정식 처형의 눈엔 정식이 막냇동생이 데리고 온 남자애로 보이는 모양이었다.

"형님은 가셨어요?"

정식이 주차장 한쪽에 주차된 다른 굴착기를 보며 물었다. 정식의 처형이 엄지와 검지로 소주잔 꺾는 시늉을 했다.

"벌써 내뺐지."

"왜 같이 안 가시고요."

"나는 잘생긴 제부 얼굴 한 번 더 보고 가려고 기다렸지."

정식은 멋쩍게 웃으며 사무실을 나섰다.

"한 대 피울 거야?"

정식의 처형이 따라 나오며 말했다. 정식은 담배를 피우지 말라는 소린 줄 알고 쥐고 있던 담배와 라이터를 주머니에 넣었다. 그러자 정식의 처형이 먼저 자기 조끼 주머니에서 담배를 꺼내 물었다.

"같이 펴."

정식은 라이터를 꺼내 처형의 담배에 불을 붙여주었다. 그리고 자신의 담배에도 불을 붙였다. 연기 두 줄기가 번갈아 가며 밤공기 속으로 사라졌다.

정식의 처형은 쌍둥이라 해도 될 만큼 정식의 아내와 닮았다. 홑꺼풀의 가는 눈매, 짧고 작은 코, 얇은 입술, 뚜렷하게 각진 턱. 정식 아내의 14년 뒤 얼굴이 궁금하면 지금 처형의 얼굴을 보면 될 정도였다. 성격은 판이했다. 5남매 중 막내로 태어난 정식의 아내는 자기 의견을 제때 말하지 못해 속앓이할 때가 많았다. 반면 5남매 중 첫째로, 돌아가신 정식의 장인이 가장 예뻐했다는 정식의 처형은 머릿속에 떠오른 생각을 거침없이 꺼내는 사람이었다. 상대의 의중을 잘못 파악해 날벼락 맞는 일이 종종 있는 정식의 아내와 달리 척하면 척인 정식의 처형은 표현이 서툴고 과묵한 막노동꾼들의 속내도 단박에 알아차렸다. 협상에 능했고 사람의 마음을 사는 일에도 능했다. 지나치게 잘생겼다는 농담으로 제부가 될 정식의 마음도 쉽게 샀었다.

"몸은 좀 어때? 일할 때 힘들진 않아?"

정식의 처형이 연기를 길게 내뿜으며 말했다.

"아직은 괜찮아요. 멀리 가는 것도 아닌데요, 뭐." 정식이 재를 털며 대답했다. "저한테 일 맡기면 불안하시죠? 아직은 괜찮아요. 기침하는 것만 빼면 멀쩡해요. 처형이 힘든 일은 주지도 않잖아요."

"일이야 하겠지."

정식의 처형은 정식의 얼굴을 가만히 들여다봤다. 정식은 멀쩡하다고 한 거짓말이 얼굴에 쓰여 있을까 봐 허리를 숙이며 담뱃불을 껐다.

정식이 허리를 다시 세우자 정식의 처형이 물었다.

"그래서 마음이 어때?"

"네?"

"자네가 재은이한테 맨날 그렇게 묻는다며? 무슨 말만 하면 마음이 어떠냐고 한다며?"

정식은 작게 헛기침하고 꽁초를 쓰레기통에 버렸다.

"그래서 내가 재은이한테 말했어. 그렇게 물어보는 사람은 자기한테도 그렇게 물어봐주길 바랄 거라고, 그러니까 제부한테도 그렇게 물어보라고. 그런데 재은이는 못 묻겠다는 거야. 겁난대. 제부도 알지. 우리 재은이 겁 많은 거. 제부 마음이 어떤지 확인하는 게 겁나서 아무것도 모르는 척, 눈치 없는 척, 명랑한 척 자기 말만 한다는 거야. 자네 가슴에 암 덩어리가 들어 있단 걸 알고 나니까 이젠 그게 다 자기 탓인 것 같아서 또 못 물어보겠다고 하더라."

정식은 밤마다 쉴 새 없이 떠들던 아내의 얼굴을 떠올렸다. 겁나서 그랬구나.

"그래서 내가 대신 물어보는 거야. 우리 잘생긴 제부, 요즘 마음이 어때?"

처형의 질문에 정식은 싱겁게 웃었다. 무슨 말이든 하고는 싶었다. 하지만 마음에 관해서라면 너무 오랫동안 침묵한 탓에 어떤 말도 나오지 않았다. 대신 이미지가 떠올랐다. 두 달 전에 봤던 싱크홀, 아파트 단지 앞에 뜬금없이 나타난 구멍, 흙을 쏟아부어도 쉽게 채워지지 않던 커다란 공동. 그리고 텅 빈 구멍을 구경하는 사람들의 얼굴에 떠다니던 경악과 공포와 안도, 일상에 등장한 스펙터클을 즐기는 관음적 시선. 정식은 처형에게 그날 찍은 싱크홀 사진을 보여주며 오래전부터 이런 구멍이 내 마음에 있었다고 말하고 싶었다. 하지만 아무리 사리 분별이 좋은 처형이라 해도 그걸 보여주면 동네 주민들처럼 일단은 구경하려 들 것 같았다. 구경이 끝나면 시청 직원들처럼 서둘러 그 구멍을 메우려 할 것 같았다. 그래서 정식은 요즘 자신이 죽음에 대해 얼마나 자주 생각하는지, 죽음을 두려워하면서도 동시에 얼마나 갈망하는지 말하지 못했다. 플라스틱으로 된 라이터만 만지작거렸다.

"아픈 거 알고 나서 어땠어? 옆에서 보니까 유 서방은 이미 알고 있었던 사람처럼 담담하더라. 은근히 반기는 것 같기도 했고."

정식의 처형이 담배를 하나 더 물면서 말했다.

"반기긴요. 웬만큼은 살았다고 생각했을 뿐이에요."

"그래? 그럼 요즘은 마음이 어때?"

정식의 처형이 끈질기게 물었다.

정식은 솔직하게 말했다. "모르겠어요." 그리고 농담하듯 가볍게 물었다. "아주 쉽게 죽는 방법이 있다면 처형은 어떡하시겠어요? 한 알로 깔끔하게 죽는 알약 같은 게 있다면……."

"안 먹어."

질문이 끝나기도 전에 정식의 처형 입에서 단호한 답이 튀어나왔다. 정식이 반사적으로 물었다.

"왜요?"

"왜라니, 제부. 지금 그게 무슨 말이야?"

정식의 처형은 정식이 그런 알약을 구해 삼키기라도 한 듯 나무랐다. 정식의 얼굴을 빤히 쳐다보다가 담배에 불을 붙였다. 연기 한 줄기가 나타났다 사라지기를 반복했다. 정식의 처형이 담담하게 말했다.

"제부는 많은 걸 이해받지 못하고 살았지? 제부 얼굴을 보고 있으면 그런 게 느껴져. 잘생긴 얼굴에 구김이 있거든. 이해받으며 산 사람은 주름은 있어도 구김은 없어."

정식은 어둠 속에 웅크리고 있는 굴착기를 응시했다.

"나는 거의 모든 걸 이해받으며 살았어. 내가 잘나거나 좋은 환경을 타고나서는 아니야. 상대가 이해할 수 있는 것만 말하고 살아서 그래. 이해받는 건 내 문제가 아니더라고, 상대의 문제지. 그러니까 상대가 이해할 수 있는 범위를 넘어서는 말은 굳이 할 필요가 없어. 알아. 이해받지 못해도 뱉어내야 살 수 있는 말도 있단 거. 그래. 내 삶엔 행운이 따랐어. 반드시 이해받아야 하는 것들이 대부분 상대의 이해 범위 안에 있었거든. 자네는 그렇지 않았잖아."

거기까지 말한 정식의 처형이 숨을 크게 내쉬었다. 이해라는 단어가 처형의 숨에 실려 정식의 가슴으로 들어갔다. 정식은 그제야 자신이 그날에 대해, 그날 받았던 충격과 무너진 믿음에 대해 누구에게도 말하지 않았다는 사실을 깨달았다.

"그때 나는 몰랐어. 난 그냥 해결하면 되는 문제라고만 생각했어. 피하면 되는 상황인 줄로만 알았지, 반드시 이해 받아야 살 수 있는 그런 거라고는 생각 못 했어. 그때 내가 돈 버는 재미로 좀 정신이 없었잖아. 솔직히 그땐 애들 크는 거 보는 것보다 회계 장부 보는 게 더 재밌었어. 애들 아침은 안 챙겨도 인부들 아침은 꼬박꼬박 챙겼거든. 그래서 재은이를 닦달한 거야. 자네가 굴착기 배워서 돈 버는 재미를 느끼다 보면 힘든 것도 잊을 거라고 생각했어. 그런데 조금 더 살아보니까 알겠더라. 그때 자네한테 시간을 좀 더 줬어야 했어. 아니, 솔직히 말하면 자네 얼굴 구김이 깊어지는 걸 보고 알았지. 아니야, 더 솔직히 말하면 그때도 자네한테 시간이 필요하단 걸 알았지만 우리 재은이 얼굴에 그늘지는 걸 더는 못 보겠더라고. 섭섭하게 생각하진 마. 재은인 내 자식 같은 애잖아. 우리 재은이 얼굴이 점점 상해가니까 자네한테 화가 났어. 답답했지. 살다 보면 이런 일 저런 일 겪게 마련인데 그걸 못 넘기고 나자빠졌다는 게 답답했어. 어쩔 수 없다, 생각하고 재수 똥이다, 하고 넘어가면 될 일을. 나라가 하는 일에 어쩌자고 맞서는지……. 미안해. 그때는 그렇게 생각했어."

처형의 사과가 정식의 가슴에 있는 마른 가지를 태웠다. 뜨거웠지만 가슴이 데워지진 않았다. 그러기엔 공동이 너무 컸다.

어떤 사람은 이런 상태로 죽기도 하는구나. 정식은 자신이 공동을 채우지 못하고 죽으리란 걸 예감했다. 그렇다고 얼마 남지 않은 시간을 공동 채우는 일에 쓰고 싶진 않았다. 가슴은 죽고 난 뒤에 흙으로 채우면 될 일이었다.

"처형."

정식이 처형을 불렀다. 아내의 14년 뒤 얼굴을 한 처형이 정식을 쳐다봤다.

"부탁이 있어요."

"뭐든 말해."

"제가 죽으면 땅에 묻어주세요. 선산에요. 관은 쓰지 말고요. 애들 편하게 화장할까도 생각해봤는데 흙 만지는 일을 해서 그런지 흙구덩이가 아늑하고 좋아 보이더라고요."

정식은 갈비뼈 사이로 흙이 채워지는 광경을 상상했다. 그러자 마음이 좋아졌다. 죽으면 채워지는 가슴.

제부의 얼굴에 순간적으로 환한 빛이 감도는 걸 본 정

식의 처형은 어떤 질문도 하지 않고 꼭 그렇게 하겠다고 약
속했다.

*

몇 달 뒤 정식의 처형은 주변의 만류에도 불구하고 직
접 굴착기 조종대를 잡았다. 라디오 진행자가 가능하면 꼼
짝 말고 집에 있으라고 당부한 추운 겨울이었다.

정식은 정말로 죽은 자가 되었다. 죽어서도 구경거리가
되고 싶지 않다는 정식의 유언에 따라 장례는 간소하게 치
러졌다.

정식의 처형이 꽝꽝 언 땅을 불로 녹이며 구덩이를 팠
다. 정식의 시체가 구덩이로 들어갔다. 세 명의 자식이 삽을
돌려가며 정식의 몸 위에 흙을 뿌렸다. 정식의 아내가 차가
운 땅에 주저앉으며 비명 같은 외침을 반복했다.

"그래서 당신 마음은 어때?"

"그래서 당신 마음은 어때?"

"그래서 당신 마음은 어때?"

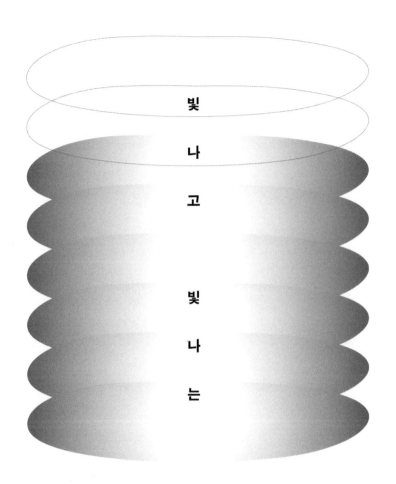

빛
나
고
빛
나
는

찬영은 아내를 피해 서재로 들어갔다. 의자에 앉아 전화를 걸었다. 밤 열한 시가 조금 넘은 시간이었다.

"왜?"

퉁명한 목소리가 도로의 소음과 함께 들려왔다. 찬영은 버릇없게 느껴지는 딸의 말투를 참으며 다정하게 말했다.

"영희야, 어디야? 안 들어와? 엄마가 기다리고 있어."

그러자 영희가 짜증을 냈다.

"아빠, 나 지금까지 과제 하다가 이제 막 놀기 시작했어."

"그럼 엄마한테 그렇게 말하면 되잖아. 왜 엄마 전화를 안 받아? 엄마가 걱정하잖아."

"걱정하는 거 아니야. 엄마가 그러는 건 그냥 병이야."

"너 말이 심해."

찬영이 다정함을 지우고 엄하게 다그쳤다. 그러자 영희가 태세를 전환했다.

"아빠, 나 이러다가 정말 미쳐버릴 것 같아. 요즘 세상에 스무 살 넘은 딸을 이렇게까지 통제하는 집이 어딨어? 엄마는 내가 집에 있을 땐 쥐뿔도 관심 없으면서 밖에만 나오면 들어오라고 난리잖아. 도대체 왜 그러는 거야? 내가 어린애도 아니고. 나 신입생이야. 그냥 신입생도 아니고 재수하고 들어온 신입생이라고. 열 시까지 들어오라는 건 정말 너무하지 않아?"

부녀가 수십 번 반복한 대화였다. 이 반복을 끊을 수 있는 사람은 아내뿐이었다. 하지만 찬영은 아내의 고집을 꺾는 것보단 딸과 공모하는 게 빠르다는 걸 알고 있었다.

"일단 집에 들어왔다가 엄마 잠들면 나가. 아빠가 망봐줄게."

영희는 아빠의 제안을 반기면서도 걱정했다.

"엄마 불면증이잖아. 자다가 일어나서 나 없어진 거 알면 난리 날 텐데."

"괜찮아. 그땐 아빠가 책임질 테니까 얼른 택시 타고

들어와. 아빠가 택시비 줄게. 엄마 한번 예민해지면 며칠 동안 힘든 거 알지? 오늘만 넘기면 한동안 괜찮을 거야."

"알았어."

찬영은 전화를 끊고 거실로 나갔다. 아내는 소파에 우두커니 앉아 있었다.

꺼끌해진 여자. 예전에 아내는 꾸미는 걸 좋아했다. 적어도 한 달에 한 번 미용실에 갔고 머리 스타일도 자주 바꿨다. 몇 년 전부터 미용실 가는 횟수가 줄더니 요즘엔 미용실은커녕 간단한 화장도 하지 않았다. 화장하는 걸 까먹는 듯했다. "화장은 안 해?" 찬영이 말해주면 그제야 화장을 하고 옷차림도 신경 썼다. 다른 부분에선 한껏 예민해졌다. 특히 아이들의 귀가에 그랬다. 첫째인 희찬이 대학생이되면서 집에 오는 시간이 늦어지자 아내는 대낮부터 희찬을 기다리며 초조해했다. 해만 지면 전화해서 언제 오느냐고 물었다. 여덟 시까지 가겠다, 아홉 시까지 가겠다, 희찬이 예상 시간을 미리 말해줘도 아내는 삼십 분 간격으로 전화해 언제 오느냐고 물었다. 화가 난 희찬이 어느 날 말없이 외박했고, 아내는 극도의 긴장으로 쓰러져 구급차에 실려 갔다. 희찬이 입대한 후로는 둘째인 영희의 귀가 시간에 집착하기 시작했다.

"여보, 영희랑 통화됐어. 지금 들어오는 중이래. 걱정하지 말고 가서 자자."

아내의 얼굴엔 이미 딸의 실종이 넘실거리고 있었다. 아내도 어쩔 수 없는 상상이란 걸 이제는 찬영도 안다.

"애들이 집에 없으면 어디론가 사라져버릴 것 같은 상상이 멈추지 않아서 그래."

언젠가 아내가 화를 내며 그렇게 말했을 때 찬영은 아내가 자신에 대한 불만을 아이들에게 푼다고 생각했다. 표정 없는 덤덤한 얼굴로도 그렇게 말하는 걸 여러 번 들은 후에야 아내가 정말로 아이들의 실종을 걱정하고 있단 걸 알게 되었고, 병이라고 확신했고, 정신과 상담을 여러 차례 권유했다.

하지만 아내는 병이 아니라 얼마든지 일어날 수 있는 일을 예방하기 위한 상상이라며 정신과 방문을 완강히 거부했다. 그리고 빈정거렸다. "온실 속 화초처럼 자란 당신은 온실 밖 세상을 몰라." 정신과 의사인 친구에게 물어보니 본인이 결심할 때까지 기다려주라고 했다. 같이 지내기 힘들면 아내가 아니라 환자라고 생각하라고.

그래. 알겠어. 내 아내는 박희영 환자, 박희영 환자.

    찬영은 미팅에서 희영을 만났다. 관심을 갖게 된 건 외모 때문이었다. 커다란 눈에 맑은 피부, 주변을 환하게 만드는 미소. 미팅에 나갔던 모든 남자가 희영에게 관심을 보였고 희영이 찬영을 택했다. 결혼을 예감한 건 이름의 뜻을 알게 된 두 번째 만남에서였다. 찬영의 이름은 빛날 찬과 빛날 영의 조합이었다. 어둠을 밝히는 빛이 되라는 의미에서 할아버지가 지어준 이름이었다. 작명소에서 지었다는 희영의 이름도 빛날 희와 빛날 영의 조합이었다.

    빛나고, 빛나고.

    두 사람은 결혼도 하기 전에 자식의 이름을 정했다. 여자아이가 태어나면 찬영의 빛날 영과 희영의 빛날 희를 합쳐 영희라 하고, 남자아이가 태어나면 희영의 빛날 희와 찬영의 빛날 찬을 합쳐 희찬으로 짓기로 했다. 희영은 딸 이름이 촌스러운 것 같다고 걱정했다. 찬영은 촌스러운 게 어떠냐며, 요즘엔 아무도 안 써서 오히려 특별한 이름이 될거라고 말했다.

    둘은 희영이 대학을 졸업하자마자 결혼했다. 1년 만에 희찬이 태어났고, 또 1년 뒤엔 영희가 태어났다. 두 아이가 사춘기가 되기 전까지는 이름처럼 그늘 없이 빛나고 빛나는 가정이었다. 가정의학과 의사로 안정적인 수입을 벌어 오는 아버지, 아이를 키우며 살뜰하게 살림하는 어머니, 그리고 건강하고 천진한 자식들. 교회에서도 그들은 이상적인 가정으로 부러움을 샀다. 하지만 아이들이 집으로 달려 오기보다는 집 밖으로 달려 나가기를 좋아하는 시기가 되면서부터 부러움 사는 횟수가 줄더니 나중엔 두 아이가 꽤 괜찮은 대학에 입학했음에도 걱정을 사는 가정이 되었다.

"저 집은 엄마가 문제야."

찬영은 당황했다. 빛나고 빛나는 가정, 아내의 표현대로라면 튼튼한 온실을 함께 만들 적임자라고 생각했던 아내가 온실에 구멍을 내기 시작한 것이다. 아이들의 말썽으로 인해 생기는 구멍은 어느 정도 대비가 되어 있었다. 아내의 말썽은 예상하지 못했던 일이라 찬영은 구멍으로 새어 들어오는 찬바람을 속수무책으로 맞아야 했다. 온실의 온도가 점점 내려갔고, 두 아이가 오들오들 떨었다. 그런데도 아내는 개의치 않았다. 검지 하나 겨우 들어갈 것 같던 작은 구멍은 주먹이 오갈 정도로 커졌다. 머리통이 오갈 정도로 커지는 건 시간문제 같았다. 찬영은 급한 대로 등으로 구멍을 막았다. 그리고 생각했다.

여보, 정신 차려.

*

영희가 택시 타고 오는 중이라고 말하자 희영은 베란다로 나가 망원경에 눈을 대고 아파트 단지를 살폈다. 찬영은 그런 아내를 걱정스러운 눈으로 바라봤다. 밤마다 베란다에 앉아 있는 아내, 망원경으로 다른 집을 들여다보는 아내, 망원경을 버리면 주문하고 버리면 또 주문하는 아내, 훔쳐보기에 중독된 아내, 아니 박희영 환자. 박희영 환자는 언제쯤 자신의 병을 인정하게 될까?

찬영이 희영의 뒷모습을 보며 치료 시기를 궁리하고 있을 때 현관에서 도어락 소리가 났다. 푸른 셔츠에 미니스커트를 입은 영희가 부루퉁한 얼굴로 거실에 등장했다. 망원경을 들고 베란다에 서 있는 제 엄마를 힐끗 보고는 자기 방으로 들어갔다. 쾅.

희영은 그제야 망원경을 내려놓고 욕실로 갔다. 열린 베란다 창으로 제법 더운 공기가 들어왔다. 6월이었다. 찬영은 아내의 칫솔질 소리를 들으며 소파에 앉아 TV를 봤다. 아내가 안방으로 들어가자 딸의 방문을 조용히 열었다.

"엄마 잠들면 문자 보낼게. 그때 나가. 신발은 다른 거 신고 가."

가방을 멘 채로 침대에 누워 핸드폰을 보던 영희가 입술을 삐죽이며 고개를 까딱였다. 찬영은 만족스러운 웃음을 짓고 안방으로 갔다. 아내는 눈을 감고 반듯하게 침대에 누워 있었다. 찬영이 스탠드를 끄고 왼쪽에 눕자 희영이 벽쪽으로 몸을 돌렸다. 찬영은 아내의 숨소리에 귀 기울이며 핸드폰으로 기사를 읽었다. 삼십 분쯤 지나자 아내의 숨소리가 세졌다. 얼굴 위로 손을 흔들어봐도 반응이 없었다. 찬영은 딸에게 문자를 보냈다. 엄마 잠들었어. 조용히 나가. 잠시 뒤 현관문 닫히는 소리가 나지막히 들렸다. 찬영은 그제야 핸드폰을 내려놓고 눈을 감았다. 지글거리는 어둠 속에서 내일 일정을 꼽아보고 있을 때 아내가 말했다.

"당신 나를 너무 멍청하게 보는 거 아냐?"

찬영은 가만히 있었다. 대꾸할 말이 생각나지 않았다. 영희에게 연락해 당장 돌아오라고 해야 할지, 아내를 설득해야 할지 고민하고 있는데 아내가 더는 말을 잇지 않았다. 오늘은 괜찮은 건가? 그런 짐작을 하다가 잠들었다. 그래서 찬영은 아내가 현관문 열리는 소리가 다시 날 때까지 잠들지 못했다는 걸 몰랐다.

다음 날 아침 깨어 보니 아내는 부엌에서 밥을 하고 있었다. 영희는 술 냄새를 풍기며 자고 있었다. 찬영이 씻고 식탁에 앉자 아내가 콩나물국과 달걀프라이, 김치, 버섯볶음을 차례로 내주었다.

찬영이 콩나물국을 한 숟가락 뜨자 아내가 맞은편에 앉으며 말했다.

"간 괜찮아? 영희 해장하라고 좀 싱겁게 끓였어."

아내는 빛나고 빛나는 희영으로 돌아와 있었다. 찬영은 온실 온도가 다시 올라가는 걸 느끼며 고개를 끄덕였다. 오락가락해도 평균 온도를 유지해주기만 한다면 등이 시린 기분쯤은 얼마든지 참을 수 있었다.

"딱 좋아. 당신은 안 먹어?"

"잠을 설쳤더니 입맛이 없네. 당신 교회 가고 나면 영희랑 같이 먹지 뭐."

찬영은 노력하는 아내가 고마웠다. 조금만 더 노력해서 정신과 진료를 받으면 몇 년 동안 가정에 드리웠던 그늘도 금방 걷어지리라 낙관했다. 찬영은 가벼워진 마음으로 아침을 먹은 뒤 까만 슬랙스와 체크무늬 셔츠를 입고 아파트 단지 입구에 있는 교회로 갔다. 원래는 아내와 함께 다녔었는데 아내가 교회 특유의 분위기를 더는 견디지 못하겠다고 선언한 뒤로는 혼자 다니고 있다.

　점잖고 너그러우며 신앙 좋은 우리 동네 의사 선생님. 찬영이 다니는 교회 사람들은 동네 의사이자 교회 집사인 찬영을 좋아했다. 어릴 때부터 공부를 잘했고 사람들의 기대에 어긋나는 행동은 거의 하지 않았던 찬영은 그런 대접이 익숙했다. 자신도 스스로를 꽤 높이 평가하고 있었다. 두 번의 선택 때문이었다. 첫 번째 선택은 동기들이 예상 수익에 따라 전공을 결정할 때 자신은 일차 진료하는 동네 병원에야말로 유능한 의사가 필요하다는 신념에 따라 가정의학과에 간 것이었다. 두 번째는 골목이 살아 있는 동네에 병원을 차린 것이었다. 골목길 좋아하면 골목길 살아야 말발 서지요. 찬영은 레지던트 때 신문에서 그 구절을 읽고 고개를 한참 끄덕였다. 그래서 나중에 개원하게 되면 빌딩이 많은 동네보다는 골목이 살아 있는 동네에 하기로 마음먹었고 그대로 실천했다. 실천이라니! 믿는 대로 사는 사람은 얼마나 드문가. 그 무모함, 그 용기. 찬영은 나이가 들수록 젊은 시절의 자신에게 감탄했다. 지금의 자신이라면 절대로 하지 않았을 일들을 저질러버린 젊은이의 결정을 존중하며, 감기 환자와 복통 환자의 끝없는 바통 터치를 참아냈다. 자신이 생각보다 규모가 큰 병원에서 일하는 걸 좋아하고 긴장을 즐기는 타입이란 걸 안 후에도 그 젊은이를 원망하진 않았다. 오진으로 환자에게 상소리를 듣고도 완전히 나자빠지진 않는 건 그 젊은이가 한 선택이 주는 자부심 때문이란 걸 찬영은 알고 있었다.

동네 병원에야말로 유능한 의사가 필요하다고 생각하게 된 건 돌아가신 어머니 때문이었다. 찬영은 건설 사업을 한 아버지 덕분에 경제적으로 유복한 환경에서 자랐다. 정서적으로는 아니었다. 아버지는 현장을 돌아다니느라 한 달에 한두 번 정도 집에 왔고, 어머니는 종일 침대에 누워 있었다. 어린 찬영과 찬영의 남동생을 먹이고 재운 건 삼척 할머니였다.

삼척에 살던 할머니는 딸이 일상생활을 할 수 없을 정도로 건강이 나빠지자 손자들을 돌보려고 서울로 왔다. 일주일에 두세 번씩 절에 가서 기도하던 불교 신자였는데 딸집 근처에 걸어서 갈 만한 절이 없자 교회에 다니기 시작했다. 불경 외듯 밤마다 사도신경과 주기도문을 읽으며 신에게 딸의 쾌유를 빌었다. 그런데도 딸의 상태가 나아지지 않자 다니는 교회 수를 늘렸다. 일요일 오전에 가는 교회와 오후에 가는 교회가 달랐고, 수요일에 가는 교회와 금요일에 가는 교회가 달랐다. 새로운 교회에 등록할 때마다 담임 목사를 찾아가 아픈 딸을 위해 기도해달라고 부탁했다. 목사가 어디가 아프냐고 물어보면 손으로 가슴에 동그란 원을 그리며 말했다. 여기가 아파요.

할머니를 따라갔다가 그 모습을 본 찬영은 여기가 심장이라고 생각했다. 그래서 교회 선생님이 엄마는 왜 교회에 같이 안 다니냐고 물어보면 할머니처럼 손으로 가슴에 동그라미를 그리며 말했다. "우리 엄마는 심장이 아파서 침대에 있어요." 어머니가 자살 시도로 응급실에 실려 가고 할머니와 아버지가 쉬쉬하며 나누는 대화를 듣고 나서야 찬영은 어머니의 병명이 우울증이란 걸 알게 되었다. 중학교 1학년 때였다.

찬영의 어머니가 퇴원하자 찬영의 아버지는 동네 의원을 찾아가 행패를 부렸다. 아내에게 정신과 상담을 권유했다는 게 이유였다. 의사는 자기 잘못이 아니라고 했다. 몸에는 아무 이상이 없다고 하는데도 돌아가지 않고 온갖 망상을 늘어놓는 바람에 어쩔 수 없이 한 말이라고 했다. 정신과에 가면 나을 수 있냐고 물어보길래 정신병은 낫는 데 시간이 걸린다고 말했을 뿐이라고 했다. 먹고살 만하니까 우울할 시간도 있는 거라고, 침대에 누워 있지 말고 청소라도 하라고 말했다는 건 숨겼다. 조금은 경멸 어린 시선을 보냈단 사실도.

의사의 권위가 높을 때였다. 사람들이 의사 말을 곧이 곧대로 믿고 따를 때였다. 병원을 다녀온 찬영의 어머니는 자신의 고통을 엄살이라고 진단했을 것이고, 끔찍한 고통이 계속될 거란 사실에 절망해 자살을 시도했을 것이다. 어머니가 그때 그 의사를 만나지 않았더라면 그렇게까지 급속도로 상태가 나빠지진 않았을 거라고 찬영은 생각했다. 의대에 진학해 일차 진료의 중요성을 알게 된 후로는 그 의사의 잘못에 관해 더 자주 생각했다.

찬영의 어머니는 찬영의 학창 시절 내내 입원과 퇴원을 반복하다가 결국 찬영이 대학생이 되기 직전 세상을 떠났다. 딸의 죽음을 안고 삼척으로 돌아간 할머니도 이듬해에 뇌출혈로 세상을 떠났다. 두 사람의 병원비와 장례비를 대는 것으로 자신의 의무를 마쳤다고 생각한 찬영의 아버지는 오랫동안 만나던 여자와 성대한 결혼식을 올렸다.

찬영은 이런 사정을 희영에게 말하지 않았다. 어머니는 심장병으로 돌아가셨고 아버지는 그 후에 좋은 사람을 만나 결혼했다고만 알렸다. 괜한 이야기로 아내의 얼굴을 그늘지게 하고 싶지 않았다. 한 번만 드리우는 그늘은 없다고 생각했다.

결혼 전 아내는 거의 모든 면에서 어머니와 반대였다. 침대에 누워 있기보다는 의자에 앉아 있기 좋아했고, 집에 있기보다는 밖에 나가기를 좋아했다. 시험 때를 제외하면 아무 걱정 없는 사람처럼 얼굴이 늘 환했다. 함께 있는 사람의 마음마저 밝아지게 만드는 여자, 언니는 공기업에 다니고 오빠는 반도체 회사에 다니고 부모는 시골에서 과수원을 하는, 적당히 연락하고 적당히 서로를 챙기는 집의 막내딸. 우울이 자랄 만한 요소는 없어 보였다. 이런 사람이라면 자식에게 사랑만 줄 것 같았다. 그것도 아주 전형적이고 평범한 사랑을. 그래서 찬영은 만난 지 3개월 만에 희영에게 청혼했다. "우린 애들 키우고 공부시키느라 아플 틈도 없었어." 상견례에서 장모가 한 말은 평범한 결혼 생활을 보장해주는 것 같았다. 하지만 그 말이 단순한 수사가 아니었는지 장인과 장모는 의사 사위를 둔 기념으로 받은 종합 건강검진에서 암 진단을 받고 연달아 세상을 떠났다. 수십 년 동안 제초제를 뿌린 후유증이었다. 아내는 부모를 잃고 길게 슬퍼하지 않았다. 슬퍼할 틈이 없었다. 두 아이가 기고 걷고 달리고 혼자 라면을 끓여 먹을 수 있게 될 때까지 키우느라 낮은커녕 밤에도 맘 편히 침대에 눕지 못했다. 열과 성을 다해 자식을 보살피는 여자. 한동안 희영은 찬영이 바랐던 아내의 이상이었다.

아내에게서 어머니의 모습이 보이기 시작한 건 결혼한 지 15년이 넘어서면서부터였다. 희영은 집에 혼자 있는 시간을 못 견뎌 했다. 그래서 찬영이 출근할 때 같이 집을 나와 마트나 카페나 집 앞에 있는 산을 돌아다니다가 아이들 하교 시간에 맞춰 집으로 갔다. 처음 보는 사람을 불러 들여 커피 마시는 날이 있었고, 하루종일 소파에 누워 있는 날도 있었다. 하지만 집안일을 소홀히 하거나 아이들을 방치하지는 않았기에 찬영은 아내가 하는 행동의 이상함을 지적하지 않았다. 어떤 종류의 문제는 문제 삼는 순간 더 심각해진다고, 아직은 문제가 아니라고 믿었다. 그러면서도 갑작스러운 폭우가 도로를 깨끗이 청소해주기도 하는 것처럼 어떤 일을 계기로 아내 안에 싹트고 있는 이상이 말끔히 씻겨나가길 기도했다. "하나님, 제 아내를 불쌍히 여겨주세요." 찬영은 입으로는 그렇게 말하면서 속으로는 이렇게 생각했다. 하나님, 제가 불쌍하지도 않으신가요? 어머니에 이어 아내까지! 그러나 자기를 불쌍히 여겨달라는 기도는 실수로라도 하지 않았다. 아내의 문제를 우리의 문제로 확장하지 않으려고 애썼다.

그런 노력을 몰랐던 사춘기 딸은 엄마의 문제를 단박에

우리의 문제로 만들었다.

"우리 집 좀 이상해."

찬영이 외면하자 영희는 다시 한번 직설적으로 말했다.

"아빠는 의사면서 부인이 정신병이라는 것도 몰라?"

아내의 상태가 가정의 문제로 명명된 후로 찬영은 집에 있어도 마음이 편하지 않았다. 응급 환자를 볼 때처럼 긴장되었고, 고등학교 수학 문제집을 펼친 초등학생처럼 무능함에 시달렸다. 그래서 일요일마다 병원에 갔다. 아내에겐 연구하러 가는 거라고 했지만 사실은 환자가 없는 곳을 찾아가는 것이었다. 문 닫은 병원에만 환자가 없었다. 일주일에 한 번 갖는 이완의 시간이었다.

*

머리가 희끗희끗한 노인 셋이 목욕탕 앞 그늘에 앉아 수다 떨며 나물을 다듬는다. 반소매 줄무늬 티셔츠를 입은 젊은 여자는 창문이 활짝 열린 카페 창가에 앉아 커피를 마시며 핸드폰을 본다. 마트 앞에는 비닐에 싸인 애호박과 빨강, 초록, 노랑 파프리카, 다소 시들해 보이는 가지와 표고버섯이 상자에 담겨 나란히 진열돼 있다. 파란 장바구니를 든 중년의 여자가 가지를 들었다 놓았다 하며 마트 직원에게 뭔가를 묻는다. 같이 온 중년 남자가 개 목줄을 잡고 가만히 서 있다가 노란 파프리카 하나를 집어 여자의 장바구니에 넣는다. 제 몸보다 큰 자전거를 탄 남자아이가 자동차가 멈춘 틈을 타고 빈 도로를 힘차게 내달린다.

예배를 마치고 교회에서 나온 찬영은 날카로운 것 없이 뭉툭한 일요일의 동네 풍경을 즐기며 병원으로 천천히 걸어갔다. 찬영이 운영하는 빛나는 의원은 동네 시장 상가 건물 2층에 있었다. 피아노 학원과 같이 사용하고 있어서 평일엔 아이들로 복도가 북적이는데 일요일엔 학원도 문을 닫아 2층으로 올라가는 계단과 복도가 어둡고 조용했다. 병원 문을 열고 들어가니 입구 바닥에 블라인드의 줄무늬 그림자가 선명했다. 찬영은 창가 쪽 블라인드를 내려 줄무늬 간격을 좁혔다. 복도 쪽 블라인드는 밖에서 눈을 갖다 대도 안이 보이지 않을 정도로 꼼꼼하게 닫았다. 진료실로 들어가 까만 슬랙스와 체크무늬 셔츠, 팬티와 양말을 차례로 벗었다. 알몸이 되었다. 슬리퍼를 신고 대기실로 나가 TV를 켰다. 한때 잘나갔던 중년 연예인들이 캠핑 다니는 프로그램에 채널을 고정하고 소파에 앉아 오는 길에 사 온 야채 김밥을 꼭꼭 씹어 삼켰다. 젊었을 땐 키 크고 늘씬했던 남자 연예인들이 두툼한 배를 내밀고 캠핑 의자에 앉아 삼겹살을 먹는 모습이 화면에 나왔다. 위풍당당한 인격이라는 자막이 그들의 배 위에 잠깐 얹혔다가 도망치듯 사라졌다. 찬영은 나무젓가락으로 김밥을 집으며 자기 배를 내려다봤다. 그들만큼은 아니지만 꽤 불룩했다. 학창 시절 내내 별명이 멸치였을 정도로 마른 체형이었는데 오십이 넘어가니 올챙이처럼 배만 나왔다. 나도 저렇게 되는 거 아니야? 찬영은 나무젓가락을 손에 쥔 채 소파에 다리를 올리고 윗몸 일으키기를 몇 번 했다. 탄력 없는 뱃살이 세 겹으로 쭈글하게 접혔다가 펴지면서 배에 파문을 일으켰다. 헬스라도 다닐까? 그런 생각을 하며 다리를 내리고 김밥을 집으려다 인기척이 느껴져 고개를 돌렸는데 출입문 앞에 누가 서 있었다. 혜윤이었다. 접수대 직원 김혜윤.

혜윤의 눈은 놀람과 경멸로 가득 차 있었다. 놀람의 비율이 조금 더 높았다. 찬영도 놀랐다. 그래서 알몸이란 걸 잊고 자리에서 벌떡 일어났다. 그러자 혜윤의 눈에서 경멸의 비율이 급격히 높아졌다. 혜윤이 황급히 고개를 돌렸다. 찬영은 진료실로 달려가 옷을 집었다. 바지에 다리를 넣고 지퍼를 올렸다. 셔츠에 팔을 끼우고 단추를 잠갔다. 손이 덜덜 떨렸다. 뭐라고 하지? 옷을 벗고 있었던 건 어떻게 둘러

댈 수 있을 것 같은데 혜윤과 눈이 마주쳤을 때 발기한 건 설명할 말이 생각나지 않았다. 자신도 예상하지 못한 현상이었다. 생각할 시간을 벌려고 양말까지 챙겨 신고 밖으로 나가니 혜윤이 없었다. 큰일 났다. 찬영은 소파에 주저앉으며 두 손으로 머리를 감쌌다. 어떡하지? 혜윤이 간호사들에게 이야기하고, 간호사들이 수군대고, 동네에 소문이 나고, 아내가 알게 되고, 애들이 알게 되고, 병원은 문을 닫고. 최악의 상황이 제멋대로 그려졌다.

찬영은 일요일마다 병원에서 알몸으로 지냈다. 그렇게 하지 않으면 등이 너무 시렸다. 어떤 날은 참을 만했지만 어떤 날은 견디지 못할 정도로 시렸다. 가려울 때도 많았다. 찬영의 등은 효자손에 긁힌 자국으로 늘 벌겋게 부풀어 있었다. 피부과에선 원인을 알 수 없다고 했다. 한의원에 가서 침을 맞아도 차도가 없었다. 아내가 낸 구멍을 등으로 막고 있다는 생각이 문제인 것 같아 온실을 지킨다는 상상을 하지 않으려고 노력해봤지만, 되지 않았다. 따뜻한 바람이 들어오는 것으로 상상의 내용을 바꾸는 것도 되지 않았다. 찬영의 상상 속에선 늘 얼음처럼 차가운 바람이나 데일 듯 뜨거운 바람만 불었다. 찬영은 안절부절못하며 온실을 지킬 수밖에 없었다.

온실 속 화초처럼 자랐다는 말만 듣지 않았어도 이런 상상은 하지 않았을 텐데.

한번은 효자손으로 등을 긁으며 원망하듯 아내를 쳐다 봤다. 눈이 마주친 아내는 옷감이 등에 붙어서 그런 거 아니냐고 했다. 바람이 잘 통하게 옷을 벗고 있어 보라고 했다. "식물도 통풍이 중요하잖아." 그런가? 그동안 바람을 막으려고만 했지 통하게 한다는 생각은 해보지 않았던 찬영은 아내가 말한 대로 상의를 벗고 온실을 환기하는 상상을 했다. 구멍에서 등을 떼는 상상도. 그러자 차갑지도 뜨겁지도 않은 적당한 온도의 바람이 구멍을 통과해 온실 속으로 들어왔다. 온기가 찬영의 부은 등을 부드럽게 감쌌다. 시림이 가시고 가려움도 가라앉았다. 살랑거리며 불어오는 바람을 좀 더 느껴보려고 하의까지 벗자 가슴이 뻥 뚫리면서 온몸에 새로운 피가 돌았다.

나야말로 식물인가? 통풍이 필요한 식물? 찬영은 아내와 두 아이가 차가운 바람을 피하지 못하는 식물이 아니라 스스로 움직일 수 있는 동물이며, 다른 동물을 잡아먹기까지 하는 인간이란 걸 머리로는 알고 있었다. 그러나 실제가 어떻든 간에 찬영의 상상 속에서 그들은 몸을 자유자재

로 움직이며 사냥하는 인간이 아니라 땅에 뿌리 박혀 조금
도 이동하지 못하는 식물이었다. 바람이 세게 불면 뿌리까
지 흔들리는 연약한 꽃이었다. 이런 상상을 말하면 딸은 몹
시 불쾌해할 것이다. 자신은 식물이 아니며 설사 식물이라
하더라도 산에 있는 소나무이거나 독한 농약이 아니면 죽
지 않는 잡초라고 말할 것이다. 군에 있는 아들 역시 온실
에 있길 거부하며 성인이 된 자식을 보호할 존재로 보는 아
버지를 안타깝게 여길 것이다. 그러면 찬영은 서운할 것이
다. 온실 밖에서도 살아남을 수 있도록 키워낸 공을 몰라주
는 자식들을 원망했을 것이다. 아내는 뭐라고 할까? 나이가
들수록 아내의 반응을 예상하기가 어려웠다. 두렵기도 했
다. 당연한 일을 하면서 생색낸다고 비웃거나 자기는 늘 허
허벌판에 있었는데 그 온실엔 도대체 누가 있는 거냐고 비
아냥거릴까 봐 무서웠다. 그런 말을 들으면 등이 시린 고통
을 참아가며 온실을 지키고 있다는 만족이 무너질 것 같았
다. 그래서 찬영은 구멍 난 온실을 지키는 상상과 그것이
자신을 만족시킨다는 것과 자신은 통풍해야 살아나는 식물
성 인간이란 걸 누구에게도 말하지 않았다. 일요일마다 알
몸으로 갖는 이완의 시간, 아니 통풍의 시간은 혼자만의 비
밀이었다.

그런데 혜윤 씨! 혜윤 씨는 언제부터 거기 서 있었던 걸까? 내 뱃살이 부들부들 떨리는 걸 봤을까? 왜 바로 말하지 않은 거지?

찬영은 진료실로 다시 들어가 바퀴 달린 의자에 앉았다. 수치가 온몸을 감쌌다. 찬영이 두 손으로 머리를 감싸며 엉덩이를 들썩이자 바닥에 떨어져 있던 팬티가 의자 바퀴에 걸렸다. 남색 체크무늬 팬티였다. 찬영은 벌떡 일어나서 바지를 벗고 팬티를 입은 뒤 다시 바지를 입고 벨트를 단단하게 조였다. 팬티를 입었는데도 수치심이 사라지지 않았다. 찬영은 부끄러움에 몸을 떨다가 원망을 시작했다. 원망은 갑자기 나타나 자신의 이완을 망친 혜윤을 향했다가 덜덜 떨렸던 뱃살을 향했다가 경멸의 시선을 받고도 발기한 자기 성기를 향했다가 아내에게 정착했다.

희영이 혜윤 씨를 데려오지 않았으면! 희영이 혜윤 씨에게 일을 주라고 하지 않았으면! 희영이 온실에 구멍을 내지 않았으면!

찬영은 밀물처럼 몰려오는 가정들을 막지 않았다. 아내와 결혼하지 않았더라면이라는 가정과 망원경으로 남의 집을 훔쳐보는 여자를 참지 않았더라면이라는 가정이 연이어 찬영의 머릿속에 정박했다. 가정은 썰물 따위에 빠져나갈 생각이 없다는 듯 크고 단단한 닻을 찬영의 뇌에 내렸다.

이를 어쩌나. 찬영은 진료실을 서성이며 생각했다. 정말 이를 어쩌나.

*

혜윤은 아내가 데리고 온 여자였다.

"여기서 일하면 좋을 것 같아서 내가 모셔 왔어."

작년 가을 갑자기 병원을 방문한 아내가 혜윤을 소개했다. 뜬금없는 만남에 놀란 찬영이 간호사냐고 물어보자 혜윤이 눈치를 보며 고개를 저었다. 그럼 무슨 일을 했냐고 물으니 얼마 전까지 인터넷 쇼핑몰을 운영했다고 답했다. 그 말에 찬영은 혜윤이 입은 옷을 살폈다. 무릎까지 내려오는 베이지색 트렌치코트에 연두색 줄무늬 면 티셔츠, 까만색 정장 바지에 까만 구두. 멋보다는 비용 절감에 초점을 맞췄는지 코트는 세부 장식 없이 밋밋한 디자인이었다. 바지는 크기가 딱 맞지 않아 사람을 어정쩡해 보이게 만들었다. 티셔츠의 소재도 좋아 보이지 않았다. 신고 있는 구두만 세련되고 질이 좋아 보였는데 쇼핑몰을 운영했던 사람치고는 옷차림이 엉성하다는 찬영의 평가를 만회할 정도는 아니었다. 찬영이 곤란한 기색을 보이며 쇼핑몰을 했던 분에게 어떤 일을 시키냐고 아내에게 묻자 아내는 접수와 수납업무를 보면 되지 않냐고 답했다. 회계를 보던 직원이 만원, 이만 원씩 빼돌린 게 걸려 접수대가 공석인 걸 알고 하는 말이었다. 이번엔 믿을 만한 사람을 구하려고 구인에 신중을 기하는 중이었다. 찬영은 혜윤이 알아차리길 바라는 마음으로 다시 한번 곤란한 기색을 내비치며 말했다.

"당신도 참."

하지만 혜윤은 눈치를 보면서도 물러설 기미는 보이지 않았다. 이것 참. 찬영은 곤란한 기색을 유지하며 혜윤에게 물었다.

"우리 와이프랑 어떻게 알게 되셨어요?"

"타로 배우다가 만났어."

혜윤이 머뭇거리는 사이에 아내가 대신 답했다. 찬영이 의외라는 표정을 지은 후 다시 혜윤을 보며 물었다.

"어디서 배웠는데요?"

이번에도 아내가 대신 답했다.

"동호회가 있어. 인터넷에. 거기서 만났어."

"여보, 우리끼리 이야기하게 잠깐만 나가 있어줄래?"

찬영이 미간을 살짝 찌푸리며 아내에게 말했다.

희영이 나가고 둘만 남게 되자 찬영은 혜윤에게 단도직
입적으로 물었다.

"병원 수납 업무를 할 수 있겠어요? 돈을 다루는 일이
라 생각보다 복잡해요. 환자들도 까다롭고."

못할 거라는 대답을 얻어내려는 질문이었다.

선생님에게 혼날까 봐 무서워서 엄마를 데려온 학생처
럼 주눅 들어 있던 혜윤은 희영이 나가자 앞가림하기로 마
음먹었는지 찬영의 눈을 똑바로 쳐다보며 말했다.

"옷 가게에서 오래 일해서 고객들 상대하는 건 자신 있
어요. 쇼핑몰 정산도 제가 다 해서 기본적인 회계는 할 수
있고요."

뭐든 배우는 속도가 빠르니 가르쳐주기만 하면 열심
히 하겠다는 다짐까지 덧붙였다. 사이즈가 맞지 않는 옷차
림이나 마르고 푸석해 보이는 얼굴과 달리 딱 떨어지고 매
끄러운 대답이었다. 고용인이 피고용인에게 기대하는 바를
정확히 아는 듯했다. 찬영은 그제야 급하게 작성한 것으로
보이는 이력서를 훑으며 신상을 꼼꼼하게 물어보았다. 그
런 뒤 일단 석 달만 함께 일해보자고 말했다. 정식 직원이
될지 안 될지는 그때 가서 결정하자고 했다.

"정말 일하게 될 줄은 몰랐어요."

혜윤이 야간 산행에서 길을 잃고 헤매다 구조된 사람처럼 감격해했다.

"정말 잘됐어."

희영도 감격했다. 실종되었던 이웃이 살아 돌아왔다는 소식을 접한 사람처럼.

면접 때 자신했던 대로 혜윤은 고객 응대에 탁월했다. 말도 안 되는 트집을 잡는 환자에게도 생글생글 웃으며 비위를 잘 맞추었다. 회계 업무에선 크고 작은 실수가 몇 번 있었지만 했던 실수를 반복하는 일은 없었다. 똑똑해. 찬영은 혜윤을 보며 그런 생각을 자주 했다. 같이 일하는 두 명의 간호사도 혜윤을 좋아했다. 눈치가 빠르고 성실한 데다자주 오는 환자의 성대모사를 기가 막히게 한다고 했다. 얌전하게 생겼는데 똘끼 있다며 재밌어했다. 찬영은 혜윤이자기 앞에서는 늘 긴장하고 자기에게만 성대모사를 보여주지 않는 것이 아쉬웠지만, 정식 직원으로 채용하지 않을 사유는 아니었다.

"원장님, 잠깐 시간 괜찮으세요?"

정식 직원이 된 지 보름 정도 지났을 때 혜윤이 진료실 문을 두드렸다. 점심을 먹고 책을 읽고 있었던 찬영은 읽던

책을 덮었다.

"네, 괜찮아요."

진료실로 들어온 혜윤은 두 손을 모으고 찬영 앞에 섰다. 남색으로 된 병원 유니폼에 까만 구두를 신고 있었다. 면접 때 신었던 구두였다. 혜윤은 항상 그 구두만 신었다. 면접 때 입었던 트렌치코트도 가을과 봄 내내 입었다. 옷에 돈을 쓰지 않는 것 같았다. 다른 곳에도 돈을 쓰지 않는 것 같았다. 점심식사 땐 메뉴판에서 제일 싼 김밥이나 라면을 시켰고, 커피도 찬영이나 간호사들이 사 주지 않으면 믹스커피만 마셨다. 염색이나 파마도 하지 않아서 혜윤의 검은 머리카락은 수습 기간 동안 다른 변화 없이 길어지기만 했다. 어느 날 송 간호사가 월급 받아서 어디 쓰냐고 넌지시 묻자 혜윤은 사정이 있어서 전부 모으는 중이라고 했다. "제가 마음껏 쓸 수 있게 되면 커피 두 잔씩 살게요." 그러면서도 네일아트는 2주에 한 번씩 꼬박꼬박 받았다. 어떤 날은 손톱에 화려한 꽃을 그리고 나타났고, 어떤 날은 기하학적 무늬를, 어떤 날은 부담스러울 정도로 큰 큐빅을 올리고 나타났다. 이번엔 주황색과 남색 사각형이 교차한 바둑판 모양이었다. 약지엔 작은 큐빅도 하나씩 박혀 있었다. 찬영은 반짝이는 큐빅과 혜윤의 깡마른 몸을 보며 큐빅 박을 돈으로 제대로 된 밥을 사 먹으라고 충고하고 싶은 걸 간신히 참았다. 딸도 참아주지 않는 잔소리를 젊은 직원이 곱게 넘길 리 없었다.

"원장님, 혹시 월급을 현금으로 주실 수도 있나요?"

혜윤이 조심스럽게 물었다.

"봉투에 넣어서요?"

찬영이 고개를 갸웃하며 되물었다. 혜윤은 오른손 엄지로 왼손 약지에 박힌 큐빅을 문지르며 고개를 끄덕였다. 쇼핑몰을 하다가 사기를 당해 빚을 많이 졌다고 했다. 월급을 통장으로 받으면 바로 빠져나가서 생활비가 부족하다고 했다. 빚이 얼마냐고 묻자 구체적인 액수는 밝히지 않고 이제거의 갚아간다고만 말했다. 찬영은 걱정스러운 표정을 지었다. 그러자 혜윤은 자기가 사기를 당하면 당했지 칠 사람은 아니라고 했다. 병원 돈을 건드릴 일은 없으니 걱정하지 말라고 했다. 그 말을 듣고 찬영은 이미 여러 차례의 유혹이 접수대 직원을 지나갔음을 알아차렸다.

찬영은 골똘히 생각했다. 그리고 제안했다. 세금 문제가 있으니 기본급은 지금처럼 계좌로 받고 상여금이나 식대 같은 기타 수당을 현금으로 받는 건 어떻겠냐고, 그렇게 하면 최소 생활비는 확보할 수 있지 않겠냐고 했다. 혜윤의 사정을 배려해서라기보다는 다시 유혹이 찾아왔을 때 흔들리지 않을 정도의 여유는 마련해줘야겠다는 생각에서 나온 방편이었다.

혜윤이 주먹을 살짝 움켜쥐며 말했다.

"이제 숨통이 좀 트이겠네요."

그런 혜윤을 보며 찬영은 생각했다. 이십 대 초반에 사기를 당한 여자, 빚을 진 여자, 숨통이 막힌 여자, 아내는 이 여자와 어떻게 알게 된 걸까?

"혜윤 씨."

찬영은 고맙다고 인사하고 나가는 혜윤을 불러 세웠다.

"전부터 궁금했는데 우리 와이프랑 정말 어떻게 알게 됐어요? 진짜 타로 동호회에서 만났어요?"

혜윤이 바로 답하지 않고 뜸을 들였다.

"그게요."

타로 동호회에서 만나지 않은 게 분명했다. 그렇다면 어디에서?

마른침을 삼키던 혜윤이 입을 열었다.

"타로 배우면서 만난 거 맞아요. 사모님이 제 타로를 봐주시다가 사정을 알고 일자리를 소개해주겠다고 하셨어요. 제가 괜찮다고 했는데도 집까지 찾아오셨어요."

아내와의 약속을 지키려고 하는 거짓말이 분명했다. 하지만 그 말을 믿지 않고 더 질문했다가는 집안 사정을 내보이게 될 것 같아 찬영은 서둘러 대화를 마무리했다.

"우리 와이프가 오지랖이 넓죠. 혜윤 씨라도 그 덕을 봐서 다행이네요."

그즈음 아내는 잘 알지도 못하는 사람들 문제에 자주 간섭했다. 마트에서 싸움이 벌어지면 빠지지 않고 참견했고, 밤늦게까지 놀이터에 있는 학생들의 신상을 파악하려 했다. 베란다에 서서 망원경으로 다른 집을 보는 일도 잦았다. "훔쳐보는 건 불법이야." 그렇게 말하며 찬영이 내다 버린 망원경만 열 개가 넘었다. 망원경이 없어지면 아내는 왜 버렸냐고 묻지도 않고 곧바로 다시 주문했다. 경찰에 신고하지 않는 이상 아내의 망원경 순찰을 말릴 방법은 없는 듯했다.

*

"억지로라도 병원에 보냈어야 했어."

찬영은 어둑한 진료실에 앉아 혼잣말했다. 바닥에 있던 블라인드 그림자가 모두 사라질 동안 냉정하게 생각해보니 온실 구멍은 이제 등으로 막을 수 있는 수준이 아니었다. 전신을 갖다 대도 막지 못할 정도로 구멍이 커진 지 오래였다. 그걸 인정하기 싫어서 발버둥 쳤던 거야. 자신의 노력으로는 온실을 지키지 못할 거라는 무력감이 찬영을 찾아왔다. 찬영은 어렸을 때 할머니가 그랬던 것처럼 십자가가 있는 곳이라면 모조리 찾아가 사정하고 싶어졌다.

"저를 불쌍히 여겨주세요, 저를 불쌍히 여겨주세요."

찬영은 자신을 불쌍히 여겨달라는 말을 주문처럼 반복했다. 그러다가 자리에서 일어나 불을 켰다. 진료실이 환해졌다. 아내의 문제를 자신의 문제로 받아들이자 어둠을 빠져나갈 출구가 보였다. 박희영 환자를 병원에 데리고 가는 것.

진작 그랬어야 했어. 망원경을 샀을 때 갔어야 했어. 아니 소파에 누워 있기 시작했을 때, 아니 영희 핸드폰을 훔쳐보기 시작했을 때, 아니, 아니, 아니…….

찬영은 집으로 가는 발걸음을 서둘렀다. 너무 늦은 건 아닐까. 문제를 외면하고 온실에 틀어박혀 있었던 시간이 뼈저리게 후회되었다. 알몸으로 만족을 느꼈던 자신도 문제로 느껴졌다. 맙소사, 알몸이라니. 어쩌면 나도 상담받아야 할지 몰라.

집에 도착하니 아내는 어두컴컴한 베란다 바닥에 앉아 망원경으로 앞 동을 보고 있었다. 흰머리가 뒤섞인 단발머리, 목이 늘어난 자주색 티셔츠, 구부정하게 굽은 등. 찬영은 불을 켜지 않고 거실에 우두커니 서서 아내의 뒷모습을 한참 쳐다봤다. 어머니의 모습이 겹쳐 보이는 건 어쩔 수 없었다. "여보, 나 왔어." 찬영은 베란다로 갔다. 고무나무와 산세베리아, 몬스테라, 유칼립투스 같은 식물들이 점령한 공간이었다. 아내가 보기 좋게 기르기보다는 무성하게 기르는 데 초점을 맞춘 탓에 베란다는 언제나 작은 정글이었다. 아내는 위장 군인처럼 그 안에 몸을 웅크리고 앞 동을 정찰하고 있었다. 찬영은 그런 아내가 측은했다. 조용히 옆에 앉아 팔로 아내의 등을 감쌌다. 가벼운 떨림이 느껴졌다. 아내는 울고 있었다. 망원경 아래로 눈물이 뚝뚝 떨어졌다. 자주 있는 일이었다.

"오늘은 뭘 보고 있었어?"

찬영이 등을 쓸어내리며 묻자 아내가 망원경을 넘겨주었다. 찬영은 축축하게 젖은 망원경을 눈에 갖다 댔다. 앞 동 건물이 코앞으로 다가왔다. 저녁이라 불 켜진 창문은 많았지만 대부분 블라인드나 커튼이 쳐져 있어서 방 안이 보이는 창문은 몇 개 없었다. 찬영은 아내가 들고 있었던 것처럼 망원경을 아래로 조금 내렸다. 그러자 여자와 남자가 마주 보고 서 있는 창문이 나타났다. 남자는 성난 얼굴이었다. 여자는 반쯤 닫힌 커튼 뒤에 있어서 얼굴이 잘 보이지 않았지만 겁먹은 듯했다. 남자가 여자를 향해 책을 집어 던졌다. 여자가 책을 피하다가 쓰러져 커튼 아래로 사라졌다. 남자가 여자에게 다가갔다. 커튼 뒤에서 마구잡이로 휘둘러지는 남자의 손 그림자. 찬영은 망원경에서 눈을 떼고 아내를 봤다. 아내는 무성한 초록 잎 사이에서 소리 없이 울고 있었다.

"경찰에 신고할까?"

찬영이 말했다.

"이미 했어. 근데 왔다가 그냥 갔어."

"왜?"

"왜겠어?"

아내가 날카로운 눈빛으로 찬영을 쏘아봤다. 그러곤 망원경을 가져가 다시 앞 동을 살폈다.

"남자가 나갔어. 여자가 일어나서 불을 껐어. 여자가 안 보여."

희영은 두 손으로 망원경을 움켜쥐고 불 꺼진 창문을 오래 응시했다. 그러다가 망원경을 위로 들어 올려 불 꺼진 다른 창문을 보았다.

"저 집은 며칠째 불이 안 켜져. 노인 부부가 사는 집인데, 죽은 걸까?"

"죽긴 왜 죽어? 어디 여행이라도 가셨나 보지. 아니면 자식들 집에 갔거나."

희영은 불 꺼진 창문 몇 개를 꼼꼼하게 살핀 후 망원경을 빈 화분에 넣었다. 보름에 가까운 달이 희영의 얼굴을 정면으로 비췄다. 달빛으로 환해진 아내의 얼굴을 보며 찬영이 말했다.

"당신은 왜 그렇게 남의 일에 관심이 많아?"

설득의 기미를 지우려고 건조하게 말했다. 그러고도 시비조로 들릴 것을 걱정해 한마디 덧붙였다.

"정말 궁금해서 물어보는 거야."

희영이 고개를 돌려 찬영의 눈을 잠시 바라보았다. 그리고 다시 창밖을 보며 말했다.

"사는 게 슬퍼서."

"사는 게 왜 슬퍼?"

희영은 베란다 왼쪽에 있는 뒷산, 어둠에 묻힌 나무를 바라보며 혼잣말하듯 작은 목소리로 말했다.

"그냥 슬퍼."

아내가 보고 있는 어둠을 보며 찬영도 작은 목소리로 물었다.

"그냥 슬퍼?"

그리고 긴 침묵.

두 사람은 달이 구름 뒤로 사라졌다가 다시 나타날 때까지 아무 말도 하지 않고 가만히 있었다. 윗집 아이가 쿵쿵거리며 뛰는 소리가 가까이 들렸고, 차 지나가는 소리가 멀리서 들렸다.

"나는 무서워."

찬영이 침묵을 깼다. 희영이 찬영을 쳐다봤다. 찬영은 달을 봤다. 왼쪽은 가득 차고 오른쪽은 조금 덜 찬 달이었다.

"당신이 우리 엄마를 닮아가는 것 같아서 무서워."

찬영이 오른손으로 가슴에 동그라미 그렸다.

"어머닌 여기가 아팠거든. 심장병이 아니라 우울증 때문에 돌아가셨어."

찬영의 손을 응시하던 희영이 콘크리트 덩어리로 시선을 돌렸다. 찬영도 수십 개의 창문이 박혀 있는 앞 동을 바라봤다.

"엄마는 내가 어렸을 때부터 늘 침대에 누워 있었어."

다시 긴 침묵.

노랬던 창문 하나가 까매졌다.

"왜 그러셨대?"

이번엔 희영이 침묵을 깼다.

"모르겠어."

"한 번도 안 물어봤어?"

"물어봤어. 중학생 때 화가 나서 따지듯 물었어. 도대체 왜 누워만 있는 거냐고. 이유는 못 들었어. 미안하다는 말만 들었어. 그리고 다음 날 응급실에 실려 가셨어. 내가 화장실에서 엄마를 발견하고 119에 신고했어."

찬영은 오래전 기억을 조심스럽게 만졌다. 깊은 곳에 묻어둔 그날의 기억은 얼음처럼 차가웠다.

"그래서 내가 화장실에서 안 나오면 미친 듯이 두드리는구나."

"내가 그랬나."

"그랬어."

또 침묵.

베란다 창문으로 미약한 바람이 들어왔다.

"그래서 당신이 나한테 아무것도 안 묻는구나. 망원경을 버리기만 했지 왜 보냐고, 뭘 보는 거냐고 묻진 않았잖아. 오늘 처음 물어봤어."

"내가 그랬나."

"그랬어. 내 말은 다 흘려보냈어."

찬영은 아내의 말이 강물에 둥둥 떠내려가는 모습을 상상했다. 바지를 걷어 올리고 강에 들어가 팔을 뻗어보았지만, 아내의 말은 떠내려간 뒤였다. 찬영은 강 한가운데에 서서 강물이 흘러가는 쪽을 보았다. 모든 강물은 다 바다로 흐르되 바다를 채우지 못한다는 전도서 구절이 떠올랐다. 헛되고 헛되며 헛되고 헛되니 모든 것이 헛되도다라는 구절도. 어쩌자고 이런 말이 성경에. 헛된 물살을 지우자 이번엔 경멸에 찬 혜윤 씨의 눈빛이 떠올랐다. 저를 불쌍히 여겨주세요, 저를 불쌍히 여겨주세요. 찬영은 그 말을 속으로 두 번 왼 후에 아내에게 말했다.

"이제는 물어보려고. 당신, 괜찮아?"

그러자 도넛처럼 가운데가 텅 빈 희영의 목소리가 베란다 정글에 울려 퍼졌다.

"뭐가?"

"그냥, 이것저것 다."

희영은 대답하지 않았다. 대신 화분에서 다시 망원경을 꺼내 불 켜진 창문과 불 꺼진 창문을 차례대로 하나씩 집요하게 살폈다.

그런 아내를 보며 찬영은 먹잇감을 노리는 맹수를 떠올렸다. 온실에선 살 수 없고, 온실에는 가본 적도 없을 사자나 호랑이, 곰이나 독수리. 그래, 아내는 야생에 속한 사람이었어. 어디에도 안주하지 않고, 안주할 수도 없는 부유하는 정신의 소유자. 빛나고 빛나는 태양과 볕을 가둔 온실보다는 은은한 달빛과 탁 트인 들판이 어울리는 사람.

찬영은 달빛 아래서 민첩하게 움직이는 아내의 모습을 보다가 지금까지 자신이 지킨 건 아내와 자식의 평안이 아니라 자신의 안온이었음을 깨달았다. 그리고 달빛으로도 사람이 빛나고 빛날 수 있다는 것과 강렬한 빛을 쫓느라 은은한 빛을 여러 번 놓쳤단 것도.

그날 밤 깨달음의 강물이 찬영을 통과해 찬영이 볼 수 있는 빛의 범위를 넓혀주었다. 하지만 밝음을 향한 찬영의 갈망까지 쓸어가진 못했다.

빛나고 빛나며 빛나고 빛나니 모든 것이 빛나도다, 어두운 것은?

*

다음 날 찬영은 출근하자마자 혜윤을 진료실로 불렀다.

비 오는 월요일이었다. 여전히 6월이었다.

혜윤은 열 개의 파도가 그려진 두 손을 꽉 잡고 찬영 앞에 섰다. 발톱에도 파도가 그려져 있을까? 찬영은 혜윤의 손톱과 발을 보며 잠시 딴생각을 하다가 고개를 들고 혜윤에게 말했다.

"어제 많이 놀랐죠?"

"아뇨. 저는 괜찮아요."

혜윤이 살짝 떨리는 목소리로 대답했다.

"나라면 온갖 생각이 들었을 것 같아요. 사실 내가 피부염이 있어서 가려움이나 통증이 심해요. 근데 옷을 다 벗고 있으면 좀 낫더라고요. 집에는 딸이 있으니까 병원에서 그러고 있었던 건데 혜윤 씨가 올 줄은 몰랐죠. 일요일이었잖아요."

"죄송해요." 혜윤이 어쩔 줄 몰라 했다. "피부염이 있으신지 몰랐어요."

"혜윤 씨가 모르는 게 당연하죠. 제가 말을 안 했는데 어떻게 알겠어요?"

그런 후 찬영이 살짝 미소를 짓자 혜윤의 두 손이 조금 느슨해졌다.

"앞으로 저 보는 게 좀 불편하겠죠?"

"아뇨. 저는 괜찮아요." 열 개의 파도가 공중에서 흔들렸다. "저 아무것도 못 봤어요. 신경 쓰지 마세요."

혜윤이 두 손을 내리자 찬영이 차분한 목소리로 말했다.

"저는 앞으로 혜윤 씨 보기가 어려울 것 같아요."

"네?"

"같이 일하기 힘들 것 같다는 말이에요."

"그게 무슨 말씀이에요?"

혜윤이 찬영의 눈을 빤히 쳐다봤다.

"미안해요."

찬영은 혜윤의 눈을 보며 사과했다. 어제 있었던 일이 혜윤의 잘못이 아니란 건 알았지만, 혜윤이 있는 한 어제의 수치를 잊기는 어려울 것 같았다. 그래서 제안했다.

"혜윤 씨가 일한 지 아직 1년이 안 됐지만, 퇴직금은 챙겨드릴게요."

혜윤의 눈에 다시 경멸이 차올랐다.

찬영이 또 제안했다.

"남은 빚이 얼마나 돼요? 너무 많지 않으면 그것도 갚아드릴게요. 누구에게도 어제 일을 말하지 않겠다는 조건으로요. 그만두는 이유도 개인 사유라고 해주고요."

"그만두지 않으면요?"

혜윤이 싸늘한 목소리로 물었다.

"그럼 제가 병원을 그만둬야죠."

찬영은 진심으로 한 말이었다. 하지만 협박이라고 생각했는지 혜윤이 헛웃음을 뱉었다.

"원장님, 그게 뭐라고 그런 거로 사람을 잘라요? 제가 갑자기 그만둬도 괜찮으세요?"

"네, 괜찮아요. 일하려는 사람은 얼마든지 있어요."

혜윤이 쉽게 물러설 것 같지 않아 찬영은 일부러 약간 빈정거렸다. 혜윤의 손끝에 있던 열 개의 파도가 손바닥을 파고들었고 혜윤의 눈에선 원망이 흘러나왔다.

"왜 이렇게까지 하시는지 모르겠어요."

혜윤이 찬영을 노려보며 말했다.

그러게, 내가 왜 이렇게까지 하는 거지? 찬영은 순간적으로 혜윤의 말에 동의했다가 곧바로 혜윤이 자기에게만 성대모사를 들려주지 않았다는 사실을 떠올렸다. 이어 절망이 뒤따랐다. 자신의 곤란함을 모면하려고 어리고 힘없는 상대에게 말도 안 되는 트집을 잡으려는 비겁한 인간을 향한 절망.

나는 어째서 겨우 이런 인간일까.

찬영은 지금 한 사람이 들어가면 꽉 찰 정도로 낮고 좁은 온실에 웅크리고 있다. 땀을 뻘뻘 흘리며 바늘 하나가 지나갈 정도로 아주 작은 구멍을 등으로 막고 있다. 그렇게 지킨 게 자신의 안온이었던 걸 어젯밤 깨달았고, 자신이 막고 있는 구멍의 크기가 얼마나 작은지는 방금 알았다. 그 구멍으로 들어오는 바람이 결코 위협적이지 않으리란 것도. 하지만 찬영은 등을 떼지 못한다. 이 정도 구멍은 필사적으로 막을 필요가 없다고 생각하면서도 등을 떼지 못한다. 자신이 막고 있는 구멍의 크기를 눈으로 확인하는 게 겁난다. 태양이 뿜어낸 에너지를 잡아두는 공간, 온기로 가득 찬 이곳을 지키고 있다는 만족을 놓치고 싶지 않다. 가능하다면 평생 이렇게 있고 싶다. 하지만 무엇을 위해? 누구를 위해? 아내는 강에 있다. 들판에 있거나. 영희와 희찬이 어디 있는지는 모르지만 온실에 없는 건 확실하다. 그렇다면 이 구멍을 막는 일은 성과 없는 자족이다. 그걸 인정하기가 왜 이렇게 싫지?

찬영은 힘겹게 구멍에서 등을 뗐다.

"혜윤 씨 때문이 아니에요. 제 문제예요."

그러자 울컥 울음이 올라왔다. 찬영은 울음을 삼키며 젊었을 때 잡지에서 읽었던 시를 생각했다. 가장 깊은 울음은 자신을 위해서만 나온다는 구절로 끝나던 시, 그렇게 단정하는 것에 반감을 느꼈지만 잊히진 않던 시.

"원장님의 문제를 왜 제가 책임져야 하죠?"

혜윤이 찬영의 고백을 한 글자씩 밟으며 또박또박 말했다.

맞는 말이었다. 이건 혜윤이 책임질 일이 아니었다. 찬영은 할 말을 잃고 고개를 떨궜다. 잠시 후 책상 위에 굵은 눈물이 떨어졌다.

혜윤이 어이없다는 표정을 지으며 떨어지는 눈물과 찬영의 정수리를 번갈아 봤다. 눈물은 계속 떨어졌다. 찬영은 고개를 숙인 채 소매로 물기를 닦았다. 소매가 젖었다.

"씨발, 재수 없어."

혜윤이 더는 못 참겠다는 듯 거칠게 욕을 뱉었다. 그 소리에 놀라 찬영이 고개를 들었다. 다섯 개의 파도가 진료실 손잡이를 오른쪽으로 돌렸다. 문이 열렸다가 닫혔다. 열 개의 파도를 합친 것보다 더 큰 부끄러움의 파도가 진료실을 덮쳤다. 온실이 가장 먼저 무너졌다. 그 안에 있던 찬영도 파도에 휩쓸렸다. 파도에 몸을 맡기며 찬영은 생각했다.

파도가 온실을 흔적도 없이 쓸어가기를.

파도가 잦아들면 사방이 뚫린 들판에 서 있기를.

거기서 아내와 어머니를 만날 수 있길.

들판의 어둠을 볼 수 있기를.
내가 나를 어쩔 수 없기를.
부디 내가, 나를 어쩔 수 없기를.

열

개

의

파

도

진료실을 나온 혜윤은 탈의실로 들어갔다. 유니폼을 벗고 까만 바지와 얇은 연보라색 니트 티를 입었다. 니트 티는 땡땡이 무늬 크롭티, 찢어진 핫팬츠와 함께 원가의 절반 이하 가격으로 내놓았는데도 끝까지 팔리지 않은 옷 중 하나였다. 판매를 포기하고 재고 박스에 넣어두었는데 비가 와서 날이 쌀쌀한 것 같아 오늘 아침 꺼내 입은 것이었다. 마른 체형의 혜윤에겐 너무 컸지만, 포근한 데다 오랜만에 한 번도 빨지 않은 새 옷이 주는 산뜻함을 느낄 수 있어서 혜윤은 만족했다. 해고라는 날벼락을 맞고 다시 그 옷을 입은 지금은 옷의 모든 게 거슬렸다. 벙벙한 크기, 싸구려 니트의 꺼끌꺼끌한 질감, 조잡하게 달린 장식용 플라스틱 단추. 화사해 보였던 색감도 염료를 넣다 만 것처럼 애매하게 느껴졌다. 이런 옷을 왜 산 거야? 혜윤은 이 옷을 사입했던 자신의 안목에 짜증 내며 아랫단으로 삐져나온 실 한 가닥을 힘껏 잡아당겼다. 니트가 우그러지기만 하고 실이 끊기지 않았다. 혜윤은 왼손으로는 아랫단을 누르고 오른손으론 길어진 실을 두 번 감은 후 다시 한번 있는 힘껏 잡아당겼다. 실이 뚝 소리를 내며 끊겼다. 반동으로 날아간 혜윤의 오른손도 뚝 소리를 내며 자작나무 합판으로 된 비품장에 세게 부딪쳤다. "아 씨발!" 반사적으로 욕이 튀어나왔다. 눈물도 핑 돌았다.

소리를 듣고 송 간호사가 탈의실 문을 열었다.

"혜윤 씨, 왜 그래? 무슨 일이야?"

혜윤은 송 간호사의 물음에 답하지 않고 트렌치코트에 팔을 넣었다.

"옷은 왜 입어? 어디 가?"

"저 그만둬요."

혜윤이 옷장에서 캔버스 가방을 꺼내며 말했다. 그 말을 듣고 밖에서 오픈 준비를 하던 최 간호사가 탈의실로 달려왔다.

"그만둔다고?"

똑같은 유니폼을 입은 두 간호사가 똑같이 의아한 표정을 지으며 혜윤을 쳐다봤다.

"혜윤 씨, 원장님이랑 무슨 일 있었어?"

개원 때부터 빛나는 의원에서 일한 송 간호사가 턱으로 진료실 쪽을 가리키며 낮은 목소리로 말했다. 근무한 지 2년 된 최 간호사도 물었다.

"원장님한테 혼났어?"

혜윤은 싱크대에 있는 텀블러를 가방에 챙겨 넣으며 한숨을 쉬었다.

"나중에 말씀드릴게요."

마음 같아선 지금 당장 자초지종을 다 털어놓고 싶었다. 호소하고 싶었다. 저 정말 억울해요. 하지만 함구가 전제된 퇴직금 때문에 그럴 수 없었다. 돈이 절박했다. 억울해 죽겠다는 눈빛만 잔뜩 흘려놓고 혜윤은 병원을 나왔다.

비가 세차게 내리고 있었다. 하얀 우비와 남색 장화로 단단히 무장한 시장 상인이 시금치가 든 상자를 품에 안고 상가 앞을 지나갔다. 까만 우산을 쓴 남자가 진열된 과일을 덮은 비닐 위에 주먹만 한 돌을 올리고 있었다. 각기 다른 앞치마를 두른 여자 셋이 상가 처마 밑에서 커피를 마시고 있다. 비를 맞지 않으려고 몸을 움츠리고 있었지만, 시장과 상가를 오가는 상인들의 얼굴은 비를 듬뿍 맞은 상추처럼 오늘 장사에 대한 기대로 싱싱했다. 보름 내내 장사를 망친 사람처럼 시들한 얼굴을 한 사람은 혜윤뿐이었다. 처음 보는 손님에게 꼬투리 잡혀 막말을 듣고 어안이 벙벙해 있다가 손님이 사라진 후에야 화가 치밀기 시작한 상인의 서러움 같은 것도 혜윤의 얼굴에만 있었다.

우산을 펴고 버스 정류장으로 걸어가면서 혜윤은 원장이 한 말을 천천히 곱씹어보았다. 보기 불편하다, 같이 일하기 힘들다, 제 문제예요. 하지만 아무리 생각해도 원장의 결정이 이해되지 않았다. 자기 알몸 좀 봤다고 직원을 자르다니, 그게 말이 돼? 버스 정류장엔 출근하는 것으로 보이는 젊은 사람이 몇 명 서 있었다. 싱싱한 얼굴은 아니었다. 그렇다고 혜윤처럼 시들어 있지도 않았다. 혜윤은 우산을 접고 그들 옆에 서서 또 생각했다. 평소에 원장이 나를 싫어했나? 내가 일을 잘 못했나? 휴일에 회사에 나오면 안 되는 건가? 내가 이상하게 쳐다봤나? 납득할 만한 이유가 원장에게서 찾아지지 않자 혜윤은 자신에게서 이유를 찾기 시작했다. 그러자 사기를 당했을 때처럼 가슴이 벌렁거렸다. 나만 모르는 세상의 이치가 또 있었던 거야? 그땐 계약서를 작성하지 않은 잘못이라도 있었지, 이번엔 정말 잘못한 게 없어. 나는 지갑을 찾으러 갔을 뿐이야. "세상 물정 모르고 날뛰더니 꼴좋다." 혜윤은 사기를 당했을 때 그렇게 말하며 자신을 비웃었던 아빠에게 가서 물어보고 싶었다. 갑의 창피함까지 을이 책임져야 하는 거냐고. 그것도 세상 물정이냐고. 세상 물정은 다 왜 그래? 하지만 세상을 원망하는 것도 잠깐, 어디서도 합당한 해고 원인을 찾지 못한 혜윤은 자신의 운명을 비관했다. 어쩐지 이상하다 했어. 이렇게 멀쩡한 일자리가 나 같은 년에게 올 리 없지.

혜윤은 고개를 푹 숙였다. 빗물에 부푼 담배꽁초가 도롯가에 고인 흙탕물 위를 둥둥 떠다니고 있었다. 혜윤은 멍하니 담배꽁초를 응시하다가 자기 오른손을 봤다. 파란 바탕에 하얀 물결이 그려진 다섯 손톱이 우산을 움켜쥐고 있었다. 파도. 혜윤은 주머니에서 왼손을 꺼내 활짝 펼쳤다. 다섯 개의 파도가 추가로 나타났다. 이것 때문인가.

"몸에 파도가 많으면 일진 사나워요. 그냥 땡땡이나 줄무늬로 하는 건 어때요? 정 그리고 싶으면 새끼손톱에 하나만 그려요."

혜윤이 네일숍에 가서 파도 모양으로 그려달라고 했을 때 직원이 한 말이었다. 혜윤이 사주를 볼 줄 아느냐고 묻자 네일숍에서 일하는 사람치고는 나이가 많던 직원이 각진 턱을 흔들며 무심히 말했다.

"그런 건 아니고요. 그냥 딱 생각해도 잔잔한 게 좋지 않아요?"

그냥? 그냥이 어딨어. 혜윤은 직원이 물결을 일일이 그리기 귀찮아서 잔꾀를 부리는 거라고 생각했다. 자신의 유일한 쾌락 소비에 딴지를 거는 것 같아 기분도 상했다. 그래서 여긴 사주 카페가 아니라 손님이 원하는 대로 손톱을 디자인해주는 네일숍이지 않냐고 따지듯 말한 게 지난주 수요일이었다. 맥락 없이 해고당하고 나니 네일숍 직원의 충고를 따르지 않은 게 후회되었다.

신촌으로 가는 버스가 도착했다. 혜윤은 그 버스를 타지 않고 횡단보도를 건넜다. 도롯가에 있는 약국과 가구 할인 매장, 중국집과 감자탕집을 지나 골목으로 들어갔다. 빵집과 안경점, 오래된 옷 가게와 반찬 가게를 지나 카페와 미용실 사이에 있는 네일숍으로 갔다. 오호라 네일숍. SNS에서 발견한 곳이었다. 가격이 저렴하고 샘플로 올라온 디자인이 마음에 들었는데 마침 병원 근처에 있어서 방문해본 곳이었다. 혜윤에게 파도를 그려줬던 직원이 입구에 우산꽂이를 놓고 있었다. 유리문에 적힌 오픈 시간보다 이십 분 이른 여덟 시 사십 분이었다.

"지금 되나요?"

혜윤은 우산을 접지 않고 밖에 서서 물었다. 머리를 묶고 있어서 각진 턱이 더 도드라져 보이는 직원이 혜윤의 얼굴과 손톱을 차례로 본 후에 말했다. "돼요, 들어오세요." 그리고 바닥을 닦던 걸레를 들고 화장실로 갔다.

혜윤은 우산꽂이에 우산을 꽂고 손에 묻은 물기를 바지에 닦으며 벽에 붙은 가격표를 봤다. 젤 네일 제거 비용이 생각보다 비쌌다. 그냥 집에서 지울걸. 실업자가 된 충격에 처지 살피는 걸 깜박했다며 네일숍에 온 걸 후회하고 있을 때 직원이 분홍색 앞치마를 입고 나왔다.

"왜 서 있으세요? 앉으세요."

직원이 먼저 의자에 앉았다.

혜윤도 분홍색 벨벳 의자에 앉으며 물었다.

"젤 네일 지우는 건 할인이 안 되죠?"

"지우기만 하시려고요? 몇천 원만 더 내면 새 디자인으로 할 수 있어요." 그렇게 말하며 직원은 받을 게 있다는 듯 오른손을 내밀었다. "일단 한번 볼게요."

혜윤은 자기 왼손을 그 위에 올렸다.

"이거 지난주에 하지 않았어요?"

"네."

"그런데 왜 지우려고요? 마음에 안 들어서요?"

직원이 의아하다는 눈으로 혜윤을 쳐다봤다. 혜윤은 당신이 말한 대로 재수 없는 일이 생겼다고 알리기가 싫어서 눈을 피했다.

"그냥 지워주세요."

혜윤이 더는 말을 하지 않자 직원은 파일을 꺼내 볼록 튀어나온 물결을 갈기 시작했다. 쓱쓱 쏴쏴, 쓱쓱 쏴쏴. 물결 갈리는 소리와 빗소리가 매장을 가득 채웠다. 쉴 새 없이 파일질하던 직원이 잠깐 손을 멈추고 라디오를 틀며 혼잣말하듯 말했다. "그래, 뭐든 잔잔한 게 좋지." 그리고 다시 물결을 갈았다.

혜윤은 조금씩 사라지는 물결을 보며 생각했다. 잔잔하게 사는 건 너무 어려워. 쇼핑몰을 차린 후로 파도가 치지 않은 날이 없었다. 매출이 높으면 기쁨의 파도가 쳤고, 매출이 낮으면 좌절의 파도가 쳤다. 사기를 당했을 땐 배신의 파도가, 그 후로는 빚을 갚아야 한다는 전전긍긍의 파도가 쳤다. 오늘 당한 해고는 맑은 날 소리 없이 해변을 급습한 너울성 파도였다.

"하지만 잔잔하게 살기가 제일 어렵죠. 안 그래요? 잔잔하게 살기가 얼마나 어려워. 이 코딱지만 한 네일숍도 하루에 몇 번씩 속 뒤집히는 일이 생겨요. 다들 뭐가 그리 잘 났는지." 혜윤의 속마음을 읽기라도 한 듯 직원이 넋두리했다. 그러다가 혜윤의 왼손을 놓고 말했다. "오른손."

혜윤은 먹이를 앞에 두고 훈련받는 강아지처럼 직원의 손 위에 오른손을 올렸다.

쓱쓱, 비가 내리고, 쓱쓱, 음악이 흐르면, 쓱쓱, 난 당신을, 쓱쓱, 생각해요.

라디오에서 비에 관한 노래 두 곡이 나오는 동안 직원이 물결과 바다를 모두 갈았다. 볼품없어진 혜윤의 손톱 위에 리무버를 묻힌 화장 솜을 하나씩 올리고 까만 클립으로 집었다.

"십 분만 기다리세요."

혜윤은 리무버가 바다를 깨끗이 녹이길 기다리며 오늘 당한 해고와 2년 전에 당한 사기를 생각했다. 내 삶은 언제쯤 잔잔해질까?

*

혜윤의 부모는 인천의 대형 지하상가에서 신발 가게를 한다. 혜윤의 오빠가 태어났을 때 시작했으니 30년 가까이 하는 중이다. 덕분에 혜윤은 액세서리, 조명, 속옷, 청바지, 빵, 돈가스, 김밥 가게 등 천 개가 넘는 상점이 미로처럼 줄지어 있는 지하상가를 제집처럼 오가며 자랐다. 몇몇 상점은 혜윤의 놀이터였다. 그림 그리고 싶으면 핸드폰 대리점으로 가 광고 포스터 뒷면에 낙서했고, 엄마 놀이를 하고 싶으면 화장품 가게로 가서 샘플 립스틱을 발랐다. 병원 놀이가 하고 싶으면 약국에 갔고, 좀 색다른 놀이를 하고 싶으면 안경점으로 가 시력 검사를 했다. 상가 어른들은 손님만 없으면 기꺼이 어린 혜윤의 친구가 되어주었다. 젊은 여성복을 파는 미미 직원들은 손님이 있을 때도 혜윤에게 두 팔을 벌렸다. 혜윤이 좋아하는 사탕과 과자를 챙겨두었고, 혜윤이 관심을 보이면 어떤 옷이라도 꺼내 주며 패션쇼를 열어주었다. 중학생이 된 혜윤이 예전만큼 자주 놀러 오지 않자 팔기엔 하자가 있지만 입기엔 문제없는 옷을 챙겨두었다가 혜윤에게 연락했다. 혜윤아, 옷 가지러 와. 우리 혜윤이 보고 싶어서 언니들이 멀쩡한 옷에 일부러 구멍 냈어.

키가 크고 말랐던 혜윤은 미미 언니들이 주는 옷을 모델처럼 잘 소화했다. 덕분에 학교에선 옷 많고 잘 꾸미는 애로 통했다. 키가 조금만 더 크면 모델 해도 되겠단 말을 자주 들었는데 혜윤이 귀 기울였던 말은 따로 있었다. "이

거 어디서 샀어?" 혜윤의 친구들은 혜윤이 입은 옷을 보고 자주 그렇게 물었다. 미미에서 샀다고 하면 미미로 가서 똑같거나 비슷한 옷을 따라 샀다. 그런 일이 반복되자 미미 언니들은 혜윤이 걸어 다니는 광고판이라며 십 대에게 인기 있을 법한 신상품을 혜윤에게 주었다. 고등학생이 된 후로는 혜윤이 직접 옷을 팔았다. 처음엔 안 입는 옷을 헐값에 파는 정도였다가 나중엔 미미에서 옷을 가져와 판매하고 마진을 나눠 받는 식이었다. 옷을 판 언니들과 옷을 산 친구들을 모두 만족시켰을 때의 희열이란!

혜윤은 기술이 있어야 한다는 아빠의 강권으로 식품영양학과에 들어가 조리사 자격증을 준비하면서도 그때의 희열을 잊지 못했다. 대학 졸업을 앞두고 옷 가게를 차리겠다고 나섰다. 혜윤에겐 자연스러운 과정이었고 혜윤의 아빠에겐 날벼락이었다. 혜윤의 아빠는 장사가 그렇게 쉬운 줄 아냐면서 무조건 조리직 공무원 시험을 쳐서 급식 조리사가 되라고 했다. 등록금을 투자한 보답을 해내라고 했다. 혜윤이 고집을 꺾지 않고 옷 가게에서 아르바이트하자 갈등이 심해졌고 혜윤은 집을 나왔다. 우리 가족이 남부럽지 않게 사는 건 자기가 구두닦이부터 막노동까지 온갖 일을 다해 가게를 차린 덕분이라고 큰소리치는 아빠처럼 나도 알

아서 할 수 있다고 소리쳤다. 그리고 미미에서 일하다가 서
울 신촌에 옷 가게를 차린 수지 언니의 원룸에 얹혀살며 본
격적으로 일을 배웠다.

　창업의 꿈은 생각보다 빨리 그리고 순조롭게 이뤄졌
다. 수지 언니는 요즘은 오프라인만 해서는 장사가 안된다
며 혜윤에게 온라인 쇼핑몰 만드는 걸 도와달라고 했다. 자
기는 컴맹인 데다 사진도 못 찍어서 엄두를 못 내고 있었다
고 했다. 말이 도와달라는 거였지 실제로는 거의 모든 일을
일임하려는 눈치였다. 자금을 쓰지 않고 쇼핑몰 창업을 경
험해볼 좋은 기회였으므로 혜윤은 흔쾌히 승낙했다. 그리
고 바쁘게 일했다. 낮에는 정부에서 지원하는 쇼핑몰 창업
교육을 들었고, 밤에는 인기 쇼핑몰을 돌아다니며 시장조
사를 했다. 동대문 새벽 시장에 나가 옷을 사입하는 일에도
적극적으로 관여했다. 그렇게 준비한 쇼핑몰이 거의 완성
되어갈 즈음 수지 언니가 원룸에서 나가달라고 했다. 사귄
지 세 달 된 애인과 함께 살며 호프집을 할 거라고 했다. 혜
윤에게 같이 일하자고 제안했을 때처럼 하루 만에 즉흥적
으로 내린 결정이었다.

　"그럼 쇼핑몰은 어떡해요?"

　혜윤이 당황한 얼굴로 묻자 수지는 선의에 찬 표정으로

생색을 냈다.

"네가 하고 싶으면 해. 지금까지 쇼핑몰 만드는 데 들어간 돈은 안 받을게."

인터넷 쇼핑몰은 임대료나 보증금, 인테리어비 같은 비용이 들지 않는다. 큰 자본이 없어도 누구나 쉽게 시작할 수 있다. 하지만 부업으로 할 게 아니라면 다양한 옷을 사입할 목돈과 쇼핑몰이 자리 잡을 때까지 버틸 생활비 정도는 있어야 한다. 혜윤이 그런 걱정을 하자 수지는 싸게 줄 테니 가게에 있는 옷부터 팔아보라고 했다. 혜윤은 거절했다. 쇼핑몰을 연 후 3개월은 매출이 아니라 방향을 잡는 게 더 중요하다고 배웠다. 비용을 아끼자고 직장인 여성이 주로 찾는 수지 언니 가게의 옷들로 시작했다가는 혜윤이 원하는 십 대나 이십 대 초반 여성으로 고객층을 바꾸기가 쉽지 않을 것 같았다. 그래서 혜윤은 이자와 빠른 상환을 약속하며 수지 언니에게 돈을 빌렸다. 보증금이 싼 반지하 방을 구한 뒤 새벽마다 동대문을 돌아다니며 눈여겨본 옷들을 사입했다. 언뜻 보기엔 예쁘지만 한 번 빨고 나면 후줄근해질 게 분명한 값싼 옷이 대부분이었다.

예상대로 첫 달은 적자였다. 두 번째 달부터는 매출이 조금씩 올랐다. 만족한다는 리뷰도 간간이 달렸다. 하지만 옷의 단가가 너무 낮은 탓에 티셔츠를 수십 장 팔아도 월세를 벌지 못했다. 박리다매의 전략이 성공하려면 홍보가 필요했다. 혜윤은 학창 시절처럼 직접 옷을 입고 사진을 찍어 SNS에 올렸다. 옷보다는 얼굴과 몸을 보정할수록 팔로워가 늘었고, 집에서 찍었을 때보다는 세련된 카페나 전시회에서 포즈를 취했을 때 쇼핑몰 방문자가 많았다. 옷이 싸고 예쁘다는 후기가 차곡차곡 쌓이더니 쇼핑몰을 연 지 1년 정도 되었을 때부터 팔리는 속도에 가속이 붙었다. 혜윤은 잠자는 시간을 확보하지 않고 틈만 나면 일했다. 자정이 되면 그날 들어온 주문을 확인하고 송장을 입력해 밤새 옷을 포장했다. 아침에 택배를 보낸 후에야 쪽잠을 잤다. 식사는 김밥이나 샌드위치, 과자로 대충 때웠다. 말도 안 되는 불만을 제기하는 고객이나 몇 번 입은 옷을 환급하겠다는 고객, 아무 이유 없이 시비 거는 고객 때문에 돌아버릴 것 같은 날도 있었지만, 효모 넣은 빵이 부풀 듯 하루가 다르게 늘어나는 통장 잔액이 혜윤의 얼굴을 빛나게 해주었다. 그 빛이 훅 꺼진 건 그랑블루 사장 때문이었다.

그랑블루는 동대문 도매상가 7층에 있는 의류 판매장이다. 사장이 수지 언니와 아는 사이인 데다 싸고 질 좋은 옷이 많아 혜윤이 자주 가는 사입처였다. 혜윤이 오천 원짜리 민소매 하나를 살 때도 요리조리 돌려보며 이것저것 물어대자 그랑블루 사장은 너처럼 깐깐한 애는 처음 봤다며, 그런 식으로 해서는 장사 오래 못 한다고 혜윤을 타박했다. 그러다가 온라인으로 간편하게 주문할 수 있는데도 혜윤이 일주일에 몇 번씩 새벽 시장에 나와 발품을 팔자 자기 어릴 때를 보는 것 같다며 금방 마음을 열고 갈 때마다 커피를 사 주었다.

혜윤보다 열일곱 살 많은 그랑블루 사장은 스무 살 때부터 옷 장사를 시작해 이쪽 일이라면 모르는 게 없는 베테랑이었다. 혜윤은 어떤 옷이 잘 팔리고 어떤 옷이 재고가 안 남는지부터 사입 타이밍, 재고 처리 방법, 이월 상품 구매까지 궁금한 게 생길 때마다 그랑블루 사장을 찾아가 물었다. 궁금한 게 없을 때도 찾아가서 커피를 사달라고 애교를 부렸다. 커피가 마시고 싶어서라기보다는 깐깐한 그랑블루 사장이 무심히 던져주는 인정이 좋아서였다. "혜윤이 얘는 보통이 아니냐. 크게 될 거야." 혜윤이 불량 제품 보상 문제로 5층 사입처와 실랑이했을 때도 소식을 듣고 내려와 혜윤의 편을 들어주었다. "얘는 내 친동생이나 다름없는 애야." 불량이 생긴 시기를 증명할 수 없어 어떤 보상도 받지 못했지만 그날 아침 혜윤은 어느 때보다 편안한 얼굴로 잠들었다.

어느 날 그랑블루 사장이 혜윤에게 문자를 보냈다.

혜윤아 오늘 나오니?

네. 가요.

잘됐다. 너한테 추천해줄 물건이 있어. 오늘 잡아야 하는 거니까 오면 우리 가게에 꼭 들러.

그랑블루 사장이 추천한 물건은 명품 가방이었다. 알고 지내는 부자 언니가 있는데 쓰다가 싫증 난 명품 가방을 자기에게 넘긴다고 했다. 그걸 중고 시장에 되팔면 차액이 짭짤하다고 했다.

"그거 네가 한번 맡아서 해봐."

"제가요? 왜 언니가 안 하시고요?"

"내가 요즘 가게 확장하느라 바쁘잖아. 그게 파는 건 간단한데 그 언니 집에 가서 물건을 받아 오는 게 일이야. 시간도 맞춰줘야 하고 가면 잠깐 앉아서 이야기도 들어줘야 하고, 좀 번거로워. 그래서 믿을 만한 친구 소개해준다고 했더니 내가 추천하는 사람이라면 무조건 오케이래."

혜윤은 내색하진 않았지만 그랑블루 사장에게 믿을 만한 사람으로 지목된 것이 기뻤다.

"그런데 그분들은 왜 그렇게 팔아요? 그냥 중고 시장에 팔면 되잖아요."

혜윤의 물음에 그랑블루 사장이 눈을 가늘게 뜨더니 목소리를 낮췄다.

"그런 데 파는 게 자존심 상하나 봐. 자기가 쓰던 가방을 모르는 사람이 매는 게 싫은 거겠지. 가지고 있자니 싫증은 났고 버리자니 아깝고 그런가 봐. 또 싸다, 비싸다 흥정하는 것도 질색하더라고. 내가 중고 시장가를 조사해서 이렇다, 저렇다 설명해주면 그걸 보고 가격을 정해줘. 헐값에 팔더라도 아는 사람에게 팔고 싶대. 부자들은 돈보다 그런 게 더 중요한가 보더라. 나야 땡큐지 뭐."

"그럼 저도 그 집으로 찾아가면 돼요?"

혜윤이 부잣집 방문을 기대하며 물었다.

"아니 너는 안 가도 돼. 나야 아는 사람이니까 얼굴도 볼 겸 오라고 했지만 모르는 사람이 오는 건 좀 그렇다고 하더라. 문자나 전화로 연락하고 물건은 택배로 받으면 돼. 어때? 할 생각 있어?"

"네, 생각은 있는데……."

혜윤이 말을 맺기도 전에 그랑블루 사장이 말했다.

"너도 이제 돈 벌어야지."

"네? 저 벌고 있잖아요."

혜윤이 그게 무슨 말이냐는 듯 눈을 크게 떴다.

"으이구 싸구려 옷 팔아서 얼마나 남는다고. 그런 티셔츠 백 개 파는 것보다 이 언니가 주는 가방 하나 파는 게 나을걸."

"그렇게 많이 남아요?"

"그게 아니면 내가 뭐 하러 너한테 이 일을 주겠어? 내가 귀찮아서 넘기는 것 같아? 너는 아직도 날 모르니?"

그랑블루 사장이 서운하다는 식으로 쏘아붙였다. 혜윤이 다급하게 그 말을 붙잡았다.

"알죠, 알죠. 언니가 저 잘되라고 엄청 챙겨주는 거. 제가 할게요. 어떻게 하는지 알려만 주시면 제대로 해볼게요."

그러자 그랑블루 사장이 방긋 웃었다.

"잘해봐. 이 언니 마음에만 들면 손도 안 대고 코 풀 수 있어."

손 안 대고 코 푸는 정도는 아니었지만 그 일은 확실히 싸구려 티셔츠를 백 개 파는 것보다는 많은 이윤을 남겼다. 한 달에 한두 번 물건이 있다는 연락이 왔고, 혜윤이 중고 시세를 조사해 정보를 넘기면 사모님이 그중 가장 낮은 금액보다 조금 더 낮은 가격에 물건을 넘겨주었다. 물건이 도착하면 혜윤은 상태를 확인하고 바로 물건 값을 입금했다. 하자가 있거나 인기 없는 제품이라 손해 본 거래도 몇 번 있었지만 이익인 거래가 훨씬 많았으므로 혜윤은 토를 달지 않았다. 그렇게 반년을 거래하던 중 사모님에게 메시지가 왔다. 명품을 처분하고 싶어 하는 친구가 있는데 혜윤 씨 연락처를 알려줘도 되냐고 묻는 내용이었다. 혜윤은 고양이가 고맙다고 절하는 이모티콘과 춤을 추는 곰 이모티콘 두 개를 먼저 보내고 당연히 줘도 된다고 답장했다. 잠시 후 현우 엄마에게 소개받았다며 말이 아주 느린 사모님에게서 전화가 왔다. 이사를 앞두고 있는데 이번 기회에 안 쓰는 명품을 다 처리하고 싶다고 했다. 느리고 긴 설명을 들은 끝에 가방부터 옷, 구두, 시계, 목걸이 등 총 서른두 개 명품의 사진과 목록을 받았다. 최저가로 계산해도 총액이 혜윤이 가진 돈보다 세 배는 많았다. 혜윤은 당장 운용할 수 있는 현금이 부족해서 그런데 물건을 판 후에 물건 값을 입금해도 되겠냐고 조심스럽게 물었다. 그러자 말이 아주 느렸던 사모님이 그럴 거면 그냥 중고 매장에 넘기겠다고 빠르게 대답했다. 그래서 혜윤은 며칠만 기다려달라 부탁하고 그랑블루 사장을 찾아갔다. 상황을 설명하고 돈을 빌려줄 수 있냐고 물었다. 수지 언니에게 그랬던 것처럼 이자를 쳐서 한 달 안에 갚겠다고 말했다. 그랑블루 사장은 최근에 부동산 투자를 하는 바람에 유동 자금이 없다며 그냥 은행에서 대출받으라고 했다. 한 달 안에 갚으면 이자도 얼마 되지 않을 거라고 했다. 은행에 문의해보니 나이가 어리고 담보가 확실하지 않아서 대출해줄 수 없다고 했다. 어떡하지? 혜윤은 고민하다가 제3금융권에 전화했다. 거기선 쉽게 많은 돈을 빌려주었다. 적금을 깬 돈에 대출받은 돈이 더해지면서 누가 봐도 탐낼 만한 잔액이 혜윤의 통장에 찍혔다. 역시 큰돈을 벌려면 과감해야 해. 혜윤은 지난 3개월 동안 쇼핑몰로 벌었던 돈보다 더 많은 돈을 벌게 될 거란 기대와, 사업가로서 한 단계 성장한 것 같은 기분을 느끼며 필요할 때는 말이 빨라지기도 하는 사모님에게 문자를 보냈다.

사모님 안녕하세요. 김혜윤입니다. 물건들 시세 조사한 것 보냅니다. 확인하시고 가격 책정 부탁드려요. 물건 보내주시면 확인하고 입금하겠습니다.

바로 전화가 걸려왔다. "혜윤 씨, 현금 마련했나 봐요." 상냥하고 느린 목소리였다.

"네."

혜윤은 힘 있게 답했다. 대출을 받았단 말은 하지 않았다. 그건 굳이 할 필요가 없는 말 같았다. 중요한 건 돈이 있다는 거니까.

"지금 보내준 시세를 보고 있는데 생각보다 괜찮네요. 나도 현우 엄마처럼 시세보다는 낮게 넘길게요. 혜윤 씨가 이렇게 신경 써줬으니까 보답을 해야지."

"감사합니다."

혜윤은 기쁨을 감추지 않고 얼른 인사했다.

"그런데 혹시 돈을 지금 바로 보내줄 수 있을까? 물건은 내일 아침에 퀵으로 보낼게. 잠실에 있는 아파트 세입자가 이사 나가는 날인데 내가 착각하고 전세금을 덜 준비한 거 있지. 부동산에서는 내일 줘도 된다고 했지만 세입자들은 그런 거에 예민하잖아. 난 별거 아닌 일로 괜히 사람 불안하게 만들고 그런 거 싫더라. 지금 막 친구에게 빌리려던 참이었는데 마침 혜윤 씨가 연락했네. 혜윤 씨가 보내주는 돈이면 대강 맞을 것 같아. 어차피 나한테 줄 돈이니까 괜찮지?"

양해를 구하는 사람치고는 조금도 위축되지 않은 목소리였다.

"지금요?"

혜윤은 괜찮다는 대답이 선뜻 나오지 않아 뜸을 들였다.

"응. 지금. 문자로 계좌번호 보낼게. 거기로 넣어줘."

새벽 시장에서 사입할 때는 물건을 받고 그다음에 현금을 내밀었다. 재고가 없어 대금을 먼저 치르고 옷을 나중에 받는 미송이 있긴 했지만, 영수증을 받는 데다 대부분 구면이라 조금도 불안하지 않았다. 필요할 때만 말이 빨라지는 사모님은 첫 거래인 데다 금액이 너무 커서 살짝 불안했다. 영수증을 써달라고 말하고 싶었지만 의심을 보였다간 거래가 틀어질 것 같았다.

"왜? 나 못 믿어서 그래?" 사모님 쪽에서 먼저 신뢰 문제를 건드렸다. "못 믿겠으면 물건 받고 보내줘. 괜찮아, 혜윤 씨. 나 그 정도 돈은 아무 데서나 빌릴 수 있어."

돈 문제로 의심받는 건 난생처음이라 재밌다는 듯 사모님이 웃음을 터뜨렸다. 크고 유쾌한 웃음이었다.

혜윤은 갑자기 안심이 되어서 재빨리 말했다.

"아니에요, 사모님. 제가 왜 사모님을 못 믿겠어요. 지금 바로 보내드릴게요. 금액이랑 계좌번호 알려주세요."

"그래? 정말 괜찮겠어? 나는 괜찮지만 혜윤 씨한테는 큰돈일 텐데."

사모님이 염려해주자 혜윤은 더욱 안심이 되었다.

"네, 괜찮아요. 얼른 보내주세요."

사모님은 고마워서 가격을 낮게 책정했다며 혜윤이 예상했던 것보다 훨씬 낮은 금액을 보내왔다. 역시 부자는 달라. 혜윤은 부자의 여유에 감탄하며 적금 깬 돈과 그 돈의 두 배에 달하는 대출금을 바로 이체했다. 잘 받았다는 사모님의 문자가 도착했고 그때까지 혜윤은 한 점도 의심하지 않았다. 다음 날 바빠서 퀵 보내는 걸 깜박했다는 문자를 받고도 의심하지 않았다. 퀵을 보냈다는 문자는 왔는데 퀵은 도착하지 않고, 며칠 동안 연락도 되지 않자 그제야 사기인 걸 알았다. 소개해준 사모님에게 물어봤더니 그럴 사람이 아닐 텐데, 라고 하면서 자기 연락도 받지 않는다고 했다. 마사지숍에서 알게 된 사람이라 연락처만 알고 집이 어딘지는 모른다고 했다. 혜윤은 그랑블루 사장에게 달려갔다. 그랑블루 사장 역시 그 언니가 그런 사람을 소개해줄 사람이 아닌데, 라고 하면서 자기도 그 언니를 알게 된 지 1년밖에 되지 않아 주변 사람들까지는 모른다고 했다.

"1년이요? 10년은 알고 지낸 것처럼 말했잖아요."

혜윤이 창백해진 얼굴로 소리를 질렀다.

"내가 언제 그랬어? 얘가 생사람 잡네. 부동산에 집 보러 갔다가 우연히 만난 사람이라고 말했잖아."

그런 말은 한 적 없었다. 사우나도 같이 가는 사이인 걸

강조하며 친분을 과시하기만 했었다. 혜윤은 그랑블루 사장이 공범은 아닐까 하는 의심도 했지만 그렇다고 해도 한발 늦은 의심이었다. 경찰에서는 비슷한 사기가 많다고 했다. 이런 사기꾼들은 잡혀도 감옥에서 썩는 걸 택하지 삼킨 돈을 토해내지는 않는다고, 잡게 되면 연락할 테니 집에 가서 기다리라고 했다.

혜윤은 분하고 억울해서 밥도 먹지 않고 뜬눈으로 며칠을 지새웠다. 오전 아홉 시가 되면 담당 경찰에게 전화해 수사 진척 상황을 물었다. 희망적인 소식은 듣지 못했다. 전 재산을 날린 건 속이 쓰려도 넘어갈 수 있었다. 하지만 빚은 달랐다. 그것도 사채는. 이자가 쓰나미처럼 몰려올 거야. 그런 상황에서 침대에 누워 신음하는 건 사치였다. 혜윤은 이자가 자신을 삼키지 않도록 몸을 일으켰다. 그리고 전보다 더 열심히, 더 오랜 시간 일했다. 밤은 물론 낮에도 자지 않았다. 몸이 견디지 못해 픽하고 쓰러지면 몇 시간 자다 일어나 다시 일하는 식이었다. 다행히 매출은 노력에 비례했다. 하지만 높은 이자를 감당할 정도는 아니었다. 7개월 동안 기계처럼 일만 하던 혜윤은 결국 인천 지하상가에서 신발 파는 사람들을 찾아갔다. 그들에게 목돈을 내밀고 으스대는 대신 목돈을 빌려달라고 사정했다. 비쩍 마른 몸으로 무릎 꿇고, 잘못했다고, 용서해달라고. 귀싸대기를 몇 번 맞고 엄마가 함께 무릎을 꿇은 후에야 혜윤은 아빠에게 두어 달 숨 돌릴 정도의 돈을 빌릴 수 있었다.

급한 불을 끄고 나니 몸이 축 늘어졌다. 아무것도 하고 싶지 않았다. 친구들은 그래도 쇼핑몰이 잘되니 몇 년만 고생하면 남은 빚 다 갚고 성공한 사장이 될 수 있을 거라며 혜윤을 격려했다. 실패가 밑천이 될 거라고 했다. 하지만 혜윤은 생각했다. 사기를 당한 게 왜 내 실패야? 그러니까 좀 조심하지, 계약서는 안 썼어? 다음부턴 잘해. 혜윤은 사기를 당한 사람에게 은근한 책임을 묻는 사람들과 결별했다. 그랑블루 사장과는 진즉에.

혜윤은 쇼핑몰을 닫고 재고가 잔뜩 쌓인 방에 누워만 있었다. 이자야 갚을 수 있겠지만 하나에 만 원, 이만 원짜리 옷을 팔아서 언제 원금을 갚고 언제 집을 구하고 언제 차를 사? 집은커녕 중고 명품 가방 하나 못 사보고 죽을 거야. 왜 이렇게 살아야 해? 죽고 싶다는 생각이 혜윤의 머릿 속에 똬리를 틀었다. 하지만 죽는 것도 쉬운 일이 아니었다. 어떻게 죽어? 손목을 그어? 차에 뛰어들어? 옥상에서 떨어져? 가스를 마셔? 접시 물에 코를 박아서 죽을 수 있다면 그게 가장 좋은 방법일 것 같았다. 하지만 그건 비유일 뿐

접시 물에 코 박고 죽은 사람은 한 명도 없었다. 숨이 차고 고통스러우면 인간은 얼굴을 들게 마련이었다.

"여보, 우리 딸부터 살리자. 애 몰골 좀 봐. 내가 이렇게 부탁할게."

죽고 싶다고 생각하자 혜윤은 아빠의 다리를 잡고 사정하던 엄마 모습이 자꾸 떠올랐다. 아빠가 다리를 털어 엄마를 떨어내던 모습도. 그래서 깔끔하게 죽고 싶었다. 사람들에게, 특히 엄마에게 더는 못 볼 꼴을 보이고 싶지 않았다. 하지만 아무리 검색해봐도 깔끔하게 죽는 방법을 찾을 수 없었다. 손목을 그으면 피바다가 되고, 목을 매달면 눈알이 튀어나오고, 익사한 시체는 눈 뜨고 보기 힘들 정도로 끔찍하다고 했다. 자다가 죽는 게 복이라는 말이 그제야 이해가 갔다. 사고로 죽을 순 없나? 혜윤은 사망자가 발생한 사고를 검색해보았다. 교통사고가 제일 많았고 공장이나 공사 현장 사고도 꽤 많았다. 26세, 19세, 48세, 62세, 51세. 사고는 사망자의 나이를 따지지 않았다. 그러다가 혜윤은 갑자기 나타난 싱크홀에 빠진 행인이 결국 사망했다는 기사와 국내에 싱크홀과 외양은 비슷하지만 발생 원인이나 내부 성질이 규정되지 않은 미확인 홀이 발견되고 있다는 기사를 읽었다. 싱크홀과 달리 미확인 홀은 빨려 들어갈 위험이 있으니 다가가지 말고 발견 즉시 신고해야 한다는 내용이 기사 말단에 적혀 있었다. 그렇다면 블랙홀이 아니냐는 댓글과 블랙홀이 지구에 생기는 건 말도 안 된다는 댓글과 그 블랙홀에 빨려 들어가고 싶다는 댓글이 차례로 달려 있었다. 혜윤은 그중 마지막 댓글에 마음이 쏠렸다.

나도 블랙홀로 들어가고 싶어. 아무도 내 시체를 보지 못하게. 더는 어떤 것도 꼬이지 않게.

블랙홀에 들어간 이후는 생각하지 않았다. 거기서 고통스럽게 죽든, 홀로 우주를 떠돌든 상관없었다. 그게 블랙홀이 아니라 북한이 파놓은 땅굴이라서 지하세계에서 평생 석탄을 캐야 한대도 괜찮았다. 여기를 벗어날 수 있다면, 한심함을 꿀떡꿀떡 삼키는 지금을 피할 수만 있다면.

혜윤은 당장 사라지고 싶다는 간절함으로 각종 커뮤니티 사이트에 미확인 홀의 위치를 알려주면 백만 원을 주겠다는 글을 익명으로 남겼다. 의도를 밝히지 않은 수상한 글이었다. 몇 줄 안 되는 문장끼리도 맥락이 잘 맞지 않았다. 하지만 내건 보상금이 커서인지 올린 글마다 댓글이 수십 개씩 달렸다. 정말 돈을 주냐고 묻는 댓글이 가장 많았고, 미확인 홀은 왜 찾냐고 묻는 댓글이 그다음으로 많았다. 이유 없이 시비 걸고 조롱하는 댓글도 상당했다. 혜윤은 모든 댓글에 날카롭게 반응했다. 필요할 때만 말이 빨랐던 여자를 향한 적개심과 딸에게도 인정사정없는 신발 장사꾼을 향한 서운함과 멋대로 물정을 형성하는 세상을 향한 원망을 댓글 창에 쏟았다. 논리적인 척 주고받던 댓글 싸움은 주로 이년 제정신이 아니니 반응하지 말라는 상대의 공지성 조언으로 끝났다. 그러면 혜윤은 내가 년인지, 놈인지 네가 어떻게 아느냐고 적고, 왜 답이 없냐고 적고, 사람 말이 말 같지 않냐고 적으며 끝까지 물고 늘어졌다. 미확인 홀의 위치를 알고 있으니 입금해주면 주소를 알려주겠다는 비밀 댓글도 종종 달렸다. 하지만 얼굴도 모르는 사람에겐 만 원도 입금할 수 없다며 만나서 돈과 주소를 주고받자는 혜윤의 요청에 응한 사람은 망원경이라는 닉네임을 가진 사람 뿐이었다.

그럼 오늘 오후 두 시에 광화문에 있는 스타벅스에서 만나요.

혜윤은 망원경님이 보낸 쪽지를 확인하고 광화문으로 갔다. 정말 미확인 홀 위치를 알고 있냐고 물어볼 생각은 하지 못했고, 당신을 어떻게 알아보냐는 질문도 하지 못했다. 뭔가를 검토하고 판단할 수 있는 상태가 아니었다.

카페는 거의 만석이었다. 하지만 혜윤은 자신이 만날 사람을 단번에 찾을 수 있었다. 검은색 망원경을 테이블 위에 올려놓은 중년 여성. 혜윤은 그가 앉아 있는 테이블로 가서 확신에 찬 목소리로 말했다.

"망원경님이세요?"

"네, 맞아요. 지하세계님인가요?"

그는 한 달 넘게 햇빛을 받지 않아 창백해진 혜윤의 얼굴과 떡 진 머리, 깡마른 몸을 천천히 훑어보았다. 쇼핑몰 매출이 첫 달의 네 배가 되던 날 아빠에게 과시하려고 산 비싼 구두와 쌓여 있던 재고 상품 중에서 손에 잡히는 대로 입고 나온 바지와 티셔츠, 트렌치코트를 소가 막 태어난 송아지를 핥듯 꼼꼼히 훑었다. 혜윤이 맞은편에 앉았는데도 계속.

그러거나 말거나. 혜윤은 망원경님의 시선을 무시하고 용건을 서둘렀다.

"거기 위치 알려주세요."

망원경님도 혜윤의 말을 무시하고 질문을 했다. 막 전학 온 학생의 신상을 파악하려는 담임처럼 그게 자기 일이라는 듯 당당하게.

"그동안 무슨 일 했어요?"

만난 목적과는 아무 상관없는 질문이었다. 하지만 이 질문에 답하지 않으면 만난 목적에 관해서도 이야기하지 않을 것 같은 완고함이 망원경님에게 있었다. 그래서 혜윤은 별일 아니라는 듯, 자신에게 조금도 소중한 일이 아니었다는 듯 어깨를 으쓱이며 심드렁하게 말했다.

"쇼핑몰 했어요."

망원경님은 전학생에게 엄마가 없다는 소리를 들은 담임처럼 말을 아끼며 천천히 고개를 끄덕였다. 그리고 그랬던 사람치고는 직설적으로 물었다.

"망했어요?"

이번에는 혜윤이 천천히 고개를 끄덕였다. 나는 망했지. 잊고 있던 현실이 깨어나면서 어깨에서 힘이 빠졌다.

"빚 있어요?"

"네……."

"엄마는 살아계시죠?"

"네."

혜윤은 아빠에게 빌던 엄마의 두 손을 생각하며 고개를 숙였다.

"역시." 망원경님이 망원경을 가방에 집어넣으며 용한 무당처럼 말했다. "깔끔하게 죽으려는 사람들은 다 엄마가 있더라." 그리고 제안했다. 자기 남편이 운영하는 병원에 일할 사람이 필요한데 거기서 한 달만 일해주면 미확인 홀 위치를 공짜로 알려주겠다고 했다.

"월급은 당연히 줄 거예요."

돈을 준다고? 혜윤은 고개를 들어 망원경님의 눈을 쳐다봤다. 커다랗고 까만 눈동자. 망원경님은 자기가 그곳 위치를 모를 거라는 의심은 하지 말라고 했다. 그러면서도 의심하지 말아야 할 이유나 그곳 위치를 알고 있다는 증거는 하나도 말해주지 않았다. 그런데도 혜윤은 망원경님의 말을 믿었다. 그냥 저절로 믿어졌다.

"어떤 일인데요?"

혜윤은 일을 제안하는 맥락과 전후 사정은 물어보지도 않고 모든 걸 꿰뚫어 보는 듯한 망원경님의 눈동자에 빨려들어갔다.

"가보면 알아요."

망원경님은 낚아채듯 혜윤을 택시에 태웠다. 그리고 상가 2층에 있는 한 병원으로 들어가 남편에게 혜윤을 소개했다. 사전에 논의되지 않은 일인 듯했으나 망원경님의 남편은 군소리 없이 면접을 보았다. 현실적인 질문이 많았다. 혜윤은 면접에선 이렇게 해야 한다고 청년들에게 주입되어 있는 메뉴얼대로 답했다. 습관적으로 의욕을 보였다. 그러고 나니 두 명의 간호사가 자신에게 수납 업무를 알려주고 있었다. 싫진 않았다. 아니, 좋았다. 유니폼을 갖춰 입은 자기 모습이, 리셋 버튼이 눌린 듯 갑자기 달라진 상황이. 한 달 내내 죽는 방법만 검색하던 사람이 맞나 싶을 정도로 혜윤은 생글생글 웃으며 환자를 대했다. 땅으로 꺼지거나 갈가리 찢겨 공중에 흩뿌려지고 싶던 마음도 빠르게 자취를 감췄다. 죽고 싶었던 게 아니라 살 방법을 몰랐던 거였구나. 머리가 맑아진 이후 혜윤은 그 시간을 그렇게 결론지었다.

일한 지 한 달이 지났는데도 망원경님은 병원에 오지 않았다. 혜윤도 미확인 홀의 위치를 묻지 않았다. 대신 살려주셔서 감사하다는 문자를 보냈다. 답장은 없었다. 망원경님이 생판 남인 자신을 왜 그렇게까지 신경 써줬는지 궁금했지만 원래 오지랖이 심하다는 송 간호사의 말에 그러려니 하고 넘겼다. 딸의 고통을 남의 일처럼 멀리 보는 아빠 같은 사람이 있는가 하면 세상의 모든 일을 자기 일처럼 당겨서 보는, 그래서 타인의 어려움을 그냥 지나치지 못하는 망원경님 같은 사람도 있는 거라고 생각했다. 월급이 통째로 빠져나가고 아빠에게 쌍욕을 듣는 현실은 여전했지만, 죽어야겠다는 마음보다는 일단 살아보자는 마음이 더 자주

드는 건 망원경님의 오지랖 덕분이라고 생각했다.

*

십 분이 지났다. 자리로 돌아온 직원이 클립을 벗기고 아까보다 폭이 넓은 파일로 남은 젤을 제거했다. 알록달록한 수영복을 입은 피서객들이 다 빠져나간 해변처럼 손톱이 휑했다.

"정말 지우기만 하실 거예요?"

직원이 물티슈로 손톱을 닦으며 물었다.

"네."

혜윤이 답했다.

"이대로 가신다고요?"

직원이 거칠어진 손톱을 보며 다시 한번 물었다. 혜윤은 자동차 대시보드 위에서 고개를 까딱이는 강아지 인형처럼 의지 없이 고개를 두 번 끄덕였다. 망원경님이 베풀어 준 호의는 끝났어. 나는 해고자, 또 한 번 뒤통수 맞은 세상 물정 모르는 스물여섯 살 멍청이.

라디오에서 직장 상사가 괴롭혀서 힘들다는 사연이 나왔다. 진행자가 호들갑 떨며 상사를 욕했다. 사연자가 신청

한 댄스 음악에 빗소리가 묻혔다.

"뭐 안 좋은 일 있어요?"

혜윤이 계속 한숨 쉬자 직원이 물었다. 큐티클을 정리하고 오일을 바르는 중이었다.

"몸에 파도가 많으면 정말 운수가 안 좋아요?" 혜윤이 지친 표정으로 되물었다. 파도라도 탓하고 싶은 마음이었다. "파도를 지운다고 없던 일이 되진 않겠죠?"

"어머머, 정말 안 좋은 일이 생겼나 봐."

직원이 계속 오일을 바르며 말했다. 무슨 일인지는 묻지 않았다.

"저 좀 전에 잘렸어요. 출근했는데 갑자기 그만두래요."

혜윤이 자신이 처한 상황을 털어놓았다. 나보다 오래 사셨으니 세상 물정을 알지 않을까?

"저런."

잘렸다는 말에 직원이 손을 멈추고 혜윤의 눈을 보았다. 혜윤은 억지로 살짝 웃어 보였다. 직원이 다시 손을 움직이며 물었다.

"갑자기요?"

"네, 오늘 갑자기요."

"아가씨가 뭘 잘못했어요?"

"아뇨. 잘못은 우리 원장님이 했죠."

"그럼 적반하장이네?"

"네, 적반하장이에요."

"어이구 억울해서 어떻게 살아."

직원은 그렇게 말한 뒤 고개를 저으며 일어나 핸드크림을 가져왔다. 핸드크림을 혜윤의 손등에 펴 바른 후 혜윤의 손가락 사이에 자기 손을 끼우고 손등과 마디 사이를 힘껏 눌렀다.

"손 마사지가 스트레스 푸는 데 좋대요."

혜윤은 바람 빠진 풍선처럼 팔을 늘어뜨린 채 직원에게 손을 맡겼다.

"왼손."

혜윤은 이번에도 훈련받는 강아지처럼 순순히 왼손을 내밀었다. 직원이 왼손등에 핸드크림을 짜며 물었다.

"그래서 어떻게 할 거예요?"

"뭘요?"

"아니 억울하게 잘렸으면 뭔가 조치를 취해야죠. 못 그만두겠다고 드러눕든지, 노동청에 신고하든지."

직원이 왼손을 마사지하며 답답하다는 표정을 지었다. 신고? 혜윤은 신고할 생각이 없었다. 억울하긴 했지만 퇴직

금을 주고 빚도 갚아준다고 했으니 그렇게 손해 보는 장사
는 아니란 계산이 머릿속에 있었다.

"제가 도움받은 것도 많아서요. 퇴직금도 챙겨준다고
하셨고."

혜윤이 누그러진 목소리로 말하자 직원이 마사지를 멈
추고 화를 냈다. "손님, 퇴직금은 당연한 거야. 법으로 보장
되어 있는 거라고. 당연한 거에 고마워하지 마요." 그런 후
다시 마사지를 시작했는데 손에 힘이 잔뜩 들어가 있었다.

꾸지람을 듣고 당황한 혜윤이 자기도 모르게 원장을 변
호했다.

"당연한 게 아니에요. 제가 일한 지 1년도 안 됐는데 주
시는 거예요."

"그러니까 아가씨, 원장이 왜 그러겠냐고, 왜. 자기가
켕기는 게 있으니까 그러는 거 아냐. 갑자기 잘린 사람이
뭘 고마워하기까지 해."

직원은 혀를 찼다.

그런가? 이번에도 내가 바보같이?

"손님이 잘못했다는 게 아니야." 혜윤의 얼굴이 시무룩
해지자 직원이 혜윤의 손바닥을 꾹꾹 누르며 말했다. "원장
이 나쁘단 거지. 그런 일 당하면 따져요, 따져. 살아보면 돈

몇 푼보다 그런 게 더 중요해. 따져야 할 때 따지는 거. 세상이 이렇게 돌아가는구나, 어쩔 수 없지 하면서 하나둘 넘기다 보면 그게 다 곪아서 병나요. 그러니까 억울한 일 당하면 어떻게 그럴 수 있냐고 바락바락 따져요. 분이 풀릴 때까지 따져. 아직 살날이 많잖아. 그래야 살 수 있어."

그래야 살 수 있다는 말이 혜윤의 가슴을 쿡 찔렀다. 참았던 서러움이 터져 나오려는 순간 직원이 혜윤의 손등을 가볍게 두 번 두드렸다. 마사지가 끝났다는 신호였다. 당신의 서러움까지 받아줄 생각은 없다는 신호이기도 했다. 직원은 그렁그렁한 혜윤의 눈을 보며 자리에서 일어나는 것으로 다시 한번 용무가 끝났다는 표시를 했다.

혜윤도 별수 없이 일어났다. 서러움이 입안에 가득했다. 혜윤은 서러움이 새어 나오지 않도록 입술을 꽉 깨물고 반들반들 윤이 나는 손으로 카드를 꺼냈다.

"얼마예요?"

"돈은 됐어요. 한 지 며칠 안 됐잖아요. 나도 파도 그릴 때…… 좀 찜찜했어."

직원은 돈을 사양했다. 뜻밖의 호의에 놀란 혜윤이 직원의 눈을 가만히 들여다보았다. 서러움을 많이 삼켜본 눈이었다. 하지만 남의 서러움까지 받아줄 여유는 없는 눈, 그래서 조금 미안해하는 눈.

"감사합니다."

혜윤이 허리를 숙이며 눈물을 떨궜다.

직원도 고개를 숙이며 정해진 인사말을 읊었다.

"감사합니다, 손님. 또 오세요."

혜윤은 며칠 동안 네일숍 직원이 했던 말을 곱씹었다. 정말 돈보다 따지는 게 더 중요할까? 따져야 할 때를 놓치면 병이 나는 걸까? 사기당했을 때를 돌이켜보니 그런 것 같기도 했다. 누구에게라도 삿대질하고 싶은데 그럴 대상이 없어서 내 가슴을 파댔던 시간. 다행히 이번엔 삿대질할 대상이 도망가지 않았다. 뻔뻔하게 자기 자리를 지키고 있었다. 어떻게 따질까? 고래고래 소리를 지를까? 무릎 꿇고 사과하라고 할까? 인터넷에 소문내서 병원을 망하게 하겠다고 으름장을 놓을까? 그런 생각을 하는 것만으로도 혜윤은 분이 조금 풀리는 것 같았다. 기회처럼 느껴지기도 했다. 세상 물정 모르는 어린애에서 사기 칠 엄두 같은 건 내지 못할 정도로 똑 부러지는 사람이 될 기회. 함부로 고용하고 함부로 해고해선 안 될 사람으로 분류될 기회. 이번에도 제대로 따지지 않으면 억울함과 서러움이 집 앞 편의점 들르

듯 수시로 찾아올 것 같은 예감이 들었다. 문제는 돈이었다. 따질 수는 있을 것 같은데 그렇게 했을 때도 원장이 퇴직금을 줄지가 가늠되지 않았다. 그런 고민을 하는 동안 송 간호사와 원장에게서 계속 전화가 왔다. 혜윤은 어떻게 할지 결정을 내리지 못해 누구의 전화도 받지 않았다. 퇴직금을 못 받더라도 확실히 따져야겠다는 결심이 섰을 때 망원경 님에게서 문자가 왔다.

혜윤 씨, 이번 주 목요일 두 시 광화문 스타벅스에서 만날 수 있어요? 퇴직금 챙겨 갈게요.

혜윤은 원장을 고통스럽게 할 좋은 방법이 떠올랐다.

*

망원경님은 처음 만났을 때처럼 창가 자리에 앉아 있었다. 테이블 위엔 망원경이 아니라 까만 커피가 담긴 하얀 머그잔이 올려져 있었다. 혜윤이 주문한 커피를 받아 들고 다가가서 인사하자 망원경님은 그때처럼 혜윤의 얼굴과 옷차림을 꼼꼼히 살폈다. 그럴 줄 알고 혜윤은 일부러 목이 늘어진 면 티셔츠와 유행 지난 청바지를 입고 나갔다. 비참해 보이려나. 혜윤도 자리에 앉아 망원경님의 얼굴을 살폈

다. 편안해 보였다. 작년에 만났을 땐 빚에 쫓기는 혜윤보다
더 쫓기고 있는 사람 같았다. 망원경이 아니면 세상에 초점
을 맞추지 못하는 사람 같기도 했다. 다른 세상을 살아내고
있는 사람, 그래서 사기 칠 계획 같은 건 세울 수 없는 사람,
그래서 무해한 사람. 뿌연 것에 둘러싸인 듯한 망원경님의
눈빛이 혜윤을 본능적으로 안심시켰다. 지금도 세상을 또
렷하게 보는 것 같지는 않았다. 어렴풋이 보는 것 같았다.
정확히 말하면 흐릿하게 보려고 일부러 안경을 쓰지 않는
사람 같았다. 그래서인지 어딘가 우아했고, 그래서인지 혜
윤의 입에서 망원경이란 닉네임 대신 사모님이라는 호칭이
튀어나왔다.

"사모님, 많이 기다리셨어요?"

혜윤이 커피를 한 모금 마시며 이렇게 말하자 망원경
님이 입꼬리를 올리며 좌우로 고개를 저었다. 그 모습 또한
우아했다.

"남편한테 혜윤 씨 그만뒀다는 이야기 들었어요. 퇴직
금을 현금으로 줘야 쓸 수 있을 텐데 연락이 되지 않는다고
걱정해서 제가 가지고 왔어요."

망원경님은 그렇게 말하고 혜윤이 예전에 중고로 팔아
본 적 있는 명품 가방에서 하얀 봉투를 꺼내 혜윤에게 내밀

었다. 석 달 치 월급에 가까운 돈이 들어 있었다. 1년 일하면 한 달 치 월급을 주는 통상적인 퇴직금보다 훨씬 많은 액수였다. 혜윤의 입이 벌어지는 걸 보며 망원경님이 말했다.

"찬영 씨가 혜윤 씨한테 약속한 게 있어서 그것까지 넣은 거라고 전해달래요."

그 말에 혜윤은 입을 다물었다. 퇴직금치고는 많았지만 부당 해고를 눈감는 대가를 포함한 돈치고는 적다고 생각했다. 캐피탈에 남은 빚을 갚으면 동날 금액이었다. 혜윤은 그것의 두 배가 넘는 돈을 신발 가게 사장에게 빚지고 있었다. 원장이 빚이 얼마냐고 물어보면 그것까지 포함해서 말할 작정이었는데……. 내 빚이 겨우 이 정도일 거라고 생각한 걸까. 이 이상은 줄 수 없다는 선 긋기인가. 혜윤은 아쉬워하면서도 봉투를 천 가방 깊숙이 찔러 넣었다.

"요즘엔 망원경 안 들고 다니세요?"

혜윤은 봉투에 든 돈만큼 비싼 가방을 옆에 둔 사람이, 돈 걱정 같은 건 해본 적 없었을 것 같은 여자가 자신의 표정을 주시하고 있단 걸 느끼고 인사치레로 물었다.

그러자 망원경님이 활짝 웃었다.

"혜윤 씨, 기억하는구나."

밀가루 반죽처럼 하얀 얼굴에 박혀 있던 까만 눈썹꼬리

가 아래로 살짝 내려갔다.

"그걸 기억 못 할 순 없죠. 제가 그때 제정신이 아니긴 했지만."

"그래, 망원경을 들고 다니는 건 좀 이상하지." 망원경 님이 쑥스럽다는 듯 웃으며 머그잔 손잡이를 만졌다. 그리고 조심스럽게 말했다. "내가 망원경에 집착하는 병 같은 게 있었는데 병원에 다니면서 많이 좋아졌어요."

혜윤은 그렇게 말하는 망원경님의 눈동자가 흔들리는 걸 보았다. 초점을 잃지 않으려는 노력과 초점 맞추기를 포기하고 싶은 욕망이 모두 담긴 눈이었다. 완전히 나은 게 아니네. 여전히 약점이야. 혜윤의 마음속에, 그 눈이 초점 맞추기를 포기하고 다시 망원경을 들게 하고 싶은 심술이 일었다. 어떤 식으로든 원장을 괴롭히고 싶었다. 이번이 아니면 기회가 없을 듯했다.

"제가 왜 그만뒀는지 아세요?"

혜윤이 공격적으로 묻자 망원경님이 방어적으로 답했다.

"찬영 씨가 실수했다고 들었어요."

"실수라고요? 원장님이 뭐라고 하셨어요? 사모님도 그게 실수라고 생각하세요?"

혜윤이 질문을 퍼붓자 망원경님의 눈동자가 요동쳤다.

그래서 혜윤은 망원경님이 그날 있었던 일을 대강 듣긴 했지만, 자세한 내막은 모르는 게 확실하다고 생각했다. 하긴 그런 일을 아내에게 솔직하게 다 말할 사람은 없지.

"원장님이 저한테 그러시면 안 되는 거였어요."

"우리 남편이 혜윤 씨한테 뭘 어쨌는데요?"

망원경님이 조마조마한 표정으로 물었다.

"제가 지난주 일요일에 병원에 갔었거든요. 탈의실에 지갑을 두고 와서요. 그런데 병원에 들어갔더니 원장님이 로비에서 옷을 다 벗고 자위를 하고 계신 거예요. 제가 놀라서 소리치니까 저를 보면서 계속하셨어요. 그래서 뛰쳐 나왔죠. 다음 날 출근하니까 그만두라고 하시더라고요."

혜윤은 거짓을 말했다. 원래 계획은 퇴직금을 챙긴 뒤 그날 있었던 일을 망원경님에게 사실대로 말하는 것이었다. 비밀을 지키지 않고 발설해 원장에게 창피를 주는 것이었다. 돈 몇 푼에 군소리 없이 해고를 받아들이는 호락호락한 인간이 아니란 걸 증명하고 싶었다. 하지만 말을 하다 보니 그걸로는 분이 풀리지 않을 것 같아 자기도 모르게 거짓을 지어냈다. 충격을 받았는지 망원경님이 혜윤을 쳐다보다가 고개를 떨궜다. 한참 동안 아무 말도 하지 않고 그렇게 가만히 있었다. 거기까진 혜윤이 예상하고 기대한 대로였다. 그 이후는 모든 게 혜윤의 예상과 다르게 흘렀다.

"정말이에요?"

망원경님이 고개를 들며 물었다. 평온이 조금도 망가지지 않은 얼굴이었다. 또한 남편이 아니라 혜윤을 의심하는 눈빛이었다. 아니, 의심한다기보다는 혜윤이 자기에게 왜 이런 거짓말을 하는지 몰라서 의아해하는 눈빛이었다.

"정말이죠." 당황한 혜윤이 목에 힘을 주었다. "지금 제 말을 의심하시는 거예요? 원장님이 뭐라고 하셨는지 모르겠지만 가서 여쭤보세요. 그런 게 아니면 저한테 왜 돈을 주시겠어요?"

혜윤의 얼굴이 벌겋게 달아올랐다. 망원경님은 벌게진 혜윤의 얼굴을 측은하게 보다가 하얀 머그잔으로 눈길을 돌렸다. 차라리 그게 더 볼 만하다는 듯이.

망원경님이 자신의 거짓말을 믿어주지 않자 혜윤은 괜히 서러워졌다. 그래서 따졌다.

"그러게 왜 미확인 홀 위치를 안 알려주셨어요? 한 달 넘게 일하면 알려준다고 하셨잖아요."

망원경님은 아무 말도 하지 않았다. 머그잔을 입에 갖다 댔다가 잔이 빈 걸 알고는 창밖으로 고개를 돌렸다. 회사원으로 보이는 남자 두 명이 카페 맞은편에 있는 메밀국

숫집 앞에서 담배를 피우고 있었다. 사원증을 건 여자 두 명이 간이 의자에 다리를 꼬고 앉아 커피를 마시고 있었다. 까만 오토바이 한 대가 빌딩 앞에 멈춰 서더니 헬멧 쓴 여자가 배달통에서 봉지 하나를 꺼내 안으로 들어갔다.

혜윤이 바랐던 대로 망원경님의 얼굴에서 평온이 점점 사라지고 있었다. 쉰? 쉰다섯? 혜윤은 망원경님의 팔자 주름과 윤기 없는 피부를 보며 나이를 짐작했다. 그러다가 덜컥 겁이 났다. 나보다 두 배는 더 산 사람에게 내가 무슨 말을 한 걸까. 거짓말이란 게 뻔히 보였을 거야. 어렸을 때 엄마가 내 눈빛만 보고도 거짓말인 걸 알아차렸던 것처럼. 그런데 왜 아무 말도 안 하는 거지? 퇴직금을 돌려 달라고 하면 어떡하지? 지금이라도 사실대로 말할까. 잘린 게 억울해서 거짓말한 거라고. 그럼 이해해주지 않을까? 혜윤은 마주 앉은 중년 여성의 눈치를 살피며 다리를 떨었다.

아장아장 걷는 아이가 엄마 손을 잡고 메밀국숫집 앞을 지나갔다. 망원경님이 고개를 돌려 혜윤을 봤다. 카메라 렌즈가 초점 맞추듯 서서히 눈에 힘이 들어갔다. 그러곤 깊게 가라앉은 목소리로 입을 열었다.

"혜윤 씨가 그렇다면 그런 거겠죠. 믿어요, 혜윤 씨 말."

믿지 못하겠다는 말보다 믿는다는 말이 더 무서울 수

있던 걸 혜윤은 그때 처음 알았다.

"어떻게 된 일인지 남편과 이야기해보고 다시 연락드릴게요."

애써 참는 목소리, 아스팔트에 얼굴이라도 갈린 듯 쓰라린 표정.

"아니요. 전 괜찮아요." 혜윤이 다급하게 손으로 천 가방을 두드렸다. "전 이거면 됐어요. 이걸로 충분해요."

"괜찮겠어요?"

"뭐가요?"

"뭐든."

혜윤은 진저리를 쳤다. 거짓말인 줄 다 알면서 걱정하는 척, 배려하는 척, 생각해주는 척, 가식, 가식, 가식! 혜윤은 참지 못하고 소리를 질렀다.

"괜찮다고 했잖아요! 가식 좀 떨지 마세요."

그러자 망원경님의 얼굴이 바닥에 떨어져 모서리가 부서진 카메라처럼 일그러졌다. 그리고 빠르게 뭔가를 잃기 시작했다. 자신에게서 떨어져 나간 뭔가가 공중에 흩날리고 있기라도 한 듯 아련한 눈빛으로 한참 동안 천장을 봤다.

초점을 잃으셨나?

혜윤은 덜컥 겁이 났다. 망원경님이 잃고 있는 게 뭔지는 몰라도 그 상실을 불러온 사람이 누군지는 확실히 알았다. 나야, 나 때문이야.

혜윤은 자리에서 일어나 도망치듯 카페를 빠져나왔다. 망원경님은 남겨두고, 천 가방은 챙기고.

6월의 햇살이 혜윤의 머리와 어깨, 등과 엉덩이, 팔과 다리에 떨어졌다. 혜윤은 죄인처럼 고개를 숙이고 집으로 걸어갔다. 원룸에 도착하니 식은땀으로 온몸이 흠뻑 젖어 있었다. 혜윤은 목이 늘어난 티셔츠와 유행 지난 청바지를 벗었다. 브래지어와 팬티도 벗었다. 욕실로 들어가다가 거울을 봤다. 주로 셀카를 찍던 전신 거울이었다. 거울 속엔 빚이나 두려움 때문이 아니라 상대의 평온을 망치겠다는 악의로 거짓을 말한 젊은 여자가 알몸으로 서 있었다. 소름 끼쳐. 혜윤의 모든 살갗에 도톨도톨 소름이 돋았다. 혜윤은 욕실로 서둘러 들어갔다. 수전을 열었다. 어서 변명을 시작하라는 명령처럼 샤워기에서 따뜻한 물이 쏟아졌다. 혜윤은 물줄기에 몸을 집어넣고 또박또박, 하지만 필사적으로 말했다.

"처음부터 그럴 생각은 아니었어. 말이 헛나온 거야. 나는 그렇게까지 나쁜 사람이 아니야."

따뜻한 물과 변명이 조금씩 소름을 깎아냈다.

시간이 아주 많이 흐른 뒤 혜윤은 자신이 그날 망원경 님에게 했던 말과 행동을 부끄러워했다. 욕실에서 했던 변명까지 부끄러워하진 않았다. 그랬다면 자신을 향한 믿음이 회복할 수 없을 정도로 무너져 내렸으리라는 걸 혜윤은 알고 있었다.

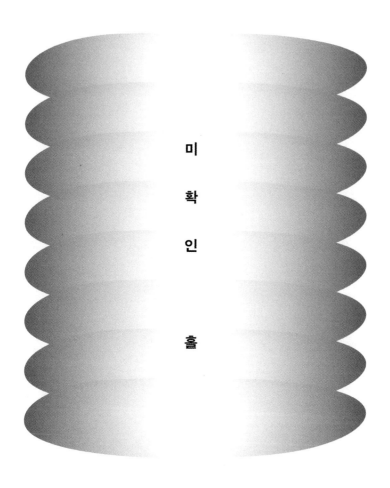

미

확

인

홀

은정은 눈 뜨자마자 창문을 열고 날씨를 확인했다. 구름 한 점 없이 맑았다. 어젯밤 갑자기 내린 비로 고생한 캠핑장 손님들에게 보상이 될 만한 날씨였다. 다행이야. 은정은 도톰한 이불을 세 번 접어 장롱에 넣고 벽에 걸린 거울을 보며 눈곱을 뗀 뒤 얇은 패딩 점퍼를 손에 들고 거실로 나갔다. 엄마가 구부정한 자세로 식탁에 앉아 호박잎을 다듬고 있었다.

"한 바퀴 돌고 올게."

화장실에서 나온 은정이 패딩에 팔을 집어넣으며 말했다. 은정의 엄마는 듣지 못했는지 대꾸하지 않고 호박잎만 포갰다.

"나갔다 올게."

은정이 엄마에게 다가가 등을 살짝 건드리며 큰 소리로 말하자 그제야 은정의 엄마가 고개를 들었다. "이거 점심에 삶아 묵자." 손은 계속 호박잎을 포개고 있었다.

"좋지. 쌈은 아침보다는 점심이지."

은정은 엄마의 제안에 흔쾌히 응했다.

에취. 대문을 나서자마자 재채기가 나왔다. 일교차가 큰 10월 초였다. 은정은 주머니에서 울긋불긋한 단풍이 그려진 손수건을 꺼냈다. 나이가 들면 비염이 낫지 않을까 했는데 오십을 넘으니 코가 더 민감해졌다. 기온이 조금만 내려가도 재채기가 나왔고 콧속이 쉽게 축축해졌다. 은정은 손님이 두고 간 손수건으로 콧물을 훔치며 천천히 동네를 걸었다. 공공건물이라곤 없는 작은 시골 마을이었다. 면사무소나 우체국에 가려면 걸어서 한 시간 거리에 있는 옆 동네로 가야 했다. 상점도 슈퍼마켓이 유일했다. 생필품을 파는 작은 슈퍼였는데 동네를 둘러싼 산이 영남 알프스라는 별칭을 얻으면서 주말마다 등산객이 찾아오는 덕에 겨우 유지되고 있었다.

은정은 여기서 태어나 열여섯 살까지 살다가 버스로 한 시간 반 거리에 있는 시내 고등학교에 입학하면서 은수리를 떠났다. 혼자 자취하며 학교에 다녔고 고등학교를 졸업한 후에는 부산으로 갔다. 거기서 좀 더 공부하고 일하고 결혼했다. 이혼한 후에도 계속 부산에서 살았다. 두 해 전 아버지가 돌아가신 후 혼자 살던 엄마가 당뇨 합병증으로 거동이 불편해지는 바람에 고향으로 돌아와 작은 규모의 캠핑 민박을 하면서 지내고 있다.

30년 가까이 떠나 있다가 다시 살게 된 은수리는 은정의 기억과 아주 달랐다. 훨씬 작고, 훨씬 조용했으며, 훨씬 살 만했다. 어딜 보든 초록이 있었고 차 소리보다는 새소리, 개 짖는 소리가 많이 들렸다. 그리고 평평했다. 도로는 물론 집, 논, 밭 모두 평평한 땅 위에 있었다. 산 중턱에 세워진 아파트에서 차 소음에 시달리며 살았던 은정은 강보다는 높고 산보다는 낮은 위치에서 새소리를 들으며 사는 은수리 생활에 만족했다. 캠핑하러 온 손님들과 모닥불 피워놓고 책임지지 않아도 될 시시껄렁한 이야기 나누는 시간을 좋아했고, 동창인 원해와 한 달에 한 번씩 시내에 나가 영화 보는 것도 좋아했다. 엄마와 투덕거리며 싸우다가도 나물이 맛있다, 오이가 시원하다며 함께 먹어 재끼는 시간도 좋아했다. 가장 좋아하는 건 잠이 덜 깬 상태로 하는 이른 아침 산책이었다.

눈 뜨자마자 밖으로 나와 지금, 여기와 초점을 맞추는 시간. 조금이라도 매일 반드시 변하는 자연을 보고 있으면 꾸준하게 진행되는 자신의 변화, 뚜렷해지는 목주름, 세어 가는 머리카락, 떨어지는 소화력 같은 노화도 받아들일 만한 것으로 여겨졌다. 아침마다 잊지 않고 실체를 드러내주는 산과 강, 논과 밭, 하늘과 구름을 보고 있으면 거대한 존재들의 비호를 받으며 살고 있다는 생각에 마음이 든든했다. 그리고 마찬가지로 그들에게 둘러싸여 살아가는 사과나무, 감나무, 감자, 고구마, 깻잎, 잡초, 벌레, 개미, 돌 같은 것들 사이에 아무런 위계 없이 자신을 끼워 넣고 스스로를 여러 생명 중 하나로 취급할 수 있게 되었다.

내가 잡초와 다르지 않다는 감각! 내가 깻잎과 같다는 감각! 미간에서 힘이 빠지면서 턱에 고여 있던 힘과 어깨와 등에 쌓여 있던 힘이 부드럽게 아래로 쏟아지는 그 느낌!

은정은 커다란 구멍이라도 난 것처럼 가슴이 텅 비면서, 나 역시 자연에 기대어 사는 작은 생명체에 불과하단 걸 인정하게 만드는 그 느낌을 사랑했다. 그 느낌을 맛보지 않고 하루를 시작하면 꼭 문제가 생겼다. 엄마의 넋두리를 참을 수 없게 된다든지, 외로운 기분이 든다든지, 똑같이 반복되는 일상이 지겹게 느껴진다든지 하는 문제들. 남들에겐 별것 아닐 수 있으나 은정에겐 즉각 두통을 불러오는 아주 심각한 문제들. 그래서 은정은 엄마가 당뇨약 먹듯 아침마다 산책을 챙겨서 했다.

물이 많이 불었네. 은정은 밤새 내린 비로 수위가 올라간 강을 보며 둑길을 걸었다. 젖은 흙이 운동화 바닥에 잔뜩 들러붙었다. 힘껏 숨을 들이마시니 막혔던 코가 뚫리면서 싱그러운 나무 냄새와 큼큼한 흙냄새, 달콤한 사과 향이 입안을 채웠다. 비 온 다음 날 아침 공기를 음미하며 천천히 걷던 은정은 부지런하기로 소문난 이 씨가 사과 밭에서 가지치기하는 걸 보고 걸음을 서둘렀다. 눈에 띄면 아침부터 어디 가냐는 질문을 받을 게 뻔한데 산책한다고 답하기가 민망해서였다.

은수리에 사는 사람 중 일부러 걷는 사람은 은정뿐이었다. 논과 밭으로 일하러 가거나 다른 집에 가려고 어쩔 수 없이 걷는 사람은 있어도 은정처럼 주변을 구경하며 일부러 걷는 사람은 없었다. 은정도 어렸을 땐 산책하지 않았다. 엄마 심부름으로 걸을 일이 생기면 버스가 뜸한 촌구석의 교통을 원망하며 어쩔 수 없이 걸었다. 드라마에 산책하는 장면이 나오면 아니꼽게 생각했다. 일부러 걷다니, 팔자도 좋다. 등산하는 사람을 볼 때도 마찬가지였다. 일부러 산에 오르다니, 참나. 하지만 부산에 살며 모든 이동을 바퀴 달린 것에 의존하게 되자 은정도 별수 없이 걷게 되었다. 그러니까 산책은 도시의 습관이었다. 은정은 농촌으로 돌아온 후에도 그 습관을 버리지 못하고 일부러 걸었다. 부산에서처럼 당당하게는 아니었다. 90도 가까이 허리를 꺾고 밭으로 걸어가는 할머니나 지팡이 대신 삽을 짚고 논으로 걸어가는 할아버지와 마주치면 도시에서 가져온 자신의 습관이 사치스럽게 느껴져 눈치 보며 몰래 걸었다. 그들에겐 절실할 힘과 시간을 길바닥에 버리고 있다는 죄책감이 들었다. 그렇다고 산책을 그만두지는 못했다. 그러기엔 산책이 주는 만족이 너무 컸다. 대신 생산력 없는 산책에 약간의 과업을 부과하기로 했다. 자식과 배우자를 떠나보내고 혼자 사는 노인들의 생사를 살피는 것이었다. 지난봄 외딴곳에 혼자 살던 노인이 죽은 지 일주일이 지난 후에야 발견되었다는 소식을 듣고 생각해냈다. 동네를 돌아다니는 김에 혼자 사는 노인들 집에 한 번씩 들르면 되니 어려운 일은 아니었다. 또 독거노인의 형편을 살피는 건 사회복지사로 일할 때 자주 한 일이어서 익숙하기도 했다. 그렇지만 그때처럼 노인들의 건강을 살피거나 끼니를 챙기진 않았다. 안부를 물을 겸 잠깐 방에 들어갔다가 몇 시간 동안 자식 자랑,

동네 대소사, 날씨 걱정, 결혼하고 애 낳던 시절 이야기를 듣고, 안 아픈 데가 없다는 말과 내가 얼른 죽어야지라는 말까지 다 들은 후에야 겨우 빠져나온 적이 몇 번 있었기 때문이다. 그 뒤로는 시간이 걸리더라도 마당이나 대문 앞에 서서 기척만 확인했다. 그런 식으로 아침마다 들르는 집이 강 건너 저수지 아래에 두 집, 도로 넘어 버스 정류장 쪽한 집, 폐교 근처 세 집과 슈퍼까지 총 일곱 집이었다. 다리를 중심으로 8자를 그리며 빙 돌면 한 시간쯤 걸리는 코스였다.

은정은 이날도 다리를 건너며 과업 수행을 겸한 산책을 시작했다. 민박 손님들에게 시래기 해장국을 끓여주겠다고 약속한 터라 평소보다 조금 빠르게 걸었다. 처음 들른 집은 저수지 바로 아래 있는 빨간 지붕 집이었다. 결혼해서 은수리로 온 첫해 마을 공동 제사에 두 번 빠진 것 때문에 60년이 지난 지금까지도 얍실이로 불리고 있는 할매가 사는 집이었다. 대문을 열고 마당으로 들어가니 복돌이가 꼬리를 흔들며 달려왔다. 은정은 복돌이의 등허리를 쓰다듬으며 집 안에 귀를 기울였다. 부엌에서 물소리와 냄비 부딪치는 소리가 미세하게 났다. 벌써 아침 드셨나 보네. 은정은 복돌이를 몇 번 더 쓰다듬어주고 조용히 마당을 빠져나왔다. 그리고 바로 옆에 있는 파란 지붕 집으로 갔다. 아버지의 먼 친척이라 은정이 아재라고 부르는 최 씨 집이었다. 아내가 죽고 4년 동안 혼자 살던 최 씨는 올봄 무릎 수술을 받을 겸 서울에 있는 아들 집으로 갔었다. 이제 죽을 때까지 아들 집에서 살게 될 거라며 짐을 다 챙겨서 다시는 못 볼 것처럼 인사하고 떠났었는데 한 달도 안 되어서 은수리로 돌아왔다. 최 씨가 말을 아꼈기 때문에 누구도 최 씨가 돌아온 이유를 알지 못했다. 녹슨 철제 대문을 넘어서자 뉴스 소리가 들렸다. 최 씨는 아침에 눈 뜨면 TV부터 틀었는데 볼륨이 워낙 커서 밖에서도 잘 들렸다. 아재도 살아계시고. 은정은 최 씨 신발이 놓인 위치를 눈여겨본 후 발길을 돌렸다.

10월이 되면서 산색이 눈에 띄게 탁해졌다. 노랗게 빨갛게 물든 단풍도 군데군데 보이기 시작했다. 산이 완연하게 물들고 등산객이 한바탕 동네를 휩쓸고 지나가면 금방 겨울이 온다. 은정은 어릴 때부터 이 시기, 단풍이 지기 시작할 무렵부터 겨울이 오기 직전까지의 은수리를 가장 좋아했다. 먹을 게 많아서였다. 며칠 전과는 또 달라진 논밭의 작물을 구경하며, 곧 트럭에 실릴 고구마의 안녕을 기원하며 은정은 점순 할매 집으로 향했다. 도로를 건너자 마당에 앉아 콩 고르는 점순 할매의 모습이 보였다. 은정은 발길을 돌리며 중얼거렸다.

"점순 할매도 안녕하시고."

일곱 노인의 생을 확인하고 돌아오니 강둑 입구에 서울 번호판을 단 하얀 승용차 한 대가 세워져 있었다. 얼마 전 외지인이 그곳에 주차하고 산에 가버리는 바람에 경운기가 논으로 들어가지 못해 난리가 났었는데……. 은정은 또 그런 일이 생길까 봐 걱정되었지만, 시래깃국을 끓이는 게 급해 그냥 지나쳐 왔다.

민박 손님에게 끓여주고 남은 시래깃국과 잡곡밥, 김치, 달걀부침이 은정과 엄마의 아침이었다. 쌀쌀한 날씨와 뜨끈한 시래기 국물의 조합이 일품이었다.

"국물 좋제?"

은정이 시래깃국을 한술 뜬 후 엄마에게 말했다.

"니는 좋을 것도 많다."

은정의 엄마가 퉁명하게 대꾸했다. 괴팍한 노인네. 은정은 입술을 삐죽거렸다. 그리고 국물을 한술 더 뜨며 자기가 끓인 국 맛에 실컷 감탄한 후에 김이 모락모락 나는 잡곡밥을 입에 넣었다. 그때 은정의 엄마가 다듬어진 호박잎이 쌓여 있는 소쿠리를 젓가락으로 툭툭 쳤다. 은정이 좋아한다는 걸 알고 원해가 오일장에서 사다 준 호박잎이었다.

"니는 원해랑 우짤끼고."

"엄마도 호박잎 좋아하잖아."

은정이 딴청을 피웠다.

"오십 넘어가 남사시럽구로 연애는 무슨 연애고."

"왜? 오십 넘으면 연애도 못 하나?" 은정이 짓궂은 표정을 지으며 엄마의 면박에 맞섰다. "마누라 죽고 혼자 사는 남자랑 이혼한 여자가 만나는 게 뭐가 남사시럽노? 세상 좋은 일이구만. 원해가 아버지처럼 바람피우는 것도 아니고."

동네 아줌마와 야반도주했다가 3년 만에 돌아와 죽을 때까지 엄마에게 구박받았던 아버지를 흉보는 건 은정이 엄마와 주고받는 레퍼토리 중 하나였다. 은정이 누군가의 흠을 아버지의 흠과 슬쩍 비교하면, 엄마가 "그래, 너거 아버지에 비하면 그런 건 흠도 아이다"라는 말로 시작해 죽은 남편을 흉보다가, "그래도 사람은 참 순했는데"라고 하면서 죽은 남편의 유일한 장점을 언급하면 끝나는 레퍼토리. 하지만 오늘 엄마는 뻔한 가족 통속극에 참여할 기분이 아닌지 은정이 아버지 이야기를 꺼내자마자 시래깃국이 담긴 숟가락을 집어 던졌다. 그리고 벌떡 일어나 아픈 발을 끌며 방으로 들어갔다.

"아이고, 성질은 안 늙네, 안 늙어."

은정은 구시렁거리며 행주를 빨아 식탁과 싱크대에 튄 국물을 닦았다.

아침을 먹고 설거지한 후 슈퍼에 들러 휴지를 사 오는 데 아까 봤던 차가 강둑에 그대로 있었다. 은정은 두루마리 휴지를 앞뒤로 흔들며 강둑으로 걸어갔다. 운전석을 두드리자 창문이 열렸고 한 여자가 얼굴을 내비쳤다. 은정은 그 여자의 나이가 자기와 같단 걸 단번에 알아차렸다.

"희영아."

은정이 깜짝 놀란 목소리로 운전석에 앉은 여자의 이름을 불렀다.

"은정아."

운전석에 앉은 여자도 깜짝 놀라며 은정을 불렀다.

희영은 베이지색 긴 치마를 잡으며 차에서 내렸다. 은정은 남색 점퍼에 까만 등산 바지를 입고 서 있었다. 35년 만이었다. 필희가 실종되었을 때 만났던 게 마지막이었다. 두 사람은 지나간 시간을 짚으며 잠깐 침묵했다.

은정이 먼저 말을 꺼냈다.

"오랜만이다. 무슨 일로 내려왔노?"

희영은 대답하지 않고 초승달처럼 가는 눈썹을 움찔거렸다. 곤란할 때 나오는 희영의 버릇이었다.

"니 아직도 당황하면 눈썹 실룩거리나?"

"아니, 그게 아니라."

희영이 손으로 눈썹을 가리며 얼버무렸다.

"니 왜 당황하는데? 내가 니한테 뭐라 캤나?"

은정은 크게 웃음을 터뜨렸다. 수십 년이 지났는데도 여전히 실룩거리는 희영의 눈썹을 보자 긴장이 풀리면서 반가움이 몰려왔다. 코끝이 찡해졌다. 무슨 일이 있었건 간에 어릴 적 친구는 반갑구나. 원해와 사귀게 된 것도 반가워서였나.

"내 원해랑 사귄데이."

은정이 뜬금없이 말했다. 그러자 희영이 눈썹을 가리던 손을 내리며 눈을 동그랗게 떴다.

"화장실 청소 당번 박원해?"

"어, 그 지각쟁이 박원해."

은정이 싱긋 웃었다.

"니 미쳤나?"

희영의 입에서 걸쭉한 사투리가 튀어나왔다. 은정이 사투리 억양을 일부러 더 세게 하며 맞장구쳤다.

"그래, 내 미쳤다."

둘은 그제야 눈을 맞추고 웃었다. 매일 팔짱을 끼고 다녔던 그때처럼.

*

은정과 희영은 걷기 시작했을 때부터 단짝이었다. 동네에 나이가 같은 여자아이가 둘뿐이어서 선택의 여지 없이 그렇게 되었다. 초등학교 5학년 때 필희가 전학 온 뒤로는 셋이 단짝이 되었다. 항상 붙어 다녀 동네에서는 삼인조로 불렸다. 희영과 은정, 은정과 필희, 드물게는 희영과 필희가 편을 먹고 나머지 한 사람을 따돌리기도 했지만 오래가진 않았다. 하루만 지나면 아무 일도 없었다는 듯 다시 합체했다. 삼인조가 해체된 건 필희의 엄마와 은정의 아빠가 동시에 사라진 뒤부터였다.

어른들 일이니까 우리는 아무 상관없다. 우정까지 잃고 싶지는 않아 은정과 필희가 담담한 척하며 애쓰고 있을 때, 은정의 엄마가 은수리에 놀러 온 필희의 머리채를 잡았다.

"이 쌍년아, 너거 엄마 어디 갔노? 니는 알제. 알면서 입 꾹 다물고 있제. 어딨는지 당장 안 부나? 이 더러운 년아."

엄마가 친구에게 퍼붓는 욕을 듣고, 고개를 숙인 채 눈물을 뚝뚝 흘리는 친구를 본 은정이 자진해서 삼인조에서 떨어졌다. 중3 여름이었다. 은정은 그 후로 필희는 물론 희영과도 연락을 끊고 지냈다. 그러다가 고3 여름방학이 끝나갈 무렵 엄마에게 필희 소식을 들었다.

"필희 고것도 사라졌다."

은정이 전화를 받자마자 은정의 엄마가 말했다.

"필희가 어디로?"

"몰라. 저거 엄마 찾아갔나 보지. 실종은 무슨 실종. 놀고들 있네."

은정의 엄마는 필희가 자기 엄마를 찾아간 게 분명하다고 했다. 은정이 그럴 리 없다고, 필희가 동생인 필성이를 두고 혼자만 갔을 리 없다고 하자 은정의 엄마가 악다구니 쓰며 소리 질렀다.

"니는 누구 편이고? 지금 누구 편 들고 있노? 자식 버리고 남자랑 도망간 년의 피가 어디 가나?"

은정은 엄마가 전화를 끊어버리자 은수리에 사는 동창에게 전화해 자초지종을 물었다. 동창은 필희가 실종된 게 맞다고 했다. 할머니 집에 간다고 하고는 감쪽같이 사라졌다고, 경찰이 동네를 샅샅이 뒤졌는데 어떤 흔적도 발견하지 못했다고 했다.

정말 아줌마한테 간 걸까? 상황을 다 듣고 나자 은정은 엄마의 추측에도 일리가 있다는 생각이 들었다. 그게 아니면 필희가 사라질 이유가 뭐가 있어? 그럼 필희는 지금 우리 아빠랑 대구에? 말도 안 돼. 갑자기 현기증이 몰려왔다.

자취를 시작한 뒤로 은정은 가끔 아빠 전화를 받았다. 삼촌이 번호를 알려줬다고 했다.

"미안하다. 아빠가 미안해. 아빠가 정말 미안해."

은정의 아빠는 술에 취했을 때만 전화했고 뭉개진 발음으로만 사과했다. 사과가 끝나면 당첨이 확실한 로또 번호를 알려주기라도 하는 것처럼 신중하고 은밀한 목소리로 보람 슈퍼의 주소를 불렀다. "은정아, 받아 적었나? 제대로 적었나? 한번 불러봐라." 너무 많이 들어서 이미 외워버린 주소를 은정이 읊으면 은정의 아빠는 다정한 목소리로 이렇게 말했다. "아빠한테 놀러 온나. 아빠가 우리 은정이 좋아하는 생크림 케이크 사 줄게." 대구에 있는 대학에 와서 아줌마랑 셋이 같이 살자는 말도 빼먹지 않았다. 아줌마는 엄마랑 다르다고, 다 이해해줄 거라는 말도.

은정은 아빠의 그런 말에 일일이 대꾸하지 않았다. 맨정신일 때 전화하라고 짜증 냈다. 그러면서도 전화를 끊진 않았다. 아빠의 주정을 끝까지 들어주었다.

은정의 아빠는 섬세한 사람이었다. 사람과 어울리는 것보다는 사과나무와 어울리는 걸 좋아했고, 말하기보다는 침묵하기 좋아했다. 딸의 기분을 누구보다 빨리 알아차리는 사람이기도 했다. 그러니 자기 마음에도 예민했겠지.

아빠가 바람나서 도망갔다는 이야기를 들었을 때 은정의 머릿속엔 결국이라는 말이 떠올랐다. 필희가 사라진 지금은 어떻게라는 말이 떠올랐다.

어떻게, 어떻게 그럴 수 있어?

그동안 은정은 필희를 원망하지 않았다. 아빠를 원망했고, 필희 엄마를 원망했고, 아빠의 섬세함을 무시했던 엄마도 조금 원망했지만, 필희를 원망진 않았다. 필희는 자신과 마찬가지로 그 일에 책임 없는 사람이었다. 엄마가 필희의 머리채를 잡은 뒤로 필희를 어떻게 대해야 할지 몰라 피하긴 했지만, 자기와 똑같이 뿌리가 흔들리는 충격과 결코 회복되지 않을 상처를 받았을 필희에게 은정은 깊은 동질감을 느꼈다. 그런데 저 혼자 우리 아빠한테 가다니!

필희와 아빠가 같은 밥상에 마주 앉아 있는 모습을 상상하자 은정은 아빠를 빼앗긴 여섯 살 아이처럼 도서히 잠을 수 없는 기분이 되었다. 아빠가 필희에게 얼마나 잘해주겠어? 미안하니까 잘해주겠지. 나한테 한 것보다 더 잘해주겠지. 활활 타는 돌덩이가 가슴에 얹힌 것 같았다. 미친 사람처럼 욕을 내뱉던 엄마의 심정을 이제 조금 알 것 같았다. 그러니까 은정은 아빠가 떠난 지 3년 만에 제대로 화가 난 것이다.

은정은 아빠에게 전화했다. 053으로 시작하는 번호였다.

"여보세요?"

여자 목소리가 전화를 받았다. 은정은 가만히 있었다.

"여보세요?"

다시 한번 여자 목소리가 들렸고, 누군데 그래, 당신이 받아봐, 하는 대화가 이어지더니 익숙한 남자 목소리가 들렸다.

"여보세요?"

"아빠 내다."

은정은 머뭇거리지 않았다.

"은정이가? 한밤중에 무슨 일이고?"

은정의 아빠가 깜짝 놀란 목소리로 말했다. 발음이 뭉개지지 않은 아빠 목소리는 오랜만이었다. 술 취했을 때와는 달리 너무도 명료한 목소리.

"아빠 지금 누구랑 있노?"

은정이 설움을 삼키며 물었다.

"누구랑 있긴…… 와, 집에 무슨 일 있나?"

은정의 아빠가 당황하며 말했다.

무슨 일 있냐니, 그거야말로 무슨 말이냐고 은정은 되묻고 싶었다. 아빠가 우리를 버리고 떠나면서 생긴 난리가 아직 한창인데, 난리를 벌인 당사자가 어떻게 그런 질문을 할 수 있냐고 따지고 싶었다. 엄마가 못 참아 했던 아빠의 성격, 고집스럽게 순진한 이기심이 무엇인지, 그게 얼마나 사람을 빡돌게 만드는지 이제야 확실히 알 것 같았다. 은정이 화를 삼키고 다시 한번 물었다.

"지금 누구랑 있냐고."

"아줌마랑 있지."

은정의 아빠가 머쓱하게 말했다.

"둘만 있나?"

은정은 필희 이름을 언급하지 않고 궁금한 것을 물었다. 은정의 아빠는 어떤 대답도 하지 않았다.

"누구랑 있길래 말을 못 하는데? 누구랑 있냐니까."

은정은 발악하듯 소리를 질렀다. 은정의 아빠는 침묵의 손을 잡고 가만히 있었다.

은정은 전화를 끊었다. 아빠의 침묵이 소름 끼쳤다. 섬

뜩했다. 끔찍했다. 붉게 달궈진 돌덩이가 반으로 갈라지며 품고 있던 구더기를 토했다. 뜨거운 구더기가 가슴 안에서 우글우글. 은정은 얼굴을 이불에 묻고 엄마가 자주 하던 말을 내뱉었다.

"끔찍해. 끔찍해. 사는 게 끔찍해."

다음 날 아침 은정이 식은 돌덩이와 여전히 우글거리는 구더기를 가슴에 품고 있을 때 희영이 찾아왔다. 은정의 자취방에 들어온 희영은 정신 나간 듯한 얼굴로 필희가 사라진 게 자기 때문이라고 했다.

"그게 왜 니 때문인데?"

희영은 며칠 전에 필희와 저수지에 갔다가 블랙홀을 발견했다고 말했다. 필희가 거기로 들어간 게 틀림없다고.

"그게 무슨 말이고?"

은정이 머리를 긁적이며 물었다.

"아니 오렌지가……."

"울지 말고 제대로 말해봐라."

은정이 울먹이는 희영의 팔을 흔들었다. 희영이 손등으로 눈물을 닦으며 말했다.

"오렌지가 며칠 전에 우리 집에 왔었거든. 아침에. 무슨 일이 있어서 온 것 같은데 말을 안 하는 거야. 그래서 좀 걱정돼서 학원 안 가고 같이 놀았어. 필희가 저수지에 가자 카데. 우리 비밀 얘기할 때 저수지에 자주 갔잖아. 그래서 알았다 카고 계곡 앞까지 따라 들어갔는데 거기 의자처럼 생긴 바위 있는 거 니도 아나?"

희영이 은정을 쳐다봤다. 은정은 그런 바위를 몰랐다. 저수지에 간 적은 있어도 계곡까지 들어간 적은 없었다. 그렇지만 일단 고개를 두 번 끄덕였다. 그러자 희영도 따라서 고개를 두 번 끄덕이더니 말을 이어갔다.

"오렌지랑 거기 앉아서 이야기하다가 내가 저수지에 돌을 던졌어. 그런데 돌 하나가 안 떨어지고 풍선처럼 공중으로 뜨는 거야. 그러더니 가루로 부서지면서 바위 뒤로 싹 빨려 들어갔어. 무슨 공포 영화처럼. 그래서 필희랑 내랑 동시에 소리치면서 뛰쳐나왔다. 무서워서."

은정은 희영이 헛소리한다고 생각했다. 그래도 말을 끊지는 않았다. 희영은 은정의 보라색 꽃무늬 이불을 손으로 꼭 쥐고 계속 말했다.

"그때 그대로 집에 갔어야 했는데 나오다 보니까 그게 뭔지 너무 궁금한 거야. 이상하잖아. 돌멩이가 공중에 뜨는 게. 저절로 부서지고. 필희는 무섭다고 그냥 내려가자 캤는데 나는 그게 뭔지 너무 궁금해서 발길이 안 떨어지더라고. 귀신은 아닌 것 같았어. 그래서 내가 필희를 끌고 다시 안으로 들어갔지. 똑같은 자리에 서서 바위 뒤로 돌을 여러 개 던졌어. 그런데 그 자리로 딱 돌이 떨어지지 않는 거야. 그래서 나무를 타고 기어가서 보니까 바위 뒤에 까만 구멍이 있데. 완전 시커먼 구멍."

희영은 그날 느꼈던 놀라움과 호기심과 두려움이 고스란히 담긴 눈으로 은정을 빤히 쳐다봤다. 그리고 울먹였다.

"오렌지가 거기 들어간 것 같다."

은정은 블랙홀이라는 단어를 들었을 때부터 입안에 맴돌던 말을 참지 못하고 내뱉었다.

"니 미쳤나? 말도 안 되는 소리 하지 마라."

"말도 안 되제? 근데 진짜다. 왜냐면 내가……."

희영이 잠시 머뭇거렸다.

"니가 왜? 오렌지가 들어가는 거 보기라도 했나?"

"내가 그걸 어떻게 보노?"

희영이 펄쩍 뛰었다.

"그러면 오렌지가 왜 거기 들어갔다고 그러는데? 제대로 말 좀 해봐라."

은정은 속으로 희영을 의심했다. 필희가 자기 엄마한테 간 걸 알고 있으면서 그 사실을 숨겨주려고 쇼를 하는 것일

수도 있다고 생각했다. 그게 아니라면 갑자기 왜 이런 헛소리를.

"내가 죽기에 딱 좋다 캤거든."

쇼를 하는 사람치고는 지나치게 참담한 목소리로 희영이 말했다.

"여기 들어가면 고통 없이 죽을 수 있을 것 같다 캤거든. 수능 망치면 저기로 들어갈 거니까 내가 갑자기 사라지면 그런 줄 알라캤다. 당연히 농담이었지. 그런데 오렌지가 구멍을 너무 눈여겨보는 거야. 금이라도 발견한 것처럼. 지금 생각해보니까 나는 신기하고 이상해서 그 구멍을 쳐다봤는데 오렌지는 그게 아니었던 것 같다. 돌멩이처럼 사라지고 싶었던 것 같다."

희영의 눈은 초점이 거의 흐려져 있었다. 하는 말은 상식을 완전히 벗어나 있었다. 은정은 뭐라고 대꾸해야 좋을지 몰라 잠깐 침묵했다.

"오렌지가 정말로 거기 들어갔으면 어떡해?"

"거기 안 들어갔다."

희영의 걱정에 은정이 단호하게 말했다.

"들어갔다. 니가 오렌지 눈을 못 봐서 그렇다. 내 때문에. 내가 괜히 다시 가보자 캐서."

희영이 자책하며 주먹으로 자기 머리를 때렸다.

"답답한 소리 좀 하지 마라. 니 때문 아이다."

은정이 희영의 손목을 잡아챘다. 손목이 잡힌 희영은
저수지에 올라가서 오렌지가 거기 있는지 확인해달라고 부
탁했다. 자기는 다리가 후들거려서 도저히 못 올라가겠다
고 했다.

"필희 아빠한테는 말했나?"

은정이 물었다.

"아니, 무서워서……. 진짜 거 들어간 거면 어떡하노."

은정은 갑자기 왜 자기를 찾아왔냐고 희영에게 묻지 않
았다. 3년 동안 연락 한 번 하지 않았지만 둘에겐 익숙한 패
턴이었다. 호기심 많은 희영이 사고를 치고, 호기심 못지않
게 겁도 많은 희영이 울음을 터뜨리면, 그런 희영을 달래고
상황을 수습하는 은정. 은정은 어쩔 줄 몰라 하며 다가오는
희영의 얼굴을 좋아했다. 정확히 말하면 풀어야 할 문제와
도와달라는 구조 신호가 복잡하게 얽혀 있는 사람의 구겨
진 얼굴을 매끈하게 만드는 데 보람을 느꼈다. 어릴 때부터
희영이 가지고 온 문제는 대부분 은정이 풀 수 있는 문제였
다. 이번에도 은정은 희영의 얼굴을 매끈하게 만들 방법을
알고 있었다. 저수지에 올라갈 필요가 없었다. 대구로 가서

필희를 찾아내면 금방 풀릴 문제였다.

"걱정하지 마라. 내가 필희 찾아올게."

은정은 희영을 집으로 보내고 역으로 갔다. 대구는 가까웠다. 기차로 한 시간이면 갔다. 대구역에 도착한 은정은 안내원에게 아빠가 사는 동네로 가는 버스가 몇 번인지 물어보았다. 버스에서 내려서는 지나는 사람들에게 슈퍼의 위치를 물었다. 그런데 사람들이 보람 슈퍼를 몰랐다. 카센터 직원도 몰랐고 국밥집 사장도 몰랐다. 주소는 이 동네가 맞는데 그런 슈퍼는 못 봤다고 했다. 골목 안으로 들어가 다른 슈퍼 주인에게 물어본 후에야 은정은 보람 슈퍼의 위치를 알아냈다.

"사거리 노래방 옆에 쪼매난 슈퍼 하나 있다. 거가 보람 슈퍼다."

은정은 다시 사거리 도롯가로 나갔다. 아까는 보이지 않던 슈퍼가 그제야 눈에 들어왔다. 이 길로 자주 다니는 사람도 모를 수 있을 만큼 아주 작은 슈퍼였다. 벽돌이 그대로 노출된 걸로 봐선 임시 건물인 듯했다. 지붕은 파란 천막으로 덮여 있었다. 아빠가 저기서 산다고? 삼천 평 사과 밭을 돌아다니던 아빠가 저렇게 좁은 곳에서 일한다고?

기차에서 은정이 세웠던 계획은 곧장 슈퍼로 쳐들어가

는 것이었다. 그런 후 아빠가 얼마나 놀라는지에 따라 다르게 행동할 작정이었다. 만약 아빠가 소스라치게 놀라면 아무렇지 않은 척하며 필희가 여기 있는지 확인하러 왔다는 말만 남기고 돌아설 생각이었고, 소스라칠 정도로 놀라지 않으면 동네가 발칵 뒤집혔는데 필희 너는 지금 여기서 뭐 하고 있냐고 하면서 필희를 끌고 나올 생각이었다. 그러려는 이유는 은정도 몰랐다. 그냥 그러고 싶었다. 그래야 구더기가 죽을 것 같았다.

하지만 슈퍼를 찾아낸 은정은 슈퍼의 초라한 외관에 놀라 선뜻 계획을 실행하지 못하고 도로 건너편 버스 정류장 벤치에 앉아 슈퍼를 응시했다. 한 사람이 슈퍼에 들어갔다가 나왔다. 또 다른 사람이 슈퍼에 들어갔다가 나왔다. 잠시 뒤 문이 열리면서 아는 얼굴이 나왔다. 밀양에 있을 때보다 살이 찌고 하얘진 아빠의 얼굴, 아장아장 걷는 아기 손을 잡느라 반쯤 구부러진 아빠의 몸. 필희 엄마도 따라 나와 길가에 세워진 자판기에 종이컵을 채워 넣었다.

"셋이네."

은정이 중얼거렸다. 아빠는 필희가 있어서 침묵한 게 아니었다. 새로 태어난 자식 때문에 침묵한 것이었다. 필희는 거기 없었다.

은정은 아기가 넘어질 때마다, 또 아기가 웃을 때마다 귀여워서 어쩔 줄 모르는 아빠의 얼굴을 멀리서 지켜보았다. 아빠가 건너편에 있는 자기를 발견해주길 바랐지만 아빠의 시선은 아기의 얼굴과 발에 고정되어 있었다. 주변을 둘러볼 줄 몰랐다. 은정은 세 사람이 들어간 새시 문을 노려보다가 그곳을 떠났다. 그리고 누구에게도 알리지 않고 대구에서 자취하는 선배 언니 집에서 한 달을 머물렀다. 복수였다. 은정은 이제 막 걷기 시작한 그 아기보다 더 아빠를 어쩔 줄 모르게 하는 존재가 되고 싶었다.

아빠가 아무리 엄마를 싫어한다고 해도 내가 실종되었다는 소식을 들으면 당장 집으로 달려갈 거야. 가서 20킬로그램이 넘게 빠진 엄마를 보면, 열 살은 더 나이 들어 보이는 엄마의 몰골을 보면 쉽게 떠나지 못할 거야. 아빠는 약함에 휘둘리는 타입이니까.

은정의 예상대로였다. 딸이 사라졌다는 연락을 받은 은정의 아빠는 트럭을 타고 은수리로 갔고, 대구로 가면 당장 죽어버리겠다는 딸의 협박에 돌아갈 타이밍을 놓쳤다. 그리고 자기한텐 말 한마디 못 건네던 샌님이 어떻게 남의 마누라를 꼬셨냐는 엄마의 구박을 받으며 죽을 때까지 은수리에서 살았다.

은정은 종종 필희 엄마를 생각했다. 아줌마 혼자 어떻게 애를 키웠을까? 사라진 필희도 생각했다. 필희는 어디로 갔을까? 죽었을까, 살았을까. 서울에서 의사와 결혼했다는 희영에 대해서는 거의 생각하지 않았다. 희영과 함께 지낸 시간에 비하면 필희와 친하게 지낸 시간은 보잘것없는데도 얄궂게 꼬인 인연 탓에 소꿉친구였던 희영보다는 전학 온 필희가 은정의 인생에 더 진한 흔적을 남겼다.

*

　　은정은 희영의 눈, 세월에 시달리고 지친 기색이 역력한 희영의 눈을 보며 그동안 희영을 생각조차 하지 않은 것이 미안했다. 그래서 희영의 손을 잡아끌었다.

　　"우리 집에 가자."

　　희영이 집 앞에 차를 세우는 동안 은정은 안으로 들어가 TV 앞에 누워 있는 엄마를 향해 큰 소리를 냈다.

　　"엄마, 희영이 왔다."

　　"누가 왔다고?"

　　은정의 엄마가 누운 채로 물었다.

　　"박 씨 아저씨 막내딸 있잖아. 내랑 동갑."

그러자 죽은 박 씨가 살아왔다는 이야기라도 들은 양 의아해하며 은정의 엄마가 상체를 일으켰다.

"박 씨 딸? 가가 와 왔는데?"

그때 희영이 가방을 메고 현관문을 열었다.

은정은 엄마와 희영을 번갈아 보며 말했다.

"지나는 길에 들렀대. 희영아, 우리 엄마랑 잠깐만 있어 래이. 손님들 퇴실시키고 뒷정리만 좀 하고 올게."

"어, 알았어. 걱정하지 말고 천천히 일 봐."

희영이 쭈뼛거리며 까만색 앵글 부츠의 지퍼를 내렸다.

"엄마, 희영이 따뜻한 우엉차 한 잔만 줘라."

은정은 엄마가 리모컨을 쥐고 방에서 나오는 걸 보고 캠핑장으로 갔다. 손님들에게 근처에 갈 만한 식당 몇 개를 알려준 후 이따 올 단체 손님을 맞기 위해 민박동을 청소했다. 단체라고 해봐야 겨우 여섯 명이었지만 텐트 치는 캠핑 장을 제외하면 방 세 개가 전부인 은정의 민박집으로서는 한 번에 만실을 만들어주는 인원이었다. 문을 활짝 열고 청소기를 돌리고 걸레질하고 휴지와 치약 같은 비품들을 채워 넣고 나니 한 시간이 금방 지났다. 종종걸음으로 돌아가 현관문을 여니 희영이 식탁에 앉아 밥을 먹고 있었다. 엄마는 맞은편에 앉아서 희영이 먹는 것을 쳐다보고 있었다.

"비빔밥이가?"

은정이 엄마 옆에 앉으며 말했다.

"야가 아침도 안 묵었다 캐가 내가 나물 넣고 한 그릇 비비 줬다."

"맛있는 것 좀 해주지. 몇십 년 만에 만났는데."

"아니 야가⋯⋯."

은정의 타박에 은정의 엄마가 억울해하는 동안 희영이 숟가락으로 양푼을 두드렸다.

"내가 해달라 캤다. 옛날에 아줌마가 우리 비빔밥 많이 해줬잖아."

"그랬나?"

은정이 갸웃거렸다.

"우리 아빠가 비빔밥을 싫어했거든. 개밥 같다고. 우리 아빠가 집에서 막내라 어릴 때 개밥 담당이었대. 그래서 우리 집에선 비빔밥을 못 먹었는데 너희 집에 와서 몇 번 먹어보고 너무 맛있어서 아빠만 없으면 내가 엄마한테 비빔밥 만들어달라고 엄청 졸랐잖아."

희영은 고추장으로 붉어진 밥을 쇠숟가락에 얹어 입안으로 힘차게 밀어 넣었다. 서울말은 할 줄 모르던 어릴 때처럼, 동네 아이 중 가장 웃음이 헤프던 꼬맹이 때처럼 단순하고 명랑하게 비빔밥을 먹었다.

"야가 너무 맛있게 먹으니까 나도 침 고인다. 좀 더 비비가 우리도 이걸로 점심 때울까?"

"그러자. 엄마가 아침에 집어 던졌던 시래깃국도 마저 먹자."

은정이 놀리듯 말했다. 그리고 엄마가 째려보는데도 아랑곳하지 않고 아침에 있었던 일을 희영에게 일러바쳤다.

희영이가 숟가락을 내려놓자 노인네의 호구조사가 시작되었다. 남편은 뭐 하는지, 애는 있는지, 언니, 오빠는 어디 사는지 등등. 자기 딸과는 달리 이혼하지 않았고, 애도 둘이나 낳았으며, 의사인 남편과도 별다른 문제가 없다는 게 확인되자 은정 엄마의 표정이 심드렁해졌다.

"니는 잘 사네."

희영이 그 말에 답이라도 하듯 가방에서 약을 꺼냈다. 물 한 컵에 하얀 알약 두 개와 노란 알약 하나를 삼켰다.

"무슨 약이고? 니 어디 아프나?"

"정신과 약. 신경안정제."

은정의 질문에 희영이 대수롭지 않게 답했다.

"무슨 약이라고?"

귀가 어두운 은정의 엄마가 다시 묻자 희영이 좀 더 큰 소리로 말했다.

"정신과 약이요. 신경안정제."

은정의 엄마는 정신과 약을 먹는다는 말을 듣자마자 희영을 정신 나간 애로 보기 시작했지만, 은정은 그 말을 듣고 가늘게 떨리던 희영의 눈빛, 매끈한 피부나 고급스러운 옷차림이 주는 안정감에 비해 다소 불안하게 움직이던 눈동자가 이해되었다. 그리고 알았다. 문제가 생길 때마다 대신 해결해달라며 자기를 찾아오던 어릴 적 희영이 이젠 자기 문제를 정면으로 보고 적절히 다룰 줄 아는 드문 사람이 되었단 걸.

어떻게 지냈던 걸까?

은정은 죽으려고 고향을 찾는 사람이 있다는 이야기를 들은 적 있었다. 은정이 은수리에 온 것도 비슷한 이유에서였다. 죽을 결심까지 한 건 아니었지만 이혼 후 죽음이 가깝게 다가왔고 죽음에 관해 자주 생각하다 보니 태어난 고향에서 다시 한번 살아보자는 결정을 내렸다. 엄마의 건강은 부차적 사항이었다. 그런 탓에 은정은 강둑에서 희영을 만났을 때 희영이 죽으러 왔을지도 모른다는 생각을 제일 먼저 했다. 오십 대 중년 여성이 30년 가까이 오지 않았던 고향에 갑자기, 그것도 혼자서 올 이유가 짐작되지 않았다.

은정은 희영이 약 먹는 걸 보고서야 그런 의심을 지웠다. 죽으려는 사람이 신경안정제를 챙겨 먹진 않겠지.

"설거지는 제가 할게요."

희영은 은정이 말리는데도 고무장갑을 끼고 컵과 양푼 그릇, 숟가락을 차례로 닦고 헹궜다. 행주로 싱크대 물기를 훔치고 깨끗하게 빨아 개수대 한쪽에 널었다. 그 시절 여자 애치고는 설거지를 하지 않았던 과수원집 막내딸의 손놀림이 아니었다. 오랫동안 설거지를 자기 노동으로 여기고 살아온 사람의 능숙한 손놀림이었다. 은정은 희영의 지난 시간이 더 궁금해졌다.

"나 동네 한 바퀴만 돌아보고 올게."

설거지를 마친 희영이 고무장갑을 벗고 가방을 뗐다.

혼자 가고 싶어 하는 걸 눈치채고 은정이 말했다.

"어, 다녀온나. 동네 어른들 보면 니 누군지 말하고 인사해래이. 엄청 좋아하실 끼다."

희영이 나가자 은정의 엄마가 걱정하며 말했다.

"자 저래 혼자 보내도 되겠나? 정신도 온전치 않은데."

"온전하다, 온전해. 아파서 꼬박꼬박 약 챙겨 먹는 아가 안 온전하면 누가 온전하노?"

"와 왔냐고 물어도 답도 안 하고." 은정의 엄마는 고개

를 절레절레 흔들었다. "니가 좀 따라가 봐라. 저러다가 큰
일 난다."

"안 온전한 사람은 희영이가 아니라 엄마다, 엄마. 약은
챙겨 먹었나?"

엄마의 구시렁거림이 계속됐지만 은정은 꿈쩍도 하지
않았다. 오랜만에 고향에 왔으니 둘러보고 싶은 게 당연했
다. 갑자기 고향을 찾았단 건 심란하다는 거니 혼자 있을 시
간이 필요하다고 생각했다. 그리고 희영의 가방 안에는 망
원경이 있었다. 다 큰 어른이 망원경을 가지고 다니는 건 좀
이상했지만, 그래도 그건 희영의 시선이 바깥에 있다는 증
표였다. 뭔가를 보고 싶어 하는 사람이 자살할 확률은 낮다.
정말로 위태로운 사람은 자기 안에서 답을 찾으려는 사람
이다. 복지관에서 일하며 직관적으로 깨달은 사실이었다.

하지만 단체 손님이 도착하고 저녁 먹을 시간이 다 되
었는데도 희영이 오지 않자 은정은 엄마가 시키는 대로 희
영을 따라나서지 않은 걸 후회했다. 망원경이 뭘 보증해준
다고. 알량한 경험에 기댔던 자신을 질책했다. 핸드폰 번호
를 몰라 연락할 방법도 없었다. 어둑해진 동네를 다 돌아다
녔는데 희영이 보이지 않았다. 덜컥 겁이 나서 경찰에 신고
하려고 하자 엄마가 말렸다.

"자식이 둘이나 있는데 무슨 일이야 있을라고."

"아까는 큰일 날 것 같다며? 왜 이랬다저랬다 카는데?"

은정은 불안을 신경질로 쏟아냈다. 그러자 엄마가 더 요란하게 신경질을 부렸다.

"염병하네. 아까 따라가라 칼 때는 안 가디만 인제 와서 내한테 지랄이고. 하루는 지나고 신고해야지, 경찰이 할 일 없나? 나이 든 아줌마가 몇 시간 안 보인다고 찾아 나서구로."

늙고 병들어서 밥 먹을 기운도 없다며 매일 앓는 소리 하는 은정의 엄마는 딸과 입씨름할 기운은 따로 남겨 두는지 세차게 은정을 들볶았다.

"그런 아도 친구라고 집에 데려오나. 아무 손이나 덥석덥석 잡는 건 어디서 배웠노? 와 아예 가 따라가서 서울에서 살지 그라나? 아이고, 여서 늙은이 병수발 하느라 지겨워서 우짜노. 그래. 니도 떠나라. 내는 이래 있다가 죽지 뭐. 와 가만히 있노. 대답해봐라. 대답해봐라 안 카나."

"내가 가긴 어딜 가는데? 작작 좀 해라."

은정이 참지 못하고 소리를 질렀다. 은정의 엄마는 어처구니없다는 듯 입을 벌리고 있다가 소파에서 일어났다. 당뇨 합병증으로 뭉개진 오른발을 끌고 평소보다 더 절뚝이며 방으로 걸어갔다.

"죽어야지, 죽어야지, 하루라도 빨리 죽어야지."

은정의 엄마가 방에 도착하기 전에 현관문이 열렸다. 희영이 들어왔다.

은정이 희영을 보고 크게 숨을 내쉬었다.

"니 어디 갔다 왔노?"

"동네 한 바퀴 돌고 온다고 했잖아."

희영은 차분했다.

"무슨 산책을 다섯 시간씩 하는데?"

은정의 원망을 들으며 희영이 소파에 앉았다. 치마가 많이 구겨져 있었다. 하얀 양말엔 흙이 묻어 있었고, 단발머리도 헝클어져 있었다. 가늘게 떨렸던 두 눈은 진동을 멈추고 깊이 가라앉아 있었다. 은정은 희영의 행색을 살피며 머그잔에 따뜻한 우엉차를 담아 희영의 손에 쥐여주었다. 은정의 엄마가 그 모습을 눈꼴시어 하며 보고 있었다.

"이제 느그 집에 가라."

은정의 엄마가 방문을 닫고 들어가며 새침하게 말했다.

"우리 엄마는 느그 집이 아직도 이 동넨 줄 아는 갑다." 은정이 희영 옆에 앉았다. "근데 니 이래가 서울까지 운전해서 가겠나? 자고 갈래?" 그리고 옷장에서 회색 운동복 바지와 까만 면 티셔츠를 꺼내왔다. "씻고 이걸로 갈아입어라. 폼클렌징이랑 로션 이런 거는 욕실에 다 있다."

희영이 차를 다 마시고 욕실로 들어갔다. 은정은 밖으로 나가 마당에 모닥불 피워놓고 둘러앉아 술 마시는 손님들에게 안주로 먹으라며 도라지나물과 양파 장아찌를 꺼내주었다. 내일 산에 가려면 적당히 마시라는 말과 함께 자리 갈 때 모닥불이 완전히 꺼졌는지 꼭 확인하라고 당부한 뒤 돌아왔다. 현관에서 흙이 잔뜩 묻어 있는 희영의 앵글 부츠를 걸레로 닦고 방에 들어가니 희영은 이미 이불을 덮고 누워 있었다.

"잘 거가?"

희영은 눈을 마주치고도 말이 없었다.

은정도 불을 끄고 희영 옆에 누웠다. 그리고 어둠 속에서 물었다.

"니 죽을라고 온 건 아이제?"

"아이다."

희영이 조용히 답했다.

"그럼 와 왔는데?"

희영은 다시 말이 없었다. 창문으로 들어온 달빛이 벽을 비추었다. 장미꽃 모양으로 오돌토돌하게 돋은 벽지가 사람 피부 같다고 은정은 생각했다. 속마음을 털어놓지 않는 희영이 낯설다고, 그게 성숙의 증거인지는 모르겠다고 생각했다. 알약 세 개가 희영의 침묵을 돕는 중인지도.

은정은 침묵할 줄 아는 사람을 좋아했다. 원해도 동네에서 둘째가라면 서럽게 말이 없었다. "니도 느그 아빠만 좋아하제? 그래가 꼭 느그 아빠 같은 남자 만나제?" 은정은 엄마의 타박을 듣고서야 원해가 아빠를 닮은 구석이 있단 걸 알았다. 그래서 뭐? 살아보니 이해 없이 그냥 받아들여지는 일도 있었다. 은정에겐 침묵할 줄 아는 사람에게 매력을 느낀다는 사실이 그랬다.

은정이 희영의 대답을 기다리며 벽에 일렁이는 달빛을 보다가, 말을 하려다 말고 삼키는 원해의 표정을 떠올리다가, 내일 아침 메뉴를 고민하다가 가뭇가뭇 잠에 빠져들려는 순간 희영이 말을 시작했다. 약발이 다했나? 은정은 잠에서 빠져나오며 생각했다. 희영의 말을 들으면서는 그 알약들이 침묵이 아니라 파묻힌 말을 캐내는 걸 돕는 약이었을지도 모르겠다고 생각했다.

어쨌든 말이 시작되었다.

희영이 둘러보러 간 곳은 저수지였다. 필희가 들어갔을지도 모르는 그 저수지. 의사의 권유라고 했다. 희영이 겪고 있는 모든 불안이 거기서 시작된 것 같다고, 차도를 많이 보였으니 이젠 그 문제를 정면으로 바라보는 것도 괜찮을 거라고. 환자 중에는 어릴 때 있었던 일을 잘못 기억하거나 확대해석해서 괴로운 사람도 있다고, 블랙홀이라는 게 있을 수도 있지만 가서 확인해보면 그런 게 아닐 확률도 있다고, 과학적으로 지구에 블랙홀이 생길 수는 없다고, 그러니 직접 가서 확인해보라고.

"남편이 같이 오고 싶어 했는데 거절하고 혼자 왔어. 그때는 남편이 없었으니까 이 문제도 혼자 감당해야 한다는 생각이 들었어."

그러더니 희영이 갑자기 사투리를 썼다.

"니 내가 그거 때문에 얼마나 힘들어했는지 모르제?"

은정은 어둠 속에서 고개를 살짝 끄덕였다. 벽에 있던 그림자가 미세하게 움직였다. 은정은 희영을 한 번도 궁금해하지 않은 게 또 미안했다.

"이제는 저수지에 올라갈 수 있을 줄 알았다. 근데 막상 오니까 용기가 안 나는 거야. 그래서 둑에 있다가 니 만나고 그냥 돌아갈라 캤는데 아줌마가 해준 비빔밥을 먹고 나니까 이상하게 올라갈 수 있을 것 같은 기분이 들데. 회한하제."

그래서 가게 된 저수지는 어릴 때만큼 크고 웅장해 보이진 않았다고 했다. 귀여운 새가 그려진 표지판과 나무 벤치가 곳곳에 놓여 있어서 아기자기한 공원 같았다고, 이런 곳을 무서워했던 자신이 우습게 느껴졌다고 말했다. 저수지 주위로 설치된 나무 데크를 따라 의자 모양의 바위가 있는 곳까지 갔고, 블랙홀이 있던 자리에 커다란 상자 모양의 철망이 세워져 있는 걸 봤다고 했다. 망원경으로 보니 감전 위험이라고 적힌 노란 표지판과 국토교통부에서 조사 연구 중인 7호 미확인 홀이므로 허가 없이 접근하거나 훼손할 경우 처벌을 받는다는 안내문이 붙어 있었다고 했다. 미확인 홀? 그럼 블랙홀일 가능성도 있는 거네? 희영은 싱크홀이 아니라 미확인 홀이라고 적혀 있어서 좋았다고 했다.

　　"싱크홀이라고 적혀 있었으면 억울했을 거야. 그것 때문에 내가 얼마나 헤맸는데. 애 낳고 키우면 좀 덜 헤맬까 싶어서 졸업하자마자 결혼한 거야. 왜 엄마들이 자식 때문에 산다는 말 많이 하잖아." 희영이 또다시 서울말을 썼다. "애들 키우는 동안은 좀 잊을 수 있었어. 내가 사는 아파트 단지 앞에 싱크홀이 생기고 이상한 쪽지를 받은 뒤로는 완전 엉망이 됐어. 지금은 괜찮아. 넌 어떻게 살았어? 너도 쉽지 않았지? 쉽게 사는 사람은 없으니까."

희영은 혼자 묻고 혼자 답한 후 이야기를 이어갔다. 철망으로 돌을 던졌는데 철망이 너무 촘촘해서 들어가지 않았다고 했다. 그래서 흙을 던졌는데 흙이 너무 가벼워서 철망에 닿지 못했다고 했다. 나뭇가지나 풀, 솔방울 등 손에 잡히는 대로 다 던져보았는데도 안 돼서 그냥 포기하고 돌아왔다고 했다. 그리고 옛날과 똑같은 질문을 했다.

"필희가 정말 거기에 들어갔을까?"

그때처럼 겁먹은 목소리는 아니었다. 매일 모래 한 알 정도의 크기만큼씩 그 사실을 받아들였는지 담담한 목소리였다.

"필희가 분명 나한테 하고 싶은 말이 있었는데 내가 그걸 못 들어줬어. 그게 너무 미안해."

희영이 눈물을 쏟았다. 둑이 무너진 저수지처럼 콸콸. 위로나 해결을 구하는 눈물은 아니었다. 그저 후회와 후회, 후회와 후회.

은정은 침묵했다. 침묵이 좋아서는 아니었다. 네 탓이 아니라는 말을 하고 싶었는데 목구멍이 꽉 막혀서 어떤 말도 나오지 않았다. 이런 이유로도 침묵하는구나. 은정은 아빠를 생각했다. 돌아온 아빠가 한 달 내내 한마디도 하지 않은 건 나한테 화가 나서가 아니었겠구나, 어쩔 수 없어서

였겠구나. 나는 그것도 모르고. 아빠의 병은 침묵의 멍이었구나, 나는 그것도 모르고.

은정은 희영이 누워 있는 쪽으로 몸을 세웠다. 여전히 콸콸 물이 쏟아지고 있었다. 은정은 오른팔을 뻗어 희영의 몸을 감쌌다. 보드라운 이불의 감촉이 먼저 느껴지고 잠시 뒤 희영의 몸에서 나온 온기가 느껴졌다. 저수지에선 계속 물이 흘렀다. 은정은 그렇게 가만히 있었다. 폭포처럼 세차게 쏟아지던 물이 쪼르륵 흐르는 물줄기가 되고 또롱또롱 떨어지는 물방울이 될 때까지, 달빛이 모서리를 지나 서랍장을 비출 때까지.

마침내 저수지가 바닥을 드러냈다. 물을 빼내느라 지쳤는지 희영은 깊이 잠들었다. 은정은 가만히 저수지 바닥에 손을 대어보았다. 축축한 진흙이 묻어났다.

"보물이네."

은정은 손에 묻은 진흙이 정말 보물이기라도 한 양 꼭 움켜쥐었다.

*

여느 때와 다름없는 아침이었다. 해가 뜨고 새가 울었

다. 은정은 냉장고에서 오렌지와 초코파이를 꺼내 농협에서 받은 파란 천 가방에 넣었다. 물을 담은 텀블러와 과도도 넣었다. 방으로 들어가 아직 자고 있는 희영의 어깨를 흔들었다. "산책 가자." 그리고 일어난 희영에게 자기가 신던 운동화를 주고 자기는 엄마의 운동화를 신었다.

은정이 앞장서서 걷고 눈이 퉁퉁 부은 희영이 뒤따랐다. 가을 아침 공기가 시큼하면서도 달큼했다.

"서울에서 산책 자주 하나?"

은정이 강둑을 오르며 희영에게 물었다.

"가끔."

희영이 뒤따라 오르며 대답했다.

"언제부터?"

"서울에 산 지 10년 됐을 때부터?"

은정이 웃음을 터뜨렸다.

"왜?"

희영이 의아하게 쳐다보며 물었다.

"내랑 똑같네. 나도 부산 산 지 10년 정도 되었을 때부터 산책했거든. 니도 어쩔 수 없이 촌년이다. 촌년들은 풀냄새 맡아야 산다 아이가. 니 등산도 하나?"

"어, 집 앞에 작은 산이 있어서 거기 자주 가."

희영이 약간 부끄러워했다.

"아이고 이제 서울 사람 다 됐네. 산책도 하고 등산도 다니고."

은정의 놀림에 희영이 활짝 웃었다. 그리고 말했다. 처음 등산하던 날 기분이 진짜 이상했다고, 밤 따러 가는 것도 아니고 숨바꼭질하러 가는 것도 아니고 아무런 목적 없이 산에 올라갔다 내려오는 게 정말 어색했다고, 하지만 그러고 나니 좀 살 것 같았다고.

"아파트에 있으면 감정에 짓눌려서 숨 쉬기 힘들 때가 있거든. 그럴 때 산에 가서 풀 냄새, 나무 냄새 맡으면서 헉헉거리니까 무거웠던 감정이 술술 빠져나가면서 몸만 남은 느낌? 개운한 느낌이 들더라. 니 말대로 촌년이라서 그런가?"

"그럴 수도 있지. 난 그래도 등산은 안 한다. 남사시럽구로."

은정은 등산이 몹쓸 병이라도 되는 듯 고개를 저었다.

은정의 고개가 멈추자 희영이 은정 옆에 나란히 섰다.

"우리 이런 걸로 필희 많이 놀렸는데. 기억나?"

"기억나지. 오렌지가 밀양 시내 가려면 몇 번 타야 하냐고 물었을 때 니가 화냈던 것도 기억난다. 니가 여기 무시하냐고, 버스가 한 시간에 한 대밖에 없는데 번호가 어딨냐 카면서 엄청 뭐라 캤잖아. 오렌지는 전학 와서 두 번째로 울었고."

은정이 꺼낸 기억에 희영이 빙긋 웃으며 말했다.

"서울 가서 보니까 번호 없는 버스는 하나도 없데."

"부산도 그렇더라."

둘은 동시에 웃음을 터뜨렸다.

폐교로 가는 동안 은정은 8자 모양의 산책 코스와 산책에 부여한 과업을 설명했다. 슈퍼에 도착해 사장 할매의 기척을 확인하고 다른 집 할매들의 기척도 확인한 뒤엔 자기 이야기를 시작했다. 희영이 찾아왔던 날 대구로 간 이야기, 협박으로 아버지를 눌러앉힌 이야기, 침묵하는 아버지를 견딜 수 없었던 이야기, 부산에서 사회복지사로 일한 이야기, 수다스러운 남자와 결혼한 이야기, 아이를 낳지 않았고 결국 남편과 헤어진 이야기, 그리고 나니 모든 의욕이 사라져 고향으로 돌아온 이야기, 돌아온 딸을 믿고 마음껏 아프기 시작한 엄마와 투덕거리며 지내는 이야기까지 그동안 있었던 일을 줄줄이 사탕처럼 엮어냈다. 그사이 둘은 저수지 아랫동네에 도착했다.

은정이 저수지를 올려다보며 말했다.

"이혼하고 여기 온 지 얼마 안 됐을 때 니가 한 말이 생각나서 저수지에 한번 올라가 봤다 아이가. 블랙홀이든 저수지든 어디든 들어가서 콱 죽을라고. 그땐 갱년기가 다가와서 그런지 퍼뜩하면 죽고 싶대. 근데 진짜더라. 니가 말한 게 진짜더라."

"뭐가?"

줄줄이 사탕을 목에 건 희영이 걸음을 멈추고 물었다.

"니가 블랙홀이라 캤던 거. 솔직히 나는 말도 안 된다고 생각했었거든. 니가 겁먹고 헛소리하는 줄 알았다. 여기 잠깐만 있어 봐래이."

은정은 이야기하다 말고 빨간 지붕 집으로 들어갔다가 잠시 뒤에 나왔다. "얍실 할매도 살아계시고." 파란 지붕 집에도 갔다 왔다. "아재도 살아계시고."

"뭐가 진짜란 말이고?"

희영이 사투리 억양을 강하게 하며 물었다.

오늘의 과업을 마친 은정이 저수지로 올라가면서 말했다.

"니 말대로 가 보니까 저 안에 의자처럼 생긴 바위 있데. 그래서 나도 돌멩이를 던져봤거든. 처음엔 물에 풍덩 빠졌는데 커다란 바위 뒤로 던지니까 돌멩이가 공중에 잠깐 뜨디만 소리도 없이 부서지면서 안으로 빨려 들어가데. 내가 얼마나 놀랬는 줄 아나? 깜짝 놀라서 주저앉을 뻔했다."

"그래서?"

희영이 눈썹을 씰룩이며 이야기를 재촉했다.

"그래서는 뭐고? 그래서 계속 던졌지. 작은 돌도 던져보고 좀 큰 돌도 던져보고. 다 똑같이 그렇게 부서지더라. 그런데 그게 얼마나, 얼마나…… 아 뭐라 캐야 되노……."

은정은 말을 멈추고 눈앞에 펼쳐진 저수지를 봤다. 하늘에서 떨어진 햇빛과 산에서 내려온 물이 고여 있는 삼각 모양의 저수지. 은정은 고개를 돌려 희영을 봤다.

"찬란하더라. 햇빛을 받아서 그랬는지 내 마음이 지옥이라서 그랬는지는 모르겠지만 돌이 공중에서 천천히 부서지는데 정말 찬란하드라. 찬란하다는 감정이 그런 건지 그때 처음 느껴봤다. 니는 그런 느낌 안 들드나?"

희영이 입을 꾹 다물고 고개를 좌우로 저었다.

"저기 들어가면 나도 저렇게 아름답게 부서질란가, 저렇게 찬란하게 빛이 날란가 하는 생각이 자꾸 나면서 들어가 보고 싶은 마음이 생기데. 왜 바다를 계속 보고 있으면 자기도 모르게 들어가게 된다고 하잖아. 그게 무슨 말인지 알겠더라. 뭔가가 물귀신처럼 끌어당기는 것 같데. 난 못 들어갔지. 우리 엄마가 건지도 못할 때였거든. 그래도 힐마시 죽을 때까지는 옆에 있어야겠다 싶어서 참고 겨우 내려왔다 아이가."

은정은 그 뒤로도 몇 번 블랙홀, 아니 국토교통부에 따르면 아직 정체를 규정하지 못한 미확인 홀을 찾아가 살지 말지를 고민했다고 했다.

"살기로 하고 돌아 나올 때마다 왜 그렇게 눈물이 나던지. 근데 그 짓도 여러 번 하니까 지겹데. 내가 햄릿도 아니고 맨날 죽느냐 사느냐 고민하는 것도 우습고. 그래서 신고했다."

"뭘?"

"싱크홀이나 싱크홀처럼 생긴 거 발견해서 신고하면 포상금 줬었잖아. 그때 신고했디만 서울에서 사람들이 내려와서 며칠 동안 살펴보고 철망 씌우데. 요즘도 가끔 오는 것 같더라."

은정은 말없이 데크로 된 길을 걸었다. 희영도 말없이 걸었다. 데크가 끊긴 곳에서 좀 더 안으로 들어가니 의자처럼 생긴 바위가 나타났다. 건너편엔 상자 형태의 철망이 있었고, 철망 상단엔 작은 돌 세 개와 나뭇가지가 올려져 있었다. 은정이 파란색 천 가방을 의자 바위에 내려놓았다.

"니 온 김에 제사 한 번 더 지내자."

"제사?"

희영이 물었다.

"응. 오렌지 제사."

은정이 가방에서 오렌지와 과도를 꺼냈다.

"오렌지가 진짜 저기 들어갔는지, 어디 딴 데서 잘 살고 있는지, 우주를 떠돌고 있는지는 모르겠지만, 우리 사는 세상에서 없어진 건 확실하다 아이가. 그니까 제사 지내줘야지."

은정은 과도를 손에 쥐고 오렌지 꼭지 부분을 크게 잘랐다. 하얗고 동그란 원과 촉촉한 오렌지 속살이 드러났다. 완전히 마른 줄 알았던 희영의 저수지에 다시 물이 고였다.

"원래는 8월에 지내는데 올해는 니 왔으니까 한 번 더 지내는 거다. 제사 두 번 지내면 두 배로 좋겠지 뭐."

은정이 자른 오렌지를 바위 한가운데에 놓았다. 그리고 바위 앞에 서서 철망이 씌워진 미확인 홀을 물끄러미 보다가 절했다. 그런 뒤 무릎에 묻은 흙을 털며 자리를 비켰다.

희영이 그 자리에 서며 물었다.

"왜 한 번만 절하는데? 두 번 하는 거 아이가?"

"오렌지가 어디 살아 있을 수도 있잖아. 일단 한 번만 해라."

희영은 고개를 끄덕인 후 바위에 올려진 오렌지를 응시

했다. 그 시간이 길어지자 은정이 말했다.

"뭐 하노? 절 안 하나?"

"어? 내 교회 다닌다."

희영이 곤란하다는 얼굴로 말했다.

"니가?" 은정이 의외라는 표정을 지었다. "그라마 기도하면 되잖아."

"기도 안 해봤는데."

희영이 아까보다 더 곤란해진 얼굴로 말했다.

"기도도 안 하는 애가 무슨 교회 다닌다 카노?"

은정이 어이없다는 듯 웃었다. 희영은 잠시 머뭇거리더니 오른손과 왼손을 모으고 고개를 숙였다. 두 눈이 감기면서 저수지에 고여 있던 물이 뺨을 타고 흘렀다. 희영은 뺨에 생긴 물 자국이 마를 때까지 눈을 감고 있었다.

희영이 눈을 뜨자 은정은 제사상이었던 바위에 엉덩이를 대고 앉아 제물이었던 오렌지를 깠다. 그리고 다 깐 오렌지를 반 잘라 희영에게 건넸다. 오렌지를 받아 들며 희영도 제사상에 앉았다. 두 사람은 나란히 앉아 저수지를 보며 오렌지를 씹어 삼켰다. 시큼한 오렌지 향이 바람을 타고 저수지를 돌아다녔다.

"내가 살고 싶어 해도 될까?"

희영이 물었다.

위로를 바라는 넋두리가 아니라 답을 요하는 질문이었
다. 은정은 자기가 받은 질문이 얼마나 중요한지 알았다. 그
건 항암 치료받던 아버지가 사과가 주렁주렁 열린 사과 밭
에서 목숨을 끊은 뒤로 잘 익은 사과를 볼 때마다 자신을
찾아오는 질문이었다. 그럴 때마다 과장이라곤 없는 엄마
의 말이 그 질문을 물리쳐주었다. "니 없으면 나도 죽어."
은정은 희영에게도 그런 질문을 잠재워줄 답이 필요하단
걸 알았다. 그래서 희영의 눈을 보았다. 어릴 때 이불 속에
서 자주 보았던 희영의 커다란 두 눈을 보며 저수지를 무너
뜨릴 만큼 강한 확신을 담아 부드럽고 다정해서 오답도 정
답처럼 느껴지게 만드는 서울 억양으로 말했다.

"그럼."

초승달 아래로 맑은 강물이 천천히 흘렀다.

*

저수지에서 내려온 희영은 점심 먹고 가라는 은정의 권
유를 마다하고 서울로 돌아갔다. 은정은 구겨진 치마를 입

은 희영이 환한 얼굴로 엄마에게 인사하는 모습, 남편과 통화하며 차에 타는 모습, 한가할 때 서울에 놀러 오라고 하는 모습, 운전대를 잡고 손을 흔드는 모습을 모두 지켜보았다. 희영의 하얀 차가 멀어지자 막연한 그리움과 야릇한 패배감이 몰려왔다. 남겨지는 상황에 처할 때마다 정확하게 찾아오는 감정이었다. 이번엔 유치한 질투심도 함께 왔다. 희영에겐 돌아갈 곳이 있고, 나는 없고. 희영에겐 남편과 자식이 있고, 나는 없고. 희영의 안녕을 바라는 마음과는 별개의 감정이었다.

"니는 와 그라고 서 있노? 퍼뜩 와서 점심 차리라. 배고프다."

은정의 엄마가 마당에 우두커니 서 있는 딸, 자기가 낳은 여자의 뒷모습을 지켜보다가 버럭 소리를 질렀다.

"알았다. 소리 좀 지르지 마라."

은정은 투덜대며 부엌으로 들어가 냄비에 물을 넣고 된장을 풀었다. 호박, 양파, 청양고추, 두부를 차례로 썰어 넣고 호박잎을 삶았다. 냉장고에서 김치와 콩잎 장아찌를 꺼내고 밥을 두 공기 펐다. 다 끓은 된장찌개를 가운데에 놓고 엄마와 마주 앉아 점심을 먹었다.

"호박잎 잘 삶았네."

은정의 엄마가 호박잎을 집으며 말했다. 은정은 밥을 다 먹고 호박잎 삶았던 냄비를 씻으면서야 그게 중학교를 졸업한 후 엄마에게 처음 듣는 칭찬이란 걸 알았다. 그런데도 기쁘지 않았다. 오히려 조금 슬펐다. 싱크대를 물기 하나 없이 닦았는데도 평소와 같은 개운함이 느껴지지 않자 자신의 감정 덩어리가 물먹은 스펀지처럼 무거워져 있음을 알아차렸다. 그 안엔 청소나 산책 같은 일상적인 움직임으로는 해소되지 않을 복잡한 감정도 많았다. 은정은 풀 냄새, 나무 냄새를 맡으며 숨차게 걷다 보면 무거운 감정이 빠져나가는 것 같았다고 한 희영의 말을 떠올리며 등산화를 꺼냈다. 오랫동안 신지 않아서 가죽 부분이 삭아 있었다. 은정은 삭은 부분을 걸레로 닦고 발을 집어넣었다. 그리고 초코파이와 물이 든 파란 천 가방을 다시 어깨에 메고 산으로 갔다.

춥지도 덥지도 않아 걷기에 적당한 날씨였다. 부쩍 높아진 하늘엔 작은 구름만 몇 조각 박혀 있었다. 저수지를 지나 등산로에 들어서자 아직은 무성한 나뭇잎들이 쨍한 볕을 막아주었다. 산을 조금 오르니 어릴 때 소꿉놀이했던 커다란 바위가 나타났다. 비가 오면 들어갔던 동굴 모양의 틈도 그대로였다. 평평한 돌로 침대를 만들고 책상을 만들고 부엌도 만들던 시절이었다. 마른 흙이 밥이었고 진달래 꽃과 푸른 나뭇잎이 반찬이었다. 그땐 그런 게 왜 그렇게 재밌었을까? 옛 부엌 터에 서서 아래를 내려다보니 저수지와 철망 상자가 보였다. 어느 날 갑자기 썬 철망. 나는 왜 내가 신고했다고 거짓말했을까?

숨이 차기 시작한 건 급경사 구역에 설치된 계단을 오르면서부터였다. 아침마다 한 시간씩 걸으니 이 정도 산은 거뜬히 오를 거라 생각했는데 아니었다. 평지와 오르막은 달랐다. 은정은 계단을 절반도 오르지 못하고 중간에 주저앉았다. 아래에서 등산복을 잘 갖춰 입은 젊은 여자 두 명이 올라오고 있었다. 커다란 배낭을 메고 손에 카메라를 들었는데도 몸놀림이 가벼웠다. "안녕하세요?" 그들이 건넨 인사를 받고 은정도 다시 엉덩이를 들었다. 계단을 끝까지 오르니 완만한 숲길이 시작됐다. 하지만 이제 좀 걸을 만하다고 생각하자마자 가파른 오르막이 나타났고 내내 그런 식이었다. 은정은 풀 냄새, 나무 냄새를 맡지 못했다. 새소리도 듣지 못했다. 헉헉거리는 자신의 숨소리를 들으며 쉴 새 없이 흐르는 땀을 닦느라 바빴다. 그냥 내려갈지 계속 올라갈지 고민하며 바위에 앉아 쉬고 있는데 모자 쓴 남자한 명이 내려왔다. 등산복과 가방이 꽤 낡아 있었다. 정상까지 얼마나 남았냐고 물어보자 남자는 거의 다 왔다고 했다. 이 경사만 지나면 힘든 길은 없다고 했다. 정말일까? 은정은 남자가 알려준 정보를 반신반의하면서 올라갔다. 정상을 정복하려는 욕구 같은 건 없었다. 무거운 감정을 덜어보겠다는 애초의 목적도 잊은 지 오래였다. 여기까지 왔으니 손님들이 감탄하는 동네 뒷산의 실체라도 확인하고 내려가자는 생각만 남아 있었다. 그래도 정상을 가봐야 알프스보다 좋다, 알프스보다는 못하다, 하는 손님들 대화에 말이라도 얹을 수 있겠지. 은정은 그런 마음으로 꾸준히 걸음을 옮겼다. 경치를 즐기며 걷는 등산객들에게 길을 양보하고 계곡물을 정수기 물인 양 떠 마시며 올라가다 보니 마침내 정상이었다.

은정은 천 가방을 손에 쥐고 산 이름이 새겨진 비석 옆에 섰다. 은수리를 포함한 주변 일대가 발아래에 펼쳐졌다. 오밀조밀 모인 지붕, 손톱보다 작은 폐교, 각기 다른 색으로 물든 논과 밭, 우아한 곡선을 그리며 마을을 관통하는 강, 마을을 겹겹이 둘러싼 산.

이런 곳이었어? 우리 동네가 이런 모습이었어?

은정은 놀라서 입을 다물지 못했다. 은수리를 좋아했지만, 아름답다고 생각해본 적은 한 번도 없었다. 철마다 찾아오는 등산객들이 은수리에 감탄하는 건 그들이 사는 콘크리트 도시가 워낙 볼품없기 때문이라고 생각했다. 평범한 동네 뒷산을 알프스라 부르는 건 호들갑이라고 여겼다. 그런데 직접 올라와 보니 사람들이 별명을 붙인 이유를 알 것 같았다. 좋다를 남발하는 것만으로는 부족하게 느껴지는 아름다움이었다.

은정은 알프스에 가본 적 없고 사진으로 본 적도 없지만 이곳이 알프스라고 불리는 것이 납득되었다. 또한 납득되었다. 철망 안의 미확인 홀이 블랙홀이라는 것이, 필희는 그곳을 통과해 우주 어딘가에서 살고 있으리라는 것이, 아빠는 죽은 게 아니라 필희 엄마를 찾아갔다는 것이. 아빠의 육체가 든 관을 직접 봤으면서도 그런 확신이 들었다. 그리고 그런 식으로 떠난 게 아빠에겐 좋은 일이었을 거란 확신과 엄마가 곧 죽으리라는 예감과 엄마가 떠나도 자신은 계속 은수리에 살 거란 예감도.

　　고등학생 때 상품을 타려고 라디오에 자주 사연을 보
냈다. 엄마가 아파요, 동생이 입원했어요, 친구가 없어요.
힘들다는 사연에 조금 더 좋은 선물을 주는 것 같아 불행
한 이야기를 지어내기도 했다. 그래도 겁이 나서 누가 죽
었다는 이야기는 한 번도 쓰지 않았다. 가장 좋은 선물이
었던 의류 상품권을 받으면 청바지를 샀고, 패밀리 레스
토랑 식사권을 받으면 엄마, 아빠에게 선물했다. 놀이공
원 입장권을 받으면 사람들에게 팔았다. "자유이용권 사실
래요? 정가보다 싸게 드릴게요." 그렇게 몇 장의 입장권을
팔아 현금을 손에 쥐면, 좋았다. 내 힘으로 돈을 벌 수 있다
는 사실이.

　　소설을 쓰면서 그 시절이 자주 생각났다. 그때의 나와
지금의 나는 무엇이 같고 무엇이 다를까? 이야기를 지어낸
다는 점, 필명을 쓴다는 점, 내가 쓴 글이 불특정한 사람들

에게 읽히길 바란다는 점은 같다. 각종 상품에 만족하지 않는다는 점과 누군가의 죽음을 쓰게 되었다는 점은 다르다.

지금의 내가 쥐고 싶은 건 무엇일까?

첫 소설인 《불펜의 시간》의 마지막 장을 다시 읽었다. 이 소설과 마찬가지로 아름다움과 확신이란 단어가 적혀 있었다. 이제 막 두 권의 책을 낸 작가의 마지막 장이 비슷하다면 그건 문제일까? 내가 소설을 써서 쥐고 싶은 건 아름다움일까? 필요한 건 확신일까? 어떤 확신? 나는 앞으로 삶의 지난함을 통과한 인물이 아름다움에 감탄하며 끝나는 이야기를 반복하게 될까?

삶에 단단히 박음질된 것 같은 사람이 있는가 하면,
소매 끝에 대롱대롱 매달린 단추처럼 삶과의 연결이 위태로운 사람도 있다.
후자의 사람들을 생각하며 이 소설을 썼다.

이 이야기가 김다인 편집자님을 만난 것은 정말 큰 복이었다. 함께 만드는 기쁨을 느끼게 해주신 편집자님께 감사드린다. 원고를 읽고 이야기를 나눠준 오혜진 선생님과 지민, 추천사를 써주신 김혜진 작가님과 이 책을 만드는 과정에 시간을 내어주신 모든 분께 깊이 감사드린다. 첫 책을 냈을 때 진심으로 기뻐해준 동료와 친구들, 가족에게도 감사의 말을 전한다.

2023년 2월

김유원

.

미확인 홀

© 김유원 2023

초판 1쇄 인쇄 2023년 3월 1일
초판 1쇄 발행 2023년 3월 6일

지은이 김유원
펴낸이 이상훈
편집인 김수영
본부장 정진항
문학팀 김다인 최해경 하상민
마케팅 김한성 조재성 박신영 김효진 김애린 오민정
사업지원 정혜진 엄세영

펴낸곳 (주)한겨레엔 www.hanien.co.kr
등록 2006년 1월 4일 제313-2006-00003호
주소 서울시 마포구 창전로 70 (신수동) 화수목빌딩 5층
전화 02-6383-1602~3 **팩스** 02-6383-1610
대표메일 munhak@hanien.co.kr

ISBN 979-11-6040-950-5   03810